KB068462

쓸쓸하고 찬란하神 도깨비 2

드라마 원작소설

극본 김은숙 — 소설 스토리컬쳐 김수연

차
례

인연 __ 9

눈물 __ 36

널 좋아하는 나는 __ 56

기도 __ 70

허락 같은 핑계 __ 85

옥반지 __ 110

이상하고 아름다운 __ 137

살아야 할 이유 __ 167

신의 질문 __ 181

운명 __ 193

살아남지 못한 죄__ 214

검의 진실__ 229

그것까지 이미 하였다__ 243

첫눈으로__ 253

기억해__ 271

그의 첫사랑__ 285

청혼__ 315

간절한 이름으로__ 327

긴 우기__ 333

찾았다, 슬픈 사랑__ 345

사내아이가 태어났다. 하지만 왕이었던 아비는 이미 죽어 있었고, 어미의 신분은 미천했으나 그마저도 얼마 안 가 병들어 죽었다. 아버지 나이뻘인 큰형이 왕인 세상이었다. 아이는 여라는 이름으로 불렸다.

힘없는 왕손은 궁궐 밖 아이들보다 못할 때가 많아, 궁에 아이의 편은 아무도 없었다. 오직 검은 속내를 가지고 아이의 스승이 된 국자감의 박사, 박중헌만이 왕여의 편이 되어주었다. 박중헌은 왕여를 애지중지하며, 손수 업어 키웠다. 왕여는 박중헌이 읽어주는 책을 읽고, 입히는 옷을 입었으며, 먹이는 음식을 먹었다.

아이가 태어난 이후 주변에는 이상한 일들이 일어났다. 왕위를 이을 조카가 죽고, 의문을 품은 대군들도 죽어갔다. 죽어간 모두 왕가의 유전으로 인한 병사였으나, 훗날 아이는 알게 되었다. 모두 독살이었음을.

인연

여의 큰형인 왕도 죽음을 목전에 둔 처지가 되었다. 거친 기침 소리가 침전에 밤새도록 울려 퍼졌다. 궁녀가 들인 탕약을 마셔도 병은 깊어만 갈 뿐 차도는 없었다. 병색이 짙은 왕은 자신의 명이 끝나감을 알고 있었다. 마지막 가는 길, 가장 눈에 밟히는 것은 막냇동생 왕여였다. 왕은 마지막 순간 가장 충직한 신하인 젊은 무사를 불렀다. 김신이 궁에 들었다.

"왕도 대군들도 비명에 가니 이제 여, 하나 남았다. 혹여 여가 왕좌에 오르거든 여와 자네 누이를 혼인시켜 여를 지켜다오."

"……."

"옳은 길만 걷게 하고, 그른 선택을 계책하고, 무엇보다 죽지 않게 해다오. 돌보지 않음으로 돌보았다 전하라. 그리고 이런 당부를 하는 그대의 주군을… 용서하라."

궁궐에 퍼진 어두운 기운을, 왕이 하는 부탁의 의미를 알기에 김신은 무겁게 고개를 끄덕였다. 몇 마디 내뱉지 않았음에도 왕의 거친 기침이 터져 나왔다. 스러져가는 왕을 보는 김신의 눈가가 뜨거웠다. 김신은 무릎을 꿇고 허리를 숙였다.

"명을, 받듭니다."

왕여의 큰형이었던 왕이 죽고, 용포를 줄일 새도 없이 어린 왕여는 왕좌에 올랐다. 여의 나이 고작 7세였다. 엎드린 대신들의 줄이 끝없이 길었다. 높은 곳에서 내려다본 즉위식은 너무나 성대해 아이는 압도당하고 말았다. 천수를 누리소서, 만수를 누리소서 조아린 대신들의 목소리가 쩌렁쩌렁하게 하늘을 울렸다. 대신들의 위, 왕여와 가장 가까운 계단 위에 선 박중헌이 감격한 눈으로 장관을 바라보았다.

왕후장상의 씨가 따로 있어 왕이 될 수 없다 하니, 그는 자신의 손으로 왕을 만들고 키워내었다. 이 세상이 왕의 발아래 있었고, 그 왕은 박중헌, 자신의 발아래 있었다. 그리하여 천하가 자신의 것이 되었다.

시간이 흘러 왕여도 혼인을 치를 나이가 되었다. 왕권을 강화하고 싶었던 박중헌은 무신의 여식과의 혼인을 반대하였으나 선왕의 유지를 받들어야 한다는 의견만큼은 무소불위의 권력을 휘두르는 박중헌도 막기 힘들었다. 그리하여 왕여는 김신의 여동생인 김선과 혼례를 치르게 되었다.

김선은 단정한 생김새로 아주 빼어난 외양은 아니었으나 가족들의 사랑을 듬뿍 받고 자라, 보고 있으면 기분이 좋아지는 매력이 있는 여인이었다. 특히 전장을 떠도는 오라비 김신이 누이를 끔찍이 아끼고 우애가 돈독함은 개경 내에서도 소문이 자자했다. 그러한 누이를 박중헌이 활개치고 있는 중상모략의 장 한가운데로 보내야 하는 김신의 속은 타들어갔다.

아직 어려 철부지인 누이는 아무것도 모른 채 왕을 만날 수 있다는 사실에 마냥 들떠 있었다. 입궁 전 궁중의 법도를 훈육하기 위해 김신의 사가에 궁인들이 찾아왔으나 엄한 훈육도 김선의 들뜬 마음을 어찌하지는 못하였다.

양쪽 어깨와 머리 위에 물이 담긴 사기그릇을 올린 채 김선이 천천히 마당에서 걸음을 뗐다. 훈육 상궁들의 매서운 눈초리를 받으며 걸음 하나에도 쩔쩔매고 있었다. 사가의 노비들은 천방지축이었던 아씨의 모습이 평소와 퍽 다르고 신기하여 기둥 뒤에 숨어서 저들끼리 킥킥댔다. 이내 훈육 상궁의 노한 목소리가 떨어져 노비들은 뿔뿔이 흩어졌다. 김선도 그릇을 잔뜩 얹고 낑낑대는 제 꼴이 우습게 느껴져 웃음이 터졌다. 상궁들의 눈매가 더 사나워지는데 김선이 낯선 시선에 웃음을 멈추었다.

"어?"

사가의 낮은 담 너머로 이름 모를 사내와 눈이 마주쳤다. 두 사람의 시선이 찰나에 깊게 얽혔다. 당황하여 정신이 흐트러진 순간, 김선의 어깨와 머리 위에 있던 그릇이 쨍그랑 소리를 내며 바닥으로 떨어져 산산조각이 났다. 흙바닥에 깨진 그릇 조각이 뒹굴었다. 깨어진 그릇보다 무명의 사내가 더 궁금하였다. 검은색 비단 포袍를 두른 사내는 그 광경이 아찔하여 눈을 조금 찌푸렸다.

사내는 왕비가 될 여인이 궁금하여, 궁궐 밖으로 잠행을 나온 왕여였다. 슬쩍 보고만 가려 하였는데 상궁들 사이 고운 여인에 그만 넋을 놓아, 눈이 마주쳐버렸다. 비가 될 여인의 투명한 눈 안에 자신이 담겼다. 맥박이 빨라져 당혹스러움을 채 감추지 못한 왕여는 그릇 깨지는 소리와 함께 고개를 숙이고 서둘러 자리를 빠져나왔다.

두 남녀가 눈 마주치는 순간을 목도한 김신의 시름이 깊어졌다.

김선의 입궁 날, 궁녀들과 군사들이 가마 앞뒤로 줄지어 늘어섰다. 왕비를 모시는 긴 행렬이었다. 가마가 지나는 길목마다 백성들이 비켜서며 예를 갖추었다.

김선은 흔들리는 가마 안이 답답하였다. 이제 가면 언제 또 볼 수 있을지 모르는 마당에 입궁 날조차 얼굴을 비추지 않는 오라비를 원망하는 마음이 일어 가마 창을 빼꼼 열었다. 역시 아무도 없어 실망의 한숨을 내쉬며 입술을 비죽였다. 모르겠다, 하는 마음으로 창을 활짝 열자 한 발짝 뒤로 가마를 호위하듯 따라 붙은 걸음이 있었다. 묵묵히 걷고 있는 것은 그렇게 기다리던 오라비였다. 김선의 어두웠던 얼굴이 대번에 밝아졌다.

김선이 창으로 얼굴을 내밀자 김신이 바투 붙어 섰다. 무신답게 그 걸음걸이가 묵직했다.

"아침나절 내내 안 보이셔서 이대로 오라버니 얼굴도 못 보고 시집가는 줄 알았습니다."

"그리 할 것을. 못난 얼굴 뭐 예뻐서 보러 왔나 모르겠다."

"오라버니께서 이리 귀히 여기시니 입궁하는 길이 아주 꽃길입니다."

김신은 애써 표정을 감추었다. 정말로 귀히 여기고 있어 입궁을 마음껏 기뻐하지 못하는 터였다.

"헌데요 오라버니, 폐하께선 어찌 생기셨습니까?"

"너는 어찌 성품이 아니라 외견부터 궁금해하는지. 걱정 마라. 성안이 아주 훤하시다."

"참말이십니까? 저 어떻습니까? 저 오늘 예쁩니까?"

뒤늦게 머리를 단장하며 묻는 김선의 모습이 오라비의 마음에 박혔다.

"못생겼다."

"그럼 폐하께도 안 예쁘겠지요? 그땐 집으로 돌아와야겠지요?"

"폐하께선 이미 널 보셨다."

"저를요?"

김선은 예절 교육을 받던 어느 날, 담 너머에서 마주친 누군가를 떠올렸다. 오라비의 말대로 훤한 얼굴이었다. 김선이 상그레 미소 지었다.

"그 얼굴에서 빛이 나던…. 보러 오셨었구나. 폐하께선 저 뭐라셔요?"

"못생겼다 하시더라."

미운 말 골라 하는 오라비가 밉기만 해야 하는데, 저를 귀애하는 것을 잘 알아 김선은 입술을 꾹 물었다. 이제 오라비 미운 말을 듣는 날도 더 줄어들 것이었다. 그리 생각하니 눈물이 핑 돌았다.

김신 역시 누이의 앞날에 대한 걱정에 눈 깜박이는 일조차 힘겨웠다. 김선을 궁에 보내게 된 이상, 김신은 완전히 왕의 사람이었다. 본래도 주군을 모시며 살아왔으나, 이제는 주군의 안위가 누이의 안위도 될 터였다. 박중헌에게 묶여 있는 왕의 양손을 풀어주고 그만의 치세를 펼칠 수 있게 해야 했다. 선왕의 유지는 그런 뜻이었다. 할 수만 있다면 그리하고 싶었으나 전장에서 적의 목을 베는 것처럼 간단한 일이 아니었다. 김신의 눈가가 흐려졌다.

"못생긴 누이 자주 보러 오셔야 합니다."

"전장을 떠도는 오라비다. 무소식이 희소식이다 여겨라."

"누가 모릅니까⋯."

비단옷을 곱게 차려 입은 김선이 오라비를 올려다보았다.

"제 걱정은 마셔요. 행복해질게요, 오라버니."

입궁을 하고 대례를 치렀으나 김선이 왕여의 얼굴을 보는 일은 드물었다. 궁에는 보는 눈이 많았고, 그중 박중헌의 눈이 가장 매서웠다. 그 눈을 의식할 수밖에 없으면서도 김선은 그저 사춘기 소녀처럼 떨리는 마음으로 숨어서라도 왕여를 몰래 지켜보곤 했다.

활터에 나와 활시위를 팽팽히 당겨 과녁을 겨냥하는 왕의 모습은 김선에게는 오라비만큼이나 늠름해 보였다. 저를 보러 와준 무명의 사내는 자신의 왕이었고, 김선은 그에게 시선을 모두 내주었다.

멀리서 김선이 지켜보고 있는 것도 모른 채, 화살을 집어 드는 왕여의 표정은 냉랭했다.

'변방의 김신이 승전보를 전해왔습니다.'

'국경의 김신이 승전보를 전해왔습니다.'

'요동의 김신이 승전보를…!'

하루가 멀다 하고 김신이, 한 명의 무인이었으나 이제는 외척이 된 김신이 전장에서 승전보를 전해왔다. 박중헌은 그때마다 왕여에게 속삭였다.

"김신의 승전보가 부러 저잣거리를 들렀다 오니 우매한 백성들은 매양 놀아나고 문신들의 원성은 극에 달합니다. 장하다 마시고 왕실의 체면이 저잣거리에 나앉으니 네 누이의 안위를 근심한다, 기별하시옵소서."

날아간 화살이 과녁을 빗나가 땅에 꽂혔다. 땅에 처박힌 화살이 마치 자신의 위신같이 느껴져 왕여는 이를 악물었다. 태어나서부터 천대받았다. 이 자리에 오르지 못할 사람이었다. 그런데 이제는 김신이 그의 자리를 위협해오고 있었다. 김신은 자신의 신하였으나 자신보다 큰사람이었다. 그가 언제까지 자신의 발아래 머리를 숙일지 장담하기 힘들었다. 박중헌의 간사한 혀는 언제나 왕여를 최고라 하면서도 완전하지는 못하다 속삭였다. 왕여가 앉은 왕좌는 흔들리고, 위협받는 자리였다. 유일한 자신의 편, 박중헌 없이는 고꾸라지고 말 것이다. 박중헌이 뿌린 불안의 씨앗은 왕여의 신체가 한 뼘 자랄 때마다 함께 자랐다.

"아, 무예엔 소질이 없으시구나."

멀리 떨어져 지켜보던 김선이 안타까운 마음으로 중얼거렸다. 그래도 김선은 왕여를 지켜볼 수 있어 좋았다. 그의 마음이 지옥불로 타는 줄은 꿈에도 모른 채, 그저 뒤를 좇아 활을 쏘는 그를, 정자에 앉아 서책을 읽는 그를 지켜보았다.

"어찌 한 번을 안 찾아오시고. 진짜 여인을 병들게 하시는 분이시다."

퍽 귀엽게 입을 삐죽이며 투정을 부리고 말 뿐이었다.

달 밝은 어느 밤, 드디어 폐하가 왕비의 전에 든다 상궁이 전하자 김선은 두툼한 치맛자락을 쥐고는 후다닥 밖으로 나갔다. 혼자 쪼르르 달려 나가, 법도에 어긋나는 일이라고 상궁들이 말릴 새도 없었다. 왕비의 의복이 마음껏 달릴 만큼 편안할 리 없어 자신의 궁 마당 앞에서 발을 헛디뎌 뒤로 넘어지려는 순간, 선의 등을 단단히 받치는 손이 있었다. 선은 질끈 감았던 눈을 떴다.

밤에도 훤히 빛나는 얼굴이 바로 눈 앞에 있었다. 왕여였다. 고고한 달빛이 둘을 내리 비추었다. 둘의 시선이 오래 얽혔다. 왕비의 두 뺨이 붉어졌다.

"무거운데."

여의 낮은 음성에 화들짝 놀란 선이 급히 몸을 세우며 고개를 숙였다.

"무정하신 분이 심중에 계시어."

무정하다 하는 왕비의 말이야말로 무겁게 느껴져 왕여는 미안해졌다.

"…어딜 그리 급히."

"폐하를 뵈러."

"내가 갈 것인데."

오지 않았던 왕이었다. 눌러두었던 서러움이 비어져나와 눈가가 촉촉해졌다.

"서로 오면 좋을 듯하여."

선의 오랜 기다림이 느껴지는 말들은 모두 수줍고도 솔직하였다. 왕의 눈에 들어차지 않을 리가 없었다. 그 역시 소년이었다. 소년의 마음이 소녀를 향해, 꽃줄기가 해를 향해 기울어지듯 기울었다. 그러나 남자이기 이전에 왕이어야 해서, 흔들리는 마음을 들킬까 애써 건조하게 김선을 바라보았다.

그러나 자신에게 시선을 모두 빼앗겨 황홀히 바라보는 여인에게 마음 한 조각 건네게 되는 것은 불가피한 일이었다.

그녀의 오라비가 자신의 자리를 위협하는 김신이라 하는데도 처음 한 조각이 어려웠을 뿐, 왕여는 그녀에게 자꾸만 마음을 주게 되었다.

왕여의 눈이 달 아래 호수처럼 깊어졌다.

왕여의 마음이 닿는 곳을 가장 빠르게 눈치 챈 이 역시 박중헌이었다. 왕여의 모든 것을 가장 잘 아는 그였다. 독대하는 박중헌의 탁한 눈이 매서웠다.

“미천한 것을 쥔 손아귀에는 힘을 적당히 줘야 하는 법입니다. 소중해 꼭 쥐고 나면 그 미천하고 소중한 것은 반드시 죽습니다. 그 손에 의해.”

그는 왕여의 스승이었고, 부모 대신이었다. 그런 그가 여는 이제 두려웠다. 왕여도 박중헌의 숨은 뜻을 헤아릴 줄 아는 나이였다. 허나 그의 말은 그대로 실현될 뿐이니 그가 원하는 일이 아니라면, 여는 어떤 것을 선택할 수도, 결정할 수도 없었다. 자신의 마음조차도.

‘소중한 것은 반드시 죽는다.’

얼마 전 왕비의 궁에 들어가던 탕약을 발견하고 왕여는 손수 내쳤다. 그리고 어떤 탕약도 들이지 말라 엄히 명하였다.

박중헌의 의도가 확연했으나 왕이 박중헌에 반해 할 수 있는 일이라고는 고작 그 정도였다. 소중한 것을 지킬 유일한 방법이었다. 그의 낯빛이 어두워졌다.

"미령한 나이, 미천한 외가, 외가보다 더 미천한 처가. 삼작일 몇몇 대신들과 문하시중 신철주의 술자리에서 오간 대화라 하옵니다."

"…틀린 말이 없지 않은가."

"틀린 말이 없을수록 틀렸다 하시는 겁니다. 왕실을 욕보인 신철주의 목을 쳐 틀렸다 꾸짖으시어 강건함을 보이시옵소서."

왕여의 눈이 커졌다.

신하들의 목이 달아나지 않는 날이 없었다. 왕의 팔을 쥐고 흔들며 박중헌은 무자비하게 칼을 휘둘렀다. 무언가 잘못되어가는 것 같다고 왕은 어느 순간 생각하였으나, 어쩔 수 없다 하는 박중헌의 속삭임을 받아들이는 수밖에 없었다. 태생의 한계를 왕은 감추고 싶었다. 자신의 약점을 들추려는 이들이 고려 땅 어느 곳에도 존재하지 않을 때까지, 그들이 입을 다물고 왕의 존엄을 떠받드는 때까지…. 불안에 집어 삼켜진 왕은 나약한 인간이었다.

그리하여 왕은 자신을 가장 두렵게 하는 자를, 자신과 다르게 완전무결하게 강한 듯한 그자를 늦은 밤 편전으로 불러내었다. 초로 불을 밝힌 편전 안은 어둑어둑했다. 공기 중에 부는 바람에 촛불이 흔들렸다. 왕여는 창백한 얼굴로 제 앞에 무릎 꿇은 김신을 내려다보았다. 크고 날카로운 검이 환관에 의해 김신 앞에 내려졌다. 검을 하사한 왕이 낮게 읊조렸다.

"분노와 염려를 담아 검을 내린다. 될 수 있는 한 멀리 가고, 할 수 있는 한 돌아오지 말라."

고개 숙여 검을 보던 김신이 왕을 보았다. 무표정한 왕의 얼굴에는 불안과 노기가 어려 있었다.

"폐하, 그 말씀은…."

김신은 말을 잇기 힘들었다. 그는 수많은 전장에서 싸웠다. 그 모든 것이 왕을 위해서였고, 왕의 나라와 백성을 위해서였다. 그런 그에게 왕은 노고를 치하하는 대신 죽음을 하사하고 있었다. 박중헌에게 눈이 가려져 앞도 보지 않고 칼을 휘두르고 있는 왕의 어리석음과 이 상황을 어찌하지 못하는 데 대해 김신은 몹시 분노하였다. 이 자리에서 죽는 것이 아닌 명예로운 자결을 명한 것은 왕비를 의식한, 그나마 자애로운 처사였다. 왕은 어렸고, 왕비는 자신의 누이였다. 어떻게든 왕을 불안으로부터 건져내고 옳은 선택을 할 수 있도록 해야 했다.

"폐하의 고려이옵니다. 변방을 수비하라 명하시어 변방을 지켰고, 적을 멸하라 명하시어 적을 멸하였고, 누이가 여기 있고 백성이 여기 있는데…."

"왕의 근심을 이젠 그대가 하는구나."

김신은 말을 멈추고 굳은 채 왕을 보았다. 왕은 박중헌의 입 안에 있었다. 그가 만든 허구와 같은 불안에 빠져 김신을 경계하고 불신하여 결국엔 죽으라 명하고 있다. 그 불안이 자신을 수렁에 빠뜨리고 있다는 것도 모른 채.

"장렬히 죽었다 기별하라. 애통하다 기별할 것이니. 어명이다."

내려진 검과 죽음이 통탄스러웠다. 김신은 그렇게 전장으로 또 내버려졌다. 전장으로 나가며 김신은 그래도 살아 돌아오리라 마음먹었다. 그렇게 계속 살아 돌아와 왕비를 지키고, 왕을 지키고, 왕의 어명이 바뀌기를, 죽음을 맞이하는 것이 저가 아닌 박중헌이 되기를 바라며 기다릴 것이었다.

매일 누군가의 목이 잘려나가니 궐 내 분위기가 흉흉했다. 김선은 그것이 왕을 위한 일이 아니라 단언할 수 있었다. 이 모든 일의 원흉은 박중헌이었다. 궁에 들어와 보니 왕은 왕이 아니었고, 박중헌이 왕 노릇을 하고 있었다. 왕비의 기별에 처소에 들어서서도 박중헌은 허리 한번 제대로 굽히지 않은 채 꼿꼿하였다. 저잣거리의 어린 계집을 보듯 하찮아하는 기색이 역력했다. 뱀이나 다름없는 박중헌을 눈앞에 두고 김선은 다시금 마음을 다잡았다.

"더는 어심을 흔들지 마세요. 더는 폐하의 눈을 가리지 마세요. 문하시중의 죽음은 처사가 옳지 않았습니다."

김선의 엄한 말에도 박중헌은 눈 하나 깜짝하지 않고 느릿하게 입을 뗐다.

"모두 소신의 처사가 옳다 하는데 왕비만이 틀렸다 하십니다. 소신이 눈을 가린 것인지 폐하가 눈을 감은 것인지."

"네 이놈!"

"네 이년!"

꼭 쥔 김선의 손가락이 부들부들 떨렸다. 하얗게 질린 김선을 보며 박중헌은 되는 대로 지껄였다.

"낳기는 선왕이 낳았으나 내가 키워냈으니 내가 여의 아버지가 아닐 것이 없다. 여를 왕좌에 앉힌 것도, 여의 손에 천하를 쥐어준 것도 나다. 내 말이 틀리느냐. 한낱 무신 나부랭이의 누이 주제에 훈계는 집어치워라. 네가 훈계할 자는 내가 아니라 네 오라비다. 무덤이 되라 보낸 변방에서 네 오라비는 거듭 승전보를 전하니 그 의중이 흉악하지 않은가."

대체 무슨 소리인가. 선의 심장이 빠르게 뛰었다. 너무 빨라 곧 멎을 듯했다. 변방으로 또 변방으로 오라비는 이전보다 더 많은 전장을 떠돌고 있었다. 그것은 모두 이 나라 고려와 고려의 백성들을 위한 것이었다. 왕은 자신의 주군이기도 했으나 오라비의 주군이기도 했다. 그런 오라비를 전장으로 보내며 왕은 살아 돌아오라 하지 않고 죽으라 했다. 그것이 정말 왕의 뜻이 아니기를. 선은 큰 충격에 옷자락을 꾹 쥐는 것밖에 할 수 없었다.

"한 나라에 왕이 둘이라 한다. 한 하늘에 해가 둘이라 한다. 이것이 역모가 아니면 무엇이 역모란 말이냐!"

박중헌의 입에서 역모라는 말이 나왔다. 곧 오라비는 역모를 꾀한 자가 될 것이다. 김선의 머릿속이 새하얗게 비워졌다.

아닐 것이다. 김선은 박중헌의 혀를 믿지 않기로 했다. 왕이 심약하여 박중헌의 말을 곧이곧대로 받아들이고, 그저 염려로 신하들의 목을 무자비하게 베어나가고 있었으나 그래도 아닐 것이라 김선은 생각했다. 그리하여 직접 왕을 찾았다. 그의 왕이 더는 수렁에 빠지지 않게 그를 옆에서 붙잡아주고 싶었다.

편전의 가운데 왕이 앉았고 그 옆에는 박중헌이 있었다. 네 이년, 하던 노한 음성이 떠올라 어깨가 굳었다. 박중헌 쪽으로는 눈길을 주지 않은 채 김선은 왕을 보았다. 오직 왕만을 단단한 눈으로 보았다.

"부디 문신에만 편중치 마시고, 무신이라 천대치 마시고,

부디 변방을 도는 상장군 김신을 불러들여 폐하 곁을 지키게 하시고, 무엇보다 부디 박중헌을 멀리 하시고…."

김선이 아뢰는 말 하나하나에 왕여의 얼굴이 차차 일그러졌다. 그가 주먹을 꽉 쥐었다. 그의 여인의 입에서 나오는 말 어디에도 자신을 위한 것은 없었다. 그저 오라비와 제 집안을 위한 말 같았다. 순진하다 여겼고 눈에 어여쁘다 하였으나 결국에는 김선도 자신의 자리를 흔들려는 권력에 눈먼 자들과 똑같다 느껴졌다. 질투에 눈이 먼 것은 그였으나 그는 이지를 잃어가고 있었다.

"결국 그리 되더냐. 네 보잘것없음이 결국 욕심이 되더냐. 보잘것없는 네가, 보잘것없는 네 집안의 유일한 희망이라더냐, 네 오라비가!"

"폐하!"

왕비는 왕을 은애하여 마주칠 때마다 늘 얼굴 붉히는 이였다. 김선은 그저 진심으로 왕여만을 위해 고하고 있었다. 그럼에도 왕에게는 제대로 닿지 못했다. 김선은 왕여가 느끼는 열패감을 전혀 이해하지 못하고 있었다.

누구에게도 들키고 싶지 않은 왕여 스스로의 나약함이었다. 김선에게만은 더더욱.

"왕이 백성을 지키는 것이다! 어찌 한낱 백성이 왕을 지킨단 말이냐! 네가 지금 무엇을 청한지나 알고 청한 것이냐! 네 오라비라는 자는, 승산 없는 전장에서 번번이 살아 돌아와 저잣거리의 신이 되어간다."

왕은 노여움에 떨고 있었다.

"내 그리 돌아오지 말라 일렀거늘 번번이 개선하여 내 무능을 비웃는다. 그런 네 오라비가 든 그 검으로 날 지킬지 날 벨지 어찌 아느냐!"

"폐하!"

"그 누구도 내 백성의 신이 될 수는 없다! 그리하여 반역인 것이다!"

진실로 왕이 오라비에게 죽음을 명하였다니. 김선은 기함하며 폐하를 부르다 멈추었다.

왕여의 마음속에 자리한 깊은 어둠이 왕여를 끝내 병들게 하였다. 그가 소중히 여기는 여인조차 그 마음을 달래지 못하고 있다. 박중헌은 보이지 않게 미소를 지었다. 왕이 믿는 것은 오직 불안을 속삭이는 자신의 말뿐이었다. 그 혼란의 불씨.

"한낱 무신 따위가 득세하니 문신의 세가 기울어 왕실의 권위 또한 풍전등화이옵니다. 상장군 김신의 목을 쳐 틀렸다 꾸짖으시고 강건함을 보이시옵소서."

목을 베어야 할 수많은 신하들, 그 신하들의 이름은 늘 박중헌의 입에서 나왔다. 그리고 종내에는 김신의 이름마저 나오고 말았다.

저를 돌보아줄 오라비는 멀리 전장에만 있는데, 그 오라비가 죽어 돌아올지 살아 돌아올지 몰라 매일이 악몽이었다. 김선의 안색이 하루하루 파리해져갔다. 그런 왕비가 걱정되어 상궁들이 탕약을 요청하였으나 왕에 의해 거절당했다.

귀한 왕비에게 이성을 잃은 왕이 한낮의 도적처럼 무례하게 찾아들어 벌컥 처소 문을 열었다. 급히 일어나 왕을 맞이한 왕비의 복색은 장신구 하나 걸친 것 없이 단출했다. 그 모습이 왕의 화를 더욱 돋우었다.

"그대의 오라비가 또 개선을 하였구나! 그대는 우리 둘 중 누가 살았으면 좋겠느냐."

"폐하!"

"대답해보거라. 아니면 이미 계산이 선 것이냐. 하긴 그대는 내가 살든 오라비가 살든 잃을 것이 없구나."

김선이 입술을 물었다. 내치기만 할 뿐인 왕을 김선은 이미 은애한 지 오래였다. 선왕의 유지로 왕비가 된다 하니 태어나던 순간부터 운명 같았고, 담장 너머로 마주친 순간에는 이미 반하였고, 뒷모습을 몰래 훔쳐볼 때에 설레었고, 달빛 푸르던 밤에 안겼을 때는 깊이 왕을 은애하였다. 설령 그 왕이 오라비에게 죽으라 명령하였대도 그러하였다. 김선의 눈에 원망의 눈물이 고였다.

"못나셨습니다."

"죽고 싶은 것이냐! 꼴은 왜 그런 것이냐. 이미 그대 마음엔 초상이 났구나!"

왕비의 패물함을 가져오라는 불호령에 상궁들이 어지러이 움직이며 패물함을 가져다 대령했다.

"왜 몸에 지니지 않는 것이냐. 이것들을 내가 여기 넣어두라 하사한 줄 아느냐! 나는 이제 알 수가 없다. 변방의 오랑캐가 적인지 네 오라비가 적인지."

"박중헌이 적입니다."

한 서린 목소리로 왕비가 담담히 고했다.

박중헌. 그는 유일한 자신의 편이었다. 이제와 어찌하란 말인가. 왕여는 우악스러운 손길로 패물함을 뒤지다 옥반지 하나를 집어 들고는 여린 김선의 팔목을 낚아채 손에 쥐었다.

"적들도 죽이지 못한 네 오라비를 난 오늘 죽일 것이다."

"폐하!"

"그대 오라비의 죄는 역모다. 그러니 이걸 끼고 왕비답게 대역죄인인 오라비를 맞아라."

김선의 손에 거친 손길로 옥반지가 끼워졌다. 가느다란 손가락에 옥반지를 끼우고 왕여는 김선을 보았다. 김선의 얼굴에서 쉴 새 없이 눈물이 쏟아져 내렸다. 가슴에 복받치는 한이 그녀의 숨을 막았다.

왕여의 가슴도 찢어지는 듯했다. 그녀의 오라비가 명대로 전장에서 죽었다면 이렇게 그녀까지 아프게 하지 않아도 되었을 것이다. 그러한데 자신만을 원망하는 듯한 김선 또한 원망스러웠다.

"그대는 누구의 편이냐. 단 한 번이라도 내 편인 적은 있었느냐. 단 한 번이라도 내가 심중에 있긴 하였느냐. 단 한순간이라도 날 사랑한 적, 있느냐!"

김선은 마음이 무너지는 듯했다. 왕은 자신의 마음 한 톨도 모르고 저를 아프게만 했다. 떨리는 손으로 왕의 따귀를 감히 올려붙였다. 놀란 왕여가 눈에 핏발을 세운 채 김선을 보았다. 애증 어린 눈이었다.

"그자의 편에 서지 말라. 그게 그대가 살 수 있는 유일한 길이다. 선택해야 할 것이다. 내 여인으로 살 것인지 대역죄인의 누이로 죽을 것인지."

선택은 없었다. 반지 낀 손을 꼭 쥔 채 김선은 처음부터 결정되어 있던 사실만을 고백하였다.

"폐하를 사랑하는 여인은 대역죄인의 누이입니다."

볼 밑으로 눈물이 흘러내렸다. 죽음을 예감한 김선의 눈물이었고, 다가올 죽음을 받아들이겠다는 담담한 의지였다.

왕여에게는 끝까지 오라비의 편에게 서겠다고 시위하는 것과 다를 바 없었다. 왕비조차 저의 곁을 떠나 차라리 죽음의 편에 서겠다 하니 왕은 차라리 저가 죽고 싶었다. 백성도 왕비도 자신의 편이 아니었다. 자신을 사랑해주는 이가 하나도 없었다.

왕여는 천천히 눈을 깜빡여보았다. 아무리 눈꺼풀을 감았다 다시 들어 올려도 보이는 것은 늘 같았다. 깨어나지 않을 꿈처럼 계속해서 매일이 반복됐다. 현실이라는 아주 긴 꿈이었다. 너른 편전에 진수성찬이 올라와 있었고, 상궁들이 떨며 머리를 조아리고 있었다. 가운데 엎드린 박중헌이 보였다. 김선과 김신은 죽었다. 그리하여 나는 이제 강건한 왕인가.

“역모의 무리를 멸하시고 강건함을 보이시니 흉흉하던 백성들의 잠이 모처럼 단정하여 저잣거리에 폐하의 칭송이 자자합니다. 혹 구중이 깔끄러우실까 염려되어 식전주를 내라 일렀습니다. 향이 아름답고 단맛과 신맛이 어우러져 구미가 돋고….”

꿈에서 어서 깨어나야 했다. 왕여는 벌떡 일어나 휘적휘적 수라가 차려진 상으로 다가가 확 뒤집었다. 음식들이 쏟아지며 그릇들이 여기저기 바닥을 굴렀다. 와장창! 무언가 깨어지는 소리가 커다랗게 들렸는데 또 여전히 꿈이어서 왕여는 숨이 가빠졌다.

황금실로 짠 용포가 엉망으로 구겨져 있었다. 관도 쓰지 않아 흘러내린 머리카락이 부스스했다. 흐릿한 눈빛으로 왕은 걸핏하면 수라상을 엎었다. 여전히 꿈을 꾸는 듯 그의 눈은 앞을 보지 않고 늘 먼 곳을 향하였다. 몇 년이 지나도 그 상태는 더 심각해질 뿐이었다.

성인이 되었어도 그는 관도 포도 없이 흰 두루마기에 산발을 하고 궁을 헤집고 다녔다. 왕이 미쳤다는 소문이 자자했다. 김선과 김신이 죽은 지도 꽤 되었다. 그 죽음들에서 아직도 벗어나지 못하는 심약함이 박중헌의 심기를 종래에는 거스르게 되었다.

"폐하의 심신이 미령하여 만백성이 근심이다. 수라를 줄이고 탕약을 들이라."

탕약. 멀었던 왕의 눈이 잠시 선명해졌다. 형을 죽이고 사촌과 조카를 죽인 탕약이 결국에는 제 입에까지 들어오게 되었다. 헛웃음이 났다.

박중헌의 뱀과 같은 생각은 결국 왕을 다시 갈아치우자는 데까지 이르렀다. 미치광이 왕은 제멋대로 부리기엔 좋았으나, 권력을 휘두르기에는 모자란 감이 있었다. 그는 또 다른 어린 왕을 찾아 나섰다. 왕실의 핏줄이야 물이 섞였다 한들 어디서든 찾아내면 그만이었다.

궁녀가 탕약을 들여와 왕 앞에 내밀었다. 탕약을 받친 손이 떨리고 있었다. 이 탕약의 의미를 모르는 이는 아무도 없었다.

"입에 써도 드시옵고 옥체와 정신을 맑게 하시어 강건함을…."

한 번에 탕약을 들이켠 왕이 박중헌에게 되물었다.

"이 정도 강건함이면 되시겠소."

수많은 신하와 왕비와 가족들을 모두 다 죽였다. 그리 했는데도 저는 강건하지 못하고 이렇게 미쳐가고 있었다. 왕의 물음에도 박중헌의 대답은 돌아오지 않았다. 뱀의 몸이 미끄러지며 편전을 빠져나갔다.

대전이 어질러진 지 오래되었다. 흉흉한 몰골의 왕이 잔기침을 내뱉으며 바닥에 엎드려 무언가에 열중하고 있었다. 제대로 된 식사는 거른 채 탕약만을 들이켜며 빠르게 세필을 움직여 세심하게 선을 그어 나갔다. 점차로 드러나는 것은 단정한 여인의 얼굴이었다. 그리다 만 초상이 이미 여러 장이었고 붓들이 그 위를 나뒹굴었다.

"말해보라."

붓을 놀리던 왕이 별안간 곁을 지키고 서 있던 늙은 상궁을 향해 말했다. 왕비를 모신 적 있는 상궁이었다. 안타까운 낯으로 왕을 보던 상궁이 광인이 뿜어내는 눈빛에 흠칫 몸을 떨었다.

"기억이… 안 난다. 어느 것이 왕비의 얼굴이냐. 이리 웃었느냐, 아니면 이리 울었느냐."

"폐하…."

"잊지 않으려 하였는데, 이 사람은 그조차도 싫은 모양이다. 기억이 안 난다."

웃고 있는 김선, 울고 있는 김선, 모두 김선이었다. 괴로움이 가득한 왕 앞으로 상궁이 결심한 듯 한 발짝 나섰다. 어느 날엔가 혹시 왕이 사랑했던 여인을 찾을까 하여 상궁이 늘 품에 지니고 있던 것이 있었다. 비단으로 싸인 물건이 잔뜩 흐트러진 왕여의 앞에 올려졌다.

왕은 천천히 비단의 매듭을 풀었다. 비단이 걷히자 익숙한 의복이 드러났다. 그리움이 물밀 듯 몰아쳐 왕의 손이 눈에 띄게 떨렸다. 왕비가 숨을 거두던 날 입고 있던 피 묻은 의복과 옥반지. 그가 억지로 왕비의 손에 끼워 넣었던 그 옥반지였다. 반지를 쥔 채 그는 깊은 곳에 있던 눈물을 쏟아냈다. 통한의 눈물이었다. 창자가 끊어질 듯 지옥불과 같이 뜨거운 눈물이 대전 바닥을 적셨다.

아무리 눈을 감았다 떠도 깨지 않는 꿈속에서 왕은 왕비를 향한 그리움에 헤맸다. 담장 너머 자신을 보고 놀란 눈을 하던 소녀가 그리웠으나 손에 남은 건 피 묻은 옷과 옥반지뿐이었다. 자신이 내린 것을 모두 두고 갔으니 그것 또한 거부처럼 느껴졌다.

흰 두루마기에 산발을 한 채로 왕은 궁궐 밖으로 나섰다. 늦은 밤 저잣거리는 몇몇의 상점들만 불을 밝히고 있었다. 추위를 견디려 지펴놓은 화톳불에서 불씨들이 탁탁 소리를 내며 튀었다. 휘적휘적 왕비의 마지막 물건들을 들고 미치광이 모습으로 나타난 왕의 모습에 백성들은 펄쩍 뛰었다. 납작 엎드려 어서 그가 지나가기를 바라고만 있었다.

"이 고운 비단옷 누구에게 입힐꼬. 이 아름다운 옥반지 누구 손에 끼울꼬. 이 고운 비단옷 누구에게 입힐꼬. 이 아름다운 옥반지 누구 손에…."

왕의 설움이 곡처럼 흘러나왔다. 비단옷과 옥반지를 든 채 왕의 그리움은 정처 없이 거리를 헤매고 있었다.

"그 아름다운 옥반지, 내게 주시오."

아무도 숨소리조차 내지 못하고 있는데, 골목 한 편에 앉은 노파가 겁 없이 왕을 향해 말했다. 걸음을 멈추고 왕은 노파를 보았다. 형형한 눈빛으로 어리석은 왕을 바라보는 노파는 삼신이었다. 왕이 노파에게 옥반지를 던졌다.

옥반지는 삼신의 손에 쥐어졌으니 비단옷만이 남았다. 주인을 찾지 못한 비단옷은 화톳불 안에 던져 넣었다. 비단옷을 머금고 불길이 거세게 활활 타올랐다. 검은 연기가 피어올랐다. 그 불길을 바라보다 왕은 다시 궁으로 향했다. 처음부터

제 손에는 아무것도 없었다. 아무것도 남지 않았다.

그림은 허상에 불과할 뿐 그녀가 아니었다. 가누기 힘들어진 몸을 축 늘어뜨린 왕의 목소리가 구슬펐다.

"내 백성들도, 내 신하들도, 내 여인도, 나조차도 나를, 그 누구도 나를 사랑하지 않았구나. 끝끝내 나는… 그 누구에게도 사랑받지 못하였다."

탕약을 올리던 궁녀는 깊숙이 고개를 숙일 뿐이었다. 왕은 이제 일각도 제정신으로 버티지 못하는 광인이었다. 왕이 궁녀에게 탕약을 더 가져오라 명을 내렸다. 지금 마시고 있는 탕약도 치사량에 가까웠다. 그다음은 곧 죽음이었다. 궁녀가 혼비백산하여 손을 떨었다.

누군가에게 사랑받지도 못하였고, 누군가를 마음껏 사랑하지도 못했던 생에 어떤 미련이 남아 붙잡고 있었는지…. 꿈을 깨면 소중하고 고귀했던 여인에게 사랑받는 순간으로, 봄날로 돌아갈 줄 알았으나 수천의 밤을 보내도 꿈은 끝나지 않았다. 현실은 잔인하였고 간악하였다.

"무엇이 들었는지 안다. 한 번에 끝내자꾸나. 탕약을 더 가져오라. 어명이다."

그는 스스로 목숨을 끊어 생을 마쳤다. 눈물이 흘렀으나 닦아줄 이 한 명 없었다.

눈물

침대에 누운 은탁의 입에서 간간이 신음이 흘렀다. 기절하듯 잠에 빠진 은탁의 눈가에 경련이 일 때마다, 입에서 고통에 찬 신음이 흘러나올 때마다 도깨비의 속눈썹 아래로 그늘이 깊어졌다. 큰일 날 뻔했다. 아무리 곱씹어보아도 아찔해 땅이 꺼지는 듯했다. 미안하고 괴로운 마음으로 도깨비는 은탁의 이마에 맺힌 식은땀을 닦아내었다. 시간이 제법 흐르고서야 은탁이 간신히 눈을 떴다.

"…아저씨, 괜찮아요?"

은탁은 얼굴 위의 손길을 느끼며 갈라진 목소리로 물었다. 은탁은 자신의 곁을 지키고 있는 이가, 눈을 떴을 때 처음 보이는 얼굴이 도깨비라 다행이라는 생각이 들었다.

도깨비는 가슴속으로 한숨을 삼켰다. 이 아이, 희게 질린 얼굴을 하고도 저에게 괜찮냐고 묻고 있다.

"질문이 바뀐 것 같은데."

"그런가? 흐, 죽는 줄 알았네."

"미안해. 많이 놀랐지."

"아저씨도 몰랐던 거잖아요. 그렇게 아플지. 지금까지 누가 잡아본 적이 없으니까."

고통에 찬 도깨비가 자신을 밀쳐내었고, 허공을 멀리 날았다. 찰나의 순간 그가 자신을 등 뒤에서 감쌌고, 함께 바닥을 굴렀다. 모든 것이 부지불식간에 이루어진 일이었다. 놀람도 아픔도 자신에게는 순간이었다. 게다가 또 도깨비가 자신을 구해주지 않았는가. 검이 조금 뽑혔을 때 고통스러워하던 도깨비의 표정이 더 아프게 다가왔다.

씁쓸해하는 도깨비를 향해 은탁은 환히 웃어 보였다.

"근데 아저씨 진짜 날 수 있네요. 이렇게 보여달라 그런 건 아니었는데."

미안해하지 말라는 말을 은탁은 그렇게 했다. 은탁이 원하는 일이라 도깨비도 더는 미안한 기색을 내비치지 않기로 하였다.

"우리 마음 단단히 먹어요. 이게 녹록치가 않네요."

"어."

"근데 전 사실, 검이 움직인 거에 더 놀라서…. 너무 다행이잖아요. 이로써 나 진짜 신부인 거 증명된 거죠?"

은탁이 뿌듯함을 가득 담아 웃었다. 그 웃음에 애써 밝게 피어 올렸던 도깨비의 얼굴이 어두워졌다. 은탁은 이미 단단한 아이였다. 혼자서도 씩씩하게 자란 도깨비 신부다웠다. 은탁이 도깨비 신부가 아니기를 바랐던 순간이 있었다. 네가 아니기를 바랐다고, 웃고 있는 은탁에게 사실대로 말할 수 없어 도깨비는 그저 은탁을 바라보았다.

잘됐다고 동의를 구하듯 말했음에도 답이 없는 그의 모습에 은탁은 불편해졌다. 함께 잘됐다 말해주었으면 싶었다. 자신이 도깨비 신부였던 것이 밝혀졌을 때, 주륵주륵 내리던 빗소리가 여전히 귓가에 선명해 은탁은 눈치를 살폈다.

"잘… 안 됐어요?"

"잘됐어."

희미하게 미소를 보이며 도깨비가 답했다. 그제야 은탁은 겨우 안심이 되었다.

"봐요, 나 진짜 신부 맞다니까. 그럴 운명이었던 거예요."

운명. 자신에게 주어진 운명이 도깨비의 연인이고 신부라는 것이 이제는 정말 확실해진 것이다. 검을 잡았고 분명 움직였다. 그리고 도깨비가 잘되었다고 이야기해주었다. 은탁은 몇 번이고 '운명'이라는 말을 되뇌었다.

은탁이 들떠 되뇔수록 도깨비의 마음은 점점 더 무거워졌다.

도깨비와 그 신부의 운명이 어디로 흘러가는지 몰라 혼란스러운 와중에 현실 또한 혼란 그 자체였다. 도깨비가 은탁을 구하기 위해 도로변을 엉망으로 만들어놓은 탓이었다. 주차장에 가만히 세워져 있던 차들이 죄 뒤집혔다. 태풍이 분 것도 아닌데 하나씩 뒤집히는 차들을 찍은 영상이 이미 인터넷에 돌고 있었다.

영상을 먼저 발견한 건 덕화였다. 덕화는 머리부터 짚었다. 저도 사고뭉치 재벌 3세긴 하지만 도깨비삼촌의 사고는 스케일부터가 달랐다. 천우그룹이 발 벗고 나서야 하는 수준이었다. 덕화는 김 비서에게 곧바로 전화를 걸었다.

김 비서는 직원들을 총동원해 인터넷에 올라온 영상을 지우는 일을 진두지휘했다. 한편 저승사자는 사고 목격자들과 피해자들 하나하나와 눈을 맞추며 기억을 지워야 했다. 찌그러진 차는 때 아닌 돌풍에 의한 파손, 보상금으로 덕화가 나누어주는 돈은 하늘에서 뚝 떨어진 횡재일 뿐이라 기억을 지우고 조작하느라 분주했다.

몸은 멀쩡했으나 큰 사고는 사고였던지 놀란 근육들이 여기저기 아프다고 성화였다. 방 안에서 어깨며 팔다리에 파스를 붙이던 은탁은 와장창 그릇 깨지는 소리에 놀라 거실로 나왔다. 계단 아래, 도깨비가 쓰러져 있었다. 그 옆으로 조각난 그릇을 저승이 덤덤한 표정으로 치우고 있었다.

도깨비 덕에 한참을 밖에서 고생하다 돌아온 터라 도깨비에 대해 마냥 마음이 따뜻하기 힘든 저승이었다. 집에 돌아와서도 또 도깨비 뒤치다꺼리였다.

"아저씨 왜 이래요? 설마 죽은 거 아니죠?"

"약 기운 때문에 그래. 자게 둬."

"저렇게 자면 담 걸릴 텐데…."

깨진 그릇 조각들을 치우는 김에 도깨비도 방으로 옮겨주면 좋으련만 저승은 무표정하게 쌩 뒤돌아 가버렸다. 은탁으로선 자신보다 훨씬 크고 무거운 도깨비를 옮길 능력이 없었다. 깰 때까지 이곳에 둘 수밖에 없어 은탁은 얼른 방으로 가 두꺼운 모포를 들고 나왔다. 조금이라도 따듯한 기운이 누워 있는 그의 옆에 머물렀으면 좋겠다는 마음으로 집 안에 있는 초들을 한아름 가지고 와 불을 붙였다. 모포를 덮은 도깨비 옆에 은탁이 모로 누웠다.

"왜 그래요. 약 왜 먹었는데요. 아직도 아파요?"

잠든 그는 조용하기만 했다. 미동 없는 그의 얼굴을 지그시 바라보았다. 은은한 촛불이 그의 얼굴 위로 아른거렸다. 웃는 얼굴만큼이나 잠든 얼굴도 오래 간직하고 싶을 만큼 멋있었다. 아픈 것만 아니라면 더 좋았을 것 같았다. 손을 뻗어 앞 머리카락을 조심스럽게 넘기고 이마를 짚었다. 다행이 열은 없었다.

"다 큰 어른이 아무 데나 막 쓰러져 있고…."

안타까움이 담긴 목소리가 도깨비의 얼굴 위로 빗방울처럼 흘렀다. 희미하게 정신이 든 도깨비가 입을 열었다.

"…아파서."

"깼어요?"

"…파스 냄새."

"여기저기 다 쑤셔요. 아저씨도 많이 아파요? 아까 괜찮다고 해놓고."

"거짓말이었어."

순순한 자백에 은탁이 픽 웃었다. 눈을 감은 그의 목소리가 무척 낮았다.

"맨날 거짓말이네. 얼른 나아요."

진심을 담아 은탁은 그의 머리를 쓰다듬었다. 한 번 두 번, 천천히 움직이는 은탁의 손길이 세 번째로 그의 머리카락 위에 닿았을 때 도깨비가 눈을 떴다.

"어디가 아픈 줄 알고…."

"어디가 아픈데요?"

"…첫사랑이, 엄청 아프네."

은탁의 손길이 멈췄다. 올라가 있던 입꼬리도 꾹 일자로 다물어졌다. 옆에 있어주는 건 저인데 첫사랑을 생각한다니 섭섭했다.

시시때때로 변하는 은탁의 표정을 도깨비는 가만히 보았다.

"뭐 되게 예뻤나 봐요? 뭐, 막 아주 베껴 쓴 것도 있더만."

"음, 아주 많이. 매일매일… 예뻐."

"많이 아프시네. 위독하시다, 지금. 푹 자요, 빨리. 입 돌아가게."

은탁은 마음을 들키고 싶지 않아 미운 소리를 미운 소리로 갚아주었다. 그리고 아까 조심스럽던 손길과는 다르게 조금 아프라고 일부러 세게 어깨를 퍽퍽 두드리고 일어서려고 했다.

"가지 마…."

"내가 왜요? 첫사랑이나 생각하는 사람 뭐 이쁘다고? 그게 신부한테 할 소리야?"

"잘 보면 있어. 이쁜 구석. 그러니까 가지 마."

눈 감은 채 하는 도깨비의 말에 은탁은 입을 삐죽이며 다시 제 손으로 팔베개를 하고 옆에 누웠다. 자신은 첫사랑은 아니겠지만 처음이자 마지막일 도깨비 신부였다. 그는 신부 앞에서 잘도 첫사랑 이야기를 하는 이지만, 신부에게는 감은 눈으로도 마음을 설레게 하는 이였다. 설레는 만큼 쓸쓸해 보이는 이이기도 했다. 그래서 은탁은 또 오래 그 옆을 지켰다.

서로의 심장 소리가 가깝게 들렸다.

도깨비로부터 첫사랑에 대한 말을 들은 이상 은탁은 신경을 쓰지 않으려야 않을 수 없었다. '첫사랑이었다' 책 옆에 흘려 쓴 글씨가 눈에 아른거렸다. 도깨비의 일기라도 모조리 읽어서 첫사랑의 정체를 밝혀내야 속이 풀릴 것 같았다. 속이 더 답답해질 수도 있겠지만.

가만있을 수 없어 도깨비의 일기장을 베낀 노트를 덕화 앞에 내밀었다. 천자문을 세 살에 떼었다고 하는 덕화의 말을 전부 믿을 순 없어도 썩은 동아줄이라도 잡아보자는 심정이었다.

"근데 이게 뭔데?"

"오빠네 삼촌 뒷조사요. 특히 첫사랑 관련해서. 우리끼리 비밀이에요."

"이 소녀야, 나 이런 뒷조사 엄청 선호해."

빼곡한 한자들 위로 은탁 나름대로 주석을 달아놓은 노트를 덕화가 유심히 살폈다. 한 자씩 짚어가며 읽던 덕화의 눈이 한곳에 오래 머물렀다.

"이 글자는 들을 청이래요. 혹시 모르실까 봐."

혹시 모르는 건가 염려되는 마음에 은탁이 설명을 덧붙였다.

이 삶이 상이라 생각한 적도 있으나, 결국 나의 생은 벌이었다.

그 누구의 죽음도 잊히지 않았다.

신은 여전히 듣고 있지 않으니.

'신은 여전히 듣고 있지 않으니….'

입매가 잠시 비틀리고 노트를 쥔 손에 힘이 들어갔다. 덕화의 미묘한 변화에, 은탁은 해석을 기대하는 눈빛으로 덕화를 뚫어져라 바라보았다.

"연서네."

"연서요?"

"어. 슬픈 사랑 고백이네."

은탁이 울컥하며 입술을 깨물었다. 덕화가 장난스럽고도 묘하게 눈을 빛냈다. 노트의 중간 부분, 문장과 문장 사이를 어설프게 바라보며 해석하듯 읊조렸다.

"그렇게 백 년을 살아 어느 날, 날이 적당한 어느 날…."

더 듣고 싶지 않아 은탁은 노트를 확 덮었다. 뭐, 그럴 수 있는 일이다. 구백 평생 못 잊는 여자 한 명쯤은 있을 수 있다고 내내 생각해왔다. 그래도 막상 이렇게 절절한 일기까지 남겨 놓았다는 걸 확인하고 나니 속이 쓰렸다.

씩씩거리는 은탁과 헤어진 덕화는 도깨비의 집으로 향했다. 처음 검을 빼고 무로 돌아가려 하기 전 도깨비가 유 회장에게 맡겼던 족자를 도깨비에게 돌려주라는 심부름을 완수하기 위해서였다. 이미 몇 차례 못 만나 허탕을 친 터였다.

도깨비가 끔찍이 아끼던 이 족자 안에 무엇이 있었는지는 덕화도 최근까지 알지 못하다 얼마 전 알게 되었다. 족자에는 여인 그림이 담겨 있었다. 덕화의 눈에도 고귀하고 아름다운 여인이긴 했으나, 눈물을 흘릴 만큼 감동적인 그림은 아니었다. 도깨비 모르게 그림을 함께 열어본 저승사자가 갑자기 눈물을 흘린 일이 당혹스러운 건 그래서였다. 길 가다 처음 보는 여자를 보고도 울었다더니, 병이라도 걸린 건가 하는 의심이 들었다. 족자를 도깨비에게 돌려주며 덕화가 저승과 있었던 일을 전했다.

"울었다고?"

도깨비의 목소리에는 불편한 심기가 담겨 있었다. 도깨비가 듣기에도 퍽 이해하기 힘든 이야기였다. 왜 울었는지 궁금한 걸 넘어서, 어쩐지 기분이 상했다. 족자를 말아 쥔 채 도깨비는 곧장 저승의 방으로 향했다.

"울었다며. 네가 왜 우냐? 나도 안 우는데?"

저승은 벌컥 방문을 열어젖힌 것도 갑작스러운데 따져 묻기부터 하는 도깨비를 스쳐 그 뒤의 덕화를 흘겨보았다. 그새 도깨비에게 일러바친 것이다. 눈물이 당혹스러운 건 자신도 마찬가지였다. 써니를 보고 울었고 족자 속 여인을 보고도 울었다. 써니를 두고 다른 여인과 바람이라도 피운 기분까지 들었었다. 딱히 써니와 제가 무슨 사이인 것도 아닌데도 그랬다.

"나도 당황스러워서 여러 방면으로 생각을 많이 해봤는데, 스탕달 신드롬 뭐 그런 거 아닐까 싶다. 엄청 감동적이고 가슴이 벅차고 그랬어. 근데 누구야? 이 그림 속 여인?"

"네가 알아서 뭐하게."

도깨비가 짐짓 차갑게 대꾸했다. 저승은 그림에서 보았던 여인을 떠올리다 아련한 기분에 사로잡혔다.

"그냥… 어디선가 본 것 같아서…."

보았다니. 혹시나 하는 마음에 도깨비의 눈이 커졌다.

"네가 본 여인은 누군데. 내가 아는 이 여인은 내 누이야."

처음 듣는 도깨비의 가족사에 덕화와 저승의 눈이 커졌다.

하늘에서 뚝 떨어져 언제고 혼자였을 것만 같던 그에게 누이가 있었다는 사실이 놀라웠다. 하긴 생각해보면 그도 한때는 인간이었으니 가족이 있던 것이 당연했다.

"진짜 내 여동생 본 적 있어? 잘 생각해봐. 어디서 봤는지."

"여동생…. 내 망자 중 한 명인가 싶은데 이 또한 정확하진 않아."

"이 아이가 환생했었어? 언제."

"정확치 않다니까. 내가 기백 년간 데려간 망자가 몇인데 얼굴을 다 기억해. 어디선가 본 듯해서 그렇게 짐작해보는 거야. 기억은 없고 감정만 있으니까…. 그냥 엄청 슬펐어…. 가슴이 너무 아팠어."

생각을 더듬어보려는 것만으로도 이미 저승의 가슴이 아릿해져왔다.

더듬더듬 말하는 저승을 두고 도깨비의 눈이 깊어졌다. 마지막 순간까지 지켜주지 못했던 누이는 도깨비가 간직한 큰 상처 중 하나였다.

방 안의 분위기가 무거워지려는 찰나, 덕화가 소리쳤다.

"삼촌들, 나 알아! 알 것 같아! 끝방삼촌이 삼촌 여동생의 환생 아냐? '오라버니' 한번 해봐요, 끝방삼촌."

두 남자의 매서운 시선이 동시에 덕화에게 꽂혔다.

저승사자가 본 것 같다 하여 일말의 기대를 품었으나, 역시 누이는 찾을 수 없는 모양이라 도깨비는 실망스러웠다.

도깨비와 덕화가 방을 나간 뒤 저승은 홀로 거울 앞에 섰다. 여인이 도깨비의 누이였다는 사실을 알고 나니 더욱 기분이 이상했다. 자신이 언젠가 보았던 망자였던 건지, 혹은 전생에 알던 사람이었던 건지…. 자신의 전생과 이어진 여인이라 생각하면 너무도 아득했다. 그의 모든 기억은 깨끗이 도려내어져 있어, 처음부터 자신은 저승사자였을 뿐 한 인간이었던 순간이 없었다.

얼마 전 후배 저승사자에게서 들었던 이야기를 떠올렸다. 어느 저승사자가 망자를 데리러 갔다가 전생이 떠올랐고, 전생에 그의 아내였던 그 망자를 기타누락자 처리한 채 같이 도망을 갔다는 이야기. 전생에 씻을 수 없이 큰 죄를 지은 이들이 저처럼 저승사자가 되었다. 허나 자신이 어떤 죄를 잊었는지는 기억과 함께 잊혔다.

그는 전생을 어떻게 다시 기억하게 되었을까. 저승은 문득 궁금해졌다. 기억이 나게 되었다면 난 대로, 나지 않는다면 나지 않는 대로 모두 신의 뜻일 것이나, 잃은 기억을 다시 돌려준 신의 뜻이 무엇일지 무척이나 궁금했다. 자신의 전생은 아마 되찾지 못할 것이다. 대부분의 저승사자가 그러하듯. 그러니 그림 속 여인도 이렇게 의문 속에 묻히게 될 일이었다.

一

해가 저물어가는 오후의 날은 맑지도 흐리지도 않았다. 편안한 차림으로 테라스에 앉아 있던 도깨비가 막 일을 마치고 돌아온 저승사자를 불러내 함께 맥주 캔을 땄다. 아직 세상의 때가 묻지 않은 작고 어린 망자를 보내고 난 날이면 배로 피로했다. 이런 고단함을 짊어진 업이 원망스러워지다가도, 이 일이 전생에 지었을 무시무시한 죄를 속죄하는 길이라 생각하면 감내하는 수밖에 없었다.

"낮술 좋다. 특히 퇴근 후 낮술."

나지막이 중얼거리는 저승을 도깨비가 빤히 바라보다가 입을 뗐다.

"오라버니 해봐."

"죽는다!"

"맞는데. 얼굴 하얗고."

이죽거리는 도깨비를 보며 저승이 들고 있던 맥주 캔을 찌그러뜨렸다. 일순간 캔이 얼어붙었다. 화내는 저승을 못 본 척 도깨비는 시선을 돌렸다.

"무로 돌아간다는 건 대체 뭘까 싶어서. 먼지나 바람이나 비로 흩어지는 걸까? 세상 어딘가로?"

"그냥 진짜 무가 되는 건 아닐까. 먹는 무?"

저승의 생뚱맞은 말에 도깨비가 풋 하고 웃어버렸다. 술기운이 도는 탓도 있었다. 두 남자가 술기운과 농담 속에서 킥킥댔다.

"그런 고민을 왜 하는데. 어차피 기타누락자가 검도 못 잡는데."

"은탁이가… 검을 잡았어. 검이 움직이기까지 했어. 그 아이, 정말 내 신부였어. 엄청 아프더라. 처음 느껴보는 고통이었어."

웃고 있던 도깨비의 목소리가 다시 쓸쓸해졌다. 은탁은 자신이 신부가 맞아 정말 잘된 일이라 했지만, 도깨비는 마음이 쓰렸다.

놀란 눈으로 바라보던 저승이 퍼뜩 생각난 듯 물었다.

"기타누락자한테 그거 뽑으면 무로 돌아간다는 거 말했어?"

"아직. 처음엔 말할 필요가 없었고, 다음엔 말할 기회를 놓쳤고, 결국엔 말할 수 없어졌지. 어떻게 얘길 해. 네 손으로 나를 죽여달라고."

"그럼 어떡할 건데. 검이 움직였다며."

"가능하면 계속 숨기려고."

"언제까지?"

"글쎄. 한 80년 정도 더?"

도깨비의 의도가 한눈에 보여서 저승은 눈을 가늘게 떴다.

"딱 인간의 수명이군. 현재 19세인 한 소녀가 최대한 오래 살 수 있는."

캔을 꽉 쥐고 있던 도깨비의 손에 힘이 빠졌다. 그렇게 될 수 있을지 없을지 도깨비도 확신할 수 없었다. 되도록 그렇게 80년 정도 더 이곳에 머무르다가 은탁의 수명이 다할 때쯤 저도 무로 돌아가 사라지고 싶었다. 그렇게만 된다면 퍽 괜찮은 결말 같았다.

"혹시나 해서 말해주는 건데, 정 그러고 싶음 기타누락자한테 절대 검의 진실에 대해 얘기하지 마. 사랑? 그거 다 호르몬 장난이다. 80년? 그건 네 생각이고, 너 한 2년 살다 어디서 변사체로 발견될 수도 있어. 나 그런 망자 많이 봤다."

도깨비의 동공이 흔들렸다. 안 그래도 걱정돼 죽겠는데 걱정이 또 하나 늘었다. 도깨비와 인간의 수명이 다르듯 감정의 깊이도 다를 수 있었다.

저승사자는 난감해 이마를 찌푸렸다. 웃자고 한 말이었는데 도깨비의 마음을 더 무겁게 만들어버린 듯했다.

"근데 왜 갑자기 검이 움직인 건데? 잡히지도 않는다더니. 그때랑 뭐가 달라졌어?"

"그러게. 뭐가 달라졌나? 아…! 얘 나 좋아하나? 그거네. 아니, 언제부터? 아, 왜 얘는 말을 안 해서 사람 곤란하게 해?"

진정한 사랑 같은 거…. 처음 입 맞출 때 그런 걸 해야 하지 않겠느냐며 호들갑스럽게 말하던 은탁이 떠올랐다.

슬금슬금 올라가는 도깨비의 입꼬리를 보며 저승은 속으로 혀를 찼다. 우울했다 좋아했다 하며 기분이 아주 널을 뛰고 있었다. 혼자 북 치고 장구 치는 도깨비를 한심하게 바라보고 있는데 테라스 뒷문에서 은탁이 고개를 내밀었다.

외출복을 차려 입은 은탁이 저승 아저씨를 콕 집어 부르더니, 도깨비 쪽으로는 눈길도 주지 않은 채 외출을 알렸다. 도깨비로선 영문 모를 상황이었지만, 은탁은 도깨비의 대단하신 첫사랑 때문에 마음이 상해 있던 터였다. 해 지는데 어디 가느냐고 물은 건 도깨비였는데, 은탁은 저승을 향해 도서관에 간다고 대답하고는 휙 문을 닫아버렸다. 마치 내쳐진 기분이라 도깨비는 황망히 닫힌 문을 바라보았다.

"재 하는 거 보니 2년도 길다. 한 1년 2개월?"

기가 찬 표정으로 도깨비는 괜히 저승을 노려보며 은탁을 따라나섰다.

도서관으로 가는 길, 은탁과 도깨비가 함께 낙엽을 밟으며 걸었다. 은탁은 따라 나온 도깨비에게 괜히 틱틱거리고 있었지만, 그래도 기분은 조금 풀려 있었다. 지금 도깨비의 곁에 있는 건 저였다.

"근데요. 검 말이에요. 갑자기 왜 움직인 걸까요? 잡히지도 않더니."

마침 도깨비도 꺼내고 싶던 이야기였다. 도깨비가 잔뜩 기대에 찬 얼굴로 은탁을 바라보았다.

"너… 나한테 할 얘기 없어?"

"없는데요."

"있을 텐데."

"아, 그거…. 뭐 하나 있기는 한데요."

"어, 되게 티 나. 해, 참지 말고. 네가 뭐라던 난 편견 없이 받아들일 사람인 거 알면서."

도깨비가 무슨 말을 기대하는지도 모른 채 은탁은 침을 한 번 삼켰다.

"돈 많으신 거 알겠는데요. 집에만 계시는 거 괜찮아요?"

"할 얘기가… 그거야?"

"아니, 사람이 좀 밖에 나가서 활동을 해야 건강한 건데, 고려 시대 때 나랏일 한 게 다잖아요, 그쵸?"

생각지도 못한 얘기에 도깨비는 멍해졌다. 아무렴 어디로 튈지 모를 여고생이라지만…. 물론 엄밀히 따지자면 정해놓고 하는 일이 없는 건 맞지만 집 안에서 놀고먹기만 하는 사람이 된 것에 빈정이 상했고, 기대했던 말이 아니라 찝찝했다. 하고 싶은 말이 진짜 그거라고? 도깨비는 입을 꾹 다물었다. 도깨비도 직업 활동을 시도한 적은 있었다. 제대로 일할 수 없었을 뿐.

"나도 직업 있었거든!"

안 해본 게 아니라 시도는 해봤다면, 왜 직업이 없는지 짐작할 만했다. 은탁은 충분히 파란만장했을 도깨비의 직장 생활을 그려봤다.

"아, 그래서 직업 없이 집에 계시는구나. 남지 않아서."

"남지 않다니? 그게 무슨 말이야."

"남지 않으면 뭐겠어요. 모자란 거지. 주변에 직업 없는 사람 봐요. 덕화 오빠도 살짝 남진 않잖아요."

턱 끝까지 기가 찬 도깨비가 버럭했다. 은탁이 저를 모자란 사람으로 본다는 게 억울했다. 정작 듣고 싶었던 말은 듣지 못하고 괜히 기분만 상했다.

"와, 나 진짜 그런 소리 처음 들어! 진짜 처음이야, 진짜!"

"아아, 첫사랑 분은 이런 지적 안 하셨구나. 처음 들으시는 거 보니."

첫사랑. 그 말에 잔뜩 흥분했던 도깨비가 피식 웃었다.

"너 지금 질투하는 거야?"

발끝부터 간질간질한 기분이 올라왔다. 방금 전까지 화를 냈던 주제에 이제는 실실 웃음이 나왔다.

실실거리는 도깨비를 보고 이제 은탁이 울컥했다.

"와. 제가 무슨 질투를 해요! 뭐 고련지 조선인지 언제 적 사람인지도 모르는데! 언제 만났는데요? 고려? 조선? 조선 중기? 후기? 뭐 단아하니 곱긴 했겠네요. 근데요, 첫사랑은 원래 안 이루어지는 거거든요?"

누군지도 모르면서 은탁은 도깨비의 첫사랑을 질투하고, 그를 향해 화를 내고 있었다. 숨긴다고 숨기는데, 하나도 숨겨지지 않는 감정들이 도깨비의 눈에 훤히 보였다. 은탁이 순수하게 자신을 좋아하고 있어 기분이 좋았다. 상대가 화를 낼수록 기분이 좋아지다니 신기한 일이었다. 도깨비의 미소가 짙어졌다. 코트 주머니에 느긋이 손을 꽂은 채, 씩씩대느라 파르르 떨리는 은탁의 속눈썹을 내려다보았다.

"들어가세요! 기다리지 마시구요. 늦을 거니까!"

은탁이 성난 어깨를 들썩이며 빠른 걸음으로 도서관 건물로 들어갔다. 질투하는 게 귀여워서 웃었는데 은탁은 어지간히 부끄러운 모양이었다. 홀로 남아 은탁의 뒷모습을 보고 있던 도깨비의 가슴이 설레었던 만큼 다시 쓸쓸해졌다.

"누가 그래, 안 이루어진다고. 싫은데…."

찬 공기 사이로 도깨비의 목소리가 바람과 함께 흩어져 날렸다. 은탁이 이미 가고 없는 허공을 바라보며 도깨비는 오래도록 그 자리에 서 있었다.

널 좋아하는 나는

대학교 면접장으로 향하는 길, 은탁은 조금 경직되어 있었다. 긴장이 안 된다면 거짓말이었다. 입을 움직여 긴장을 풀며 한 건물 앞을 지났다. 수능 날 도깨비가 문을 열어 시험장으로 데려다주었던 그 문이 있는 건물. 시험장에 늦을 위기였지만 도깨비 남친 덕에 그런 참사는 벌어지지 않았다. 손을 잡고 뛰던 거리 곳곳에 그날의 기억이 생생했다. 바람이 불었고, 그 바람을 뚫고 둘이 함께 달렸다. 도깨비를 떠올리자 사르르 긴장이 풀렸다. 추억이 깃든 문을 바라보며 미소 짓는데 안에서 벌컥 문이 열렸다. 그리고 장신의 도깨비가 문 밖으로 성큼 걸어 나왔다. 언제나 갑작스럽고, 갑작스러운 만큼 반가운 그의 등장이었다.

“가든 말든 신경도 안 쓰더니 왜 나왔대.”

투덜거리는 은탁이 귀여워 도깨비는 뒷짐을 지고 물었다.

“뭐 놓고 간 거 없어?”

“뭐요? 아, 목도리! 아저씨가 신경 쓰이게 해서….”

허전한 목 부근을 만지작거리는 은탁의 앞으로 도깨비가 빨간색 목도리를 내밀었다. 그리고 차분한 손길로 목도리를 목에 둘러주었다. 가까워진 거리와 따뜻한 목도리 덕에 공기가 일순 더워졌다.

“쫄지 말고, 떨지 말고. 같이 가줄까?”

“내가 뭐 앤가.”

“아직 삐친 거야?”

입술 비죽이던 은탁이 도깨비를 올려다보았다.

“그럴라 그랬는데 목도리 때문에 망했어요.”

“질투한 거 맞네.”

“맞으면 뭐요. 내가 질투해서 좋아요?”

“어, 좋더라. 하루 종일.”

은탁은 목도리로 얼굴을 조금이나마 숨길 수 있어 다행이라고 생각했다. 애써 무심한 척을 하는데 잘 되지 않았다. 심장이 어디에 있는지 눈으로 볼 수 없어서 다행이었다. 발밑으로 떨어진 걸 알면 도깨비가 놀릴 게 분명했다.

"들어가세요, 면접 잘 보고 올게요."

버스정류장 쪽으로 뒷걸음질 치는 은탁의 발걸음이 전부 설렘이었다. 멀어지는 은탁 뒤로 사람이 지나고 있었다.

"목도리 고맙습니다."

"조심해, 뒤에 사람."

도깨비의 말을 듣고 은탁이 재빨리 피하려고 했으나 조금 늦어, 스치듯 행인과 부딪쳤다. 꾸벅 죄송하다고 행인에게 사과한 은탁이 이내 도깨비를 바라보며 뻔뻔하게도 외쳤다.

"다 피하려고 했어요. 아저씨 눈 엄청 크고 맑아서 다 비쳐요, 진짜."

그 안에 담긴 게 전부 은탁이어서, 은탁은 도깨비의 얼굴을, 눈을 바라보며 걸었다.

"어, 알았으니까 차 타."

사랑스러운 아이를 보는 도깨비의 얼굴에 잔잔한 미소가 번져 있었다. 때마침 정류장에 도착한 버스에 은탁이 얼른 올라탔다. 창가 자리에 앉은 은탁이 버스 밖 도깨비를 바라보았다. 도깨비도 은탁을 바라보고 있었다.

버스의 문이 막 닫히려는 순간 '도둑이야!' 하는 여자의 비명이 거리에 울려 퍼졌다. 소매치기였다. 여자가 다친 손목을 붙잡고 바닥을 구르며 신음하고 있었다. 범인이 분명해 보이는 검은 옷차림의 남자는 자전거를 타고 도망가고 있었다. 자전거가 빠른 속도로 도깨비 옆을 휙 스쳐 지나갔다.

지난번에 본 적 있는 남자였다. 짧게 지나쳤을 때도 악행을 스스럼없이 행해온 남자의 미래가 끔찍했다. 다시금 스치는 순간, 도깨비는 남자의 미래를 상세히 볼 수 있었다.

빠르게 자전거를 몰고 가던 남자가 제 속도를 못 이겨 넘어지고, 대로변에서 장사를 하고 있던 양말 장수의 리어카를 덮친다. 주변은 엉망이 되고, 남자의 몸은 공중으로 날아 도로 한복판으로 떨어진다. 달리던 차가 남자를 피하려 핸들을 꺾는 순간, 뒤이어 달려오던 버스가 굉음을 내며 차들과 부딪친다. 버스가 뒤집히고, 버스에 타고 있던 수많은 승객들은 피투성이가 된 채 신음한다. 오늘 8시 37분에 일어날 대형 사고. 버스 안에는 기사를 비롯하여 갓난아기, 아기의 엄마, 직장인 그리고 교복 입은 학생들과 면접을 보러 가는… 지은탁. 지은탁이 있다?

도깨비는 우뚝 멈춰 섰다. 손목을 들어 얼른 시간을 확인했다. 8시 20분이었다.

"네가 왜. 그 장면에 너는 없는데…."

분명히 그때는 없었다. 일전에 도깨비가 본 미래에는 없었던 은탁이 지금 그 버스에 탄 채였다.

빠르게, 그 어느 때보다 빠르게 도깨비는 걸음하고 있었다. 머리보다 몸이 먼저 움직였다. 문을 열고 들어갔다. 막아야 했다. 어떻게 된 일인지 몰라도 우선은 막아야만 했다. 가빠져 오는 숨을 진정시키며, 다시 바깥으로 나섰다. 자전거와 부딪히게 될 리어카 앞이었다. 도깨비는 상인에게 리어카에 있는 양말을 모두 살 테니 리어카를 빨리 치워달라고 요청했다. 입을 떡 벌린 상인을 이해시키고 있을 틈이 없었다.

시계를 보니 8시 30분이었다. 도깨비는 재빨리 문을 열고 다시 들어갔다 나왔다. 자전거가 도깨비 앞을 휙 하니 지나갔다. 한 발 늦었다. 한 번 더 문을 열고 나왔다. 자전거가 달려오는 것이 보였다. 정리된 리어카와는 부딪히지 않았다. 다행이었다. 도깨비는 자전거가 자신의 앞을 지나가기를 기다리다 자전거 바퀴를 발로 툭 찼다. 속도가 붙었던 바퀴가 갑작스러운 반동에 방향을 잡지 못하고 휘어졌다. 자전거가 쓰러지며 남자 또한 바닥에 나뒹굴었다. 남자의 점퍼 주머니에서 빠져나온 지갑 세 개가 땅바닥에 떨어졌다.

"이, 미친놈이! 너 그때 정류장 그 새끼지? 너 뭔데 자꾸 따라다녀!"

"뭘 거 같아."

도깨비가 무서운 목소리로 대답하며 눈짓만으로 일어서려는 남자를 밀쳤다. 염력에 의해 남자가 한 번 더 바닥을 굴렀다. 어딘가 부러진 듯 아파왔지만 두려움이 더 컸다.

"네가 훔친 현금이라곤 달랑 2만 3,000원, 3만 2,000원,

1만 500원에 식권 세 장이야. 이것 때문에 오늘 몇 명이 죽을 뻔했는지 알아?"

도깨비의 말에 남자가 재빨리 바닥에서 지갑을 주워 열어 보았다. 정말로 2만 3,000원이 들어 있었다. 남자의 손이 벌벌 떨렸다.

"너, 뭐야! 경찰이야?"

"방금 네가 낚아챈 이 지갑의 주인은 골절로 3주 진단을 받을 거고, 3주를 쉬면 직장을 잃기 때문에 깁스도 안 하고 일을 하지. 3주간. 너 때문에. 월급은 다시 치료비로 쓰이고 3주간 방치한 골절은 쇼크로 오지. 너 때문에."

흔들림 없이 미래라도 내다보듯 말하는 도깨비를 보며 남자는 두려움에 정신이 나갈 것 같았다. 더듬더듬 주머니에서 칼을 꺼내 들었다. 그렇게라도 해 이자를 눈앞에서 없애지 않으면 까무러칠 것 같았다.

"죽기 싫음 닥쳐! 너 누구냐고, 새끼야!"

"너 같은 인간을 살리는 건 마음에 안 들지만 인간의 생사에 관여한 부작용일 테니, 그냥 살아. 이걸로 벌이 끝났다고 생각하진 말고. 넌 죽어서도 이 벌을 다시 받게 될 테니까. 허나, 눈에는 눈, 이에는 이. 이건 내 방식이야. 좀 아플 거야. 참든지."

"아악!"

도깨비가 남자의 손가락을 눈짓 한 번으로 부러뜨렸다. 비명이 처참했으나 이자 때문에 일어났을 참사에 비하면 아무것도 아니었다. 손가락을 부여잡고 고통스러워하는 남자 옆으로 은탁이 타고 있던 버스가 지나갔다. 아무 사고 없이, 평화롭게.

하마터면 그의 생이 또다시 벌로만 존재할 뻔했다. 도깨비는 멈추었던 숨을 몰아쉬었다. 잃을 뻔했던 도깨비의 삶이 평화로이 흐르고 있다. 은탁은 새로 얻은 그의 삶이었다.

대형 사고가 벌어질 근처 정류장에 저승사자 무리가 대기하고 있었다. 수많은 이들의 죽음이 기다리고 있었다. 버스가 멈춰 서더니 차창에 앉은 여자 아이가 저승사자 중 낯익은 얼굴을 발견하고 손을 흔들었다. '저승 아저씨다!' 하고 반가워하는 건 은탁이었다. 저 소녀가 모자를 쓴 자신들을 본다는데 놀란 것은 되려 저승사자들이었다. 죽기 직전이라 보이는 것 같다고 서로 순식간에 결론을 내렸다. 반사적으로 손을 흔들던 저승은 의아해졌다.

"명단보다 한 명이 더 탔네? 전원 사망 아니었어? 하나가 남으면 뭐가 어떻게 되는 거야?"

동료 저승사자 역시 의아했는지 중얼거렸다. 저승이 이내 한숨을 푹 내쉬며 말했다.

"오늘 사고 안 나겠다. 허탕이야."

정류장에 멈췄던 버스가 다시 출발했다. 사고 시각이었다. 사고를 기다리던 저승사자들은 멍하니 버스를 바라볼 뿐이었다. 저렇게 이 장소를 벗어나서는 안 되는 거였는데, 버스는 유유히 사라지고 있었다.

"지금 사고 나야 되는데? 지금 고지된 사고 시각인데?"

수십 명의 기타누락자가 발생한 순간이자, 엄청난 기적의 순간이었다. 당황하며 우왕좌왕하는 저승사자들 사이에서 저승만이 인상을 찌푸릴 뿐 담담했다. 도깨비의 짓이 분명했다. 건너편 도로에 형형한 눈빛을 하고 선 도깨비가 보였다. 다른 저승사자들 역시 도깨비를 발견하고는 일순 술렁였다. 일이 아주 피곤하게 되었다.

저승의 찻집에서 도깨비와 저승이 마주보고 앉았다. 저승의 예상대로였다. 도깨비는 도깨비대로 저승은 저승대로 심기가 불편해 둘 사이에 팽팽한 긴장감이 돌았다.

"왜 얘기 안 했어."

"너 왜 자꾸 인간의 생사에 관여해."

"지은탁, 오늘 죽을 뻔했어."

도깨비의 마음은 이해했으나, 저승사자로서 할 수 있는 답에는 한계가 있었다.

"그게 그 아이의 정해진 명이면 할 수 없는 거야."

"누구 맘대로. 내가 할 수 없는 건 내 죽음밖에 없어. 내가 그 아이 때문에 이 세상 모든 인간의 생사에 한번 관여해볼까?"

남의 직장까지 와서 억지를 쓰고 있는 도깨비를 보니 저승은 답답해졌다. 자신도 은탁이 그 버스에 타고 있는 줄 알았더라면 어떻게든 막고 싶었을 것 같았다. 저승이라고 은탁의 죽음이 아무렇지 않은 게 아니었다.

"나도 몰랐어. 기타누락자는 생사부에 없는 애라 명부가 안 와."

"아직 서류 안 올렸단 얘기야?"

"오해하지 마. 그저 19년 치 서류 처리가 귀찮아서, 되게 귀찮아서, 그뿐이야."

말은 그렇게 하고 있지만, 도깨비와 은탁을 위해준 것이 분명했다. 다그치던 도깨비의 마음이 가라앉았다. 함께 80년을 살아보려 했는데, 하루아침에 은탁에게 죽음이 닥칠 뻔했다. 그 사실을 까맣게 모르는 은탁은 해사하게 웃으며 버스 안에서 손을 흔들었다. 사고가 정말 일어났다면…. 그러한 가정만으로도 도깨비의 눈앞이 캄캄했다. 은탁이 없던 삶이 정말로 떠오르지 않았다. 없던 삶도, 없는 삶도, 없을 삶도….
"오늘 사고 아무리 생각해도 이상해. 며칠 전에 이미 그 사고 봤었어. 근데 그 장면에 은탁이는 없었어. 그보다 전엔 그 아이의 10년 뒤 모습을 봤고. 근데 이건 분명 죽을 사고였단 말이지."
"네가 본 사고 장면이 기타누락자의 운명이 아니어서 그래. 그 사고 속에 변수가 되어 들어가 버린 것뿐."
차분하게 설명하던 저승이 갑자기 울컥하며 덧붙였다.
"네가 구할 거니까!"
저승의 외침에 도깨비는 다 이해했다는 듯이 끄덕였다.
"인간의 운명이란 내가 죽을 운명이 아니더라도 누군가의 죽는 기운이 세면 거기에 휘말리기도 해. 이번 케이스는 정반대로 남친이 도깨비인 기타누락자 덕에 죽을 운명들이 다 살았지. 엄한 저승사자들을 야근에 휘말리게 했고."
저승이 화난 이유는 바로 그거였다. 자신 앞에 떨어진 기타누락자는 은탁으로도 충분했다. 여태 둘뿐이었는데, 오늘 일로 수십 명이 되게 생겼다. 당분간 그 자리에 있던 저승사자들은 수십의 기적을 두고 골머리를 앓게 될 것이다. 울상이 된 저승사자에게 도깨비는 그제야 조금 눈치를 보며 물러났다.

정작 은탁은 아무것도 모를 테지만 버스를 타고 집으로 돌아오는 게 못내 도깨비의 마음에 걸렸다. 도깨비는 대학 정문 앞에 차를 세우고 은탁을 기다렸다. 면접을 끝내고 나온 은탁의 미소가 도깨비를 반겼다. 웃는 모습이 예뻐서 도깨비는 또 한 번 가슴을 쓸어내렸다. 살릴 수 있어 다행이었다. 은탁이 제게 얼마나 큰 의미인지 새삼스럽게 또 깨달았다. 보조석에 타 안전벨트를 매면서 은탁이 싱글거렸다.

"저 데리러 오신 거예요? 치, 놀라게."

"점심 먹은 게 소화가 안 돼서 나온 거야."

"알죠. 설마 저 편하라고 데리러 오셨겠어요. 근데 저게 다 뭐예요? 웬 양말?"

몸을 돌리다 뒷좌석에 수북하게 쌓인 양말 더미를 본 은탁이 물었다.

"오늘 내가 지켜낸 누군가의 스무 살, 서른 살."

"아, 저의 스무 살, 서른 살을 지켜내려고 오늘부터 양말 장사 시작하기로 한 거예요? 내가 왜 노냐고 해서?"

역시 생각이 어디로 튈지 모르겠는 아이였다. 웃음이 터진 도깨비가 핸들을 잡고 시동을 켰다.

"같이 할래?"

늙어가는 동안 같이 양말 장사를 하는 것도 나쁘지 않을 것 같았다. 함께 늙어가며 사이좋은 노부부 행세를 해도 좋으련만 도깨비는 늙지 않을 테니, 어느 순간에는 그가 은탁의 아들이 되고 손자가 되어야 할 것이다. 상상만으로 우스웠으나 그 우스운 순간이 오기를 도깨비는 간절히 바랐다.

도깨비의 은은한 미소를 보며 은탁도 싱긋 웃었다.

"좋아요! 그리고 이제 면접도 다 끝나서 시간 좀 나니까 아저씨한테 신경 쓸게요."

"무슨 신경?"

도깨비는 그런 신경이라면 안 써도 된다고 미리 말하지 못한 것을 후회했다. 검 뽑는 게 생각보다 힘든 일인 것 같아 아저씨를 위해 팔 힘을 기른다며 테라스에서 아령을 들었다 놨다 하는 은탁을 보면 한숨이 절로 나왔다.

"좀 쉬엄쉬엄 해."

착잡한 심정을 아는지 모르는지 은탁은 왜 더 응원해주지 않느냐며 뿌루퉁했다. 검 뽑을 일 없을 거라는 제대로 된 설명도 못한 채, 도깨비는 마른침만 삼켰다. 둘 사이로 나비 한 마리가 날아들어 팔랑거렸다. 이 추운 날씨에 집 안에 나타난 나비라면 보통 나비는 아닐 것이다. 도깨비의 표정이 매섭게 굳었다.

"자리 좀 비켜줄래? 나 잠깐 할 얘기 있어서."

테라스에는 둘뿐인데 갑자기 누구랑 이야기를 한다는 건지, 어리둥절하고 있는 은탁을 밀어내며 도깨비는 잠깐 나가라는 말 외엔 더 설명이 없었다. 나가라는 그의 성화에 못 이겨 은탁은 거실로 향했다.

은탁이 테라스 밖으로 나가자마자 도깨비는 나비를 향해 손짓해보았지만 잡힐 듯 잡히지 않았다. 나비는 도깨비의 손가락 사이를 이리저리 빠져나가며 날개를 퍼덕였다. 신이라는 존재는 그렇게 늘 가깝고도 멀었다.

"이리로 와봐요. 내려오라고 잠깐. 나 이만큼 벌 받았으면 됐잖아. 조금만 상 받겠다는데. 그게 그렇게 싫습니까? 미래, 그거 일부러 보여줬지? 나 아무것도 못 하게 하려고. 그렇다고 내가 그 선택을 할 것 같아? 안 해. 죽어도 안 해."

도깨비의 투정 섞인 간절한 진심에도 나비는 그저 날기만 할 뿐, 그의 손에 잡혀주지 않았다. 답답했다.

"나와보라고 얼굴 보고 얘기하자고!"

아무도 없는 허공에 대고 소리치는 도깨비를 바라보는 은탁의 눈은 동그랬다. 미친 건 아니겠지, 아직까지 아픈 건 아니겠지. 한참 눈을 떼지 못하고 그를 훔쳐보고 있는데 한참 혼자 떠들던 그가 저벅저벅 거실로 향했다. 은탁은 안 보고 있던 척 시선도 돌리고 딴청을 부렸다. 그렇게 멀어지나 싶던 도깨비가 다시 은탁의 앞에 와 우뚝 섰다.

"안 봤어요. 진짠데…."

은탁의 눈이 또르르 돌아갔다. 맑고 투명한 눈을 가진 건 그가 아니라 은탁이라고 도깨비는 생각했다.

"정말 맘에 안 든다. 널 좋아하는 나는."

갑작스러운 푸념이자 고백이 이어졌다.

"이렇게 멍청이일 수가 없다."

은탁은 딸꾹질이 올라오려는 걸 간신히 참고 말했다.

"지금, 뭐하신… 거예요? 저한테?"

"못 들었음 말고."

"다 들었는데."

"그럼 좋고."

그가 은탁의 마음에 조금 더 깊숙이 자리 잡았다. 좋아하는 것은 은탁만의 감정이 아니었다. 둘의 감정이 되어 있었다.

기도

연말의 밤거리는 어디든 색색의 전구가 빛을 내고 있었다. 반짝이는 거리를 써니와 함께 걷고 있으니 저승은 기분이 좋았다.

연락이 됐다가도 안 되고, 안 됐다가도 불쑥 찾아오는 저승사자 때문에 늘 혼란스러운 써니였지만, 어쨌든 저승의 얼굴을 보니 좋았다. 이번에 먼저 전화를 한 것도 써니가 아니라 저승이었다. 특히 그게 좋았다.

"먼저 전화 걸어서 깜짝 놀랐어요. 것도 부재중을 열 통씩이나."

"야근하다 할 말이 생각나서."

"엄청 중요한 말인가 봐요?"

"네. 종교, 무교."

뜬금없는 말이 걸음을 멈춰 세웠다. 써니가 큰 눈을 깜박이며 저승을 바라보았다. 오늘도 눈처럼 희고 잘생긴 얼굴은 그대로였다. 그러다 일전에 그에 대해 무엇이든 알고 싶어 던졌던 질문이 떠올랐다. 준비 안 해와도 된다고 했는데, 남자는 기어코 종교는 뭐냐는 써니의 질문에 대한 대답을 준비해왔다. 무교라는 답변에 무슨 준비가 필요한 것인지는 모르겠지만.

"그 말 하려고 열 번이나 전화를 한 거예요?"

"빨리 알려드려야 할 것 같아서."

"아, 귀여워."

써니가 웃음을 터트리며 말했다.

저승사자로 살면서 당연한 얘기지만, 귀엽다는 얘기는 처음이었다. 처음 듣는 말이지만 칭찬 같은 그 말이 듣기가 좋았다. 멍한 얼굴로 그가 되물었다.

"제가, 귀엽나요?"

"몰랐나요? 딴 여자들은 아무도 얘기 안 해줬나요?"

"딴 여자, 없었…."

써니가 깜짝 놀라 재빨리 준비해오지 않아도 된다고 손사래를 쳤다. 딴 여자도 준비해올까 진심으로 두려워진 탓이었다. 알겠냐며 재차 확인하는 써니를 보고 저승이 부스스 웃으며 고개를 끄덕였다. 그 모습이 또 귀여워서 써니는 진 기분이었다.

"아, 이 남자 선수 아니야? 진짜, 진짜 솔직하게 하나만 대답해봐요. 나도 얘기해줄게요."

"뭘 말입니까?"

"내 진짜 이름은 외자예요. 김선. 우리 부모님이 나 잘 살라고 없는 살림에 돈까지 주고 지은 이름이래요. 점쟁이가 꼭 그 이름이어야 한다고 했다나. 근데 전 써니가 훨씬 좋아요. 내가 반짝반짝거리는 것 같고."

물끄러미 바라보는 저승의 시선 안에 반짝이는 써니가 들어왔다. 저승의 눈에 비치는 세상 가운데 그녀가 가장 반짝이고 있었다. 써니라는 이름처럼.

"난 그 이름이 그렇게 싫던데? 뭔가 청승맞고 사연 있는 이름 같잖아요. 김선."

그 이름도 아름답다고 저승은 말하려고 했다. 그러나 써니가 빙긋 웃으며 먼저 말을 꺼냈다.

"김우빈 씨 진짜 이름은 뭐예요? 진짜 이름 아닌 거 다 알아요. 되게 촌스러워도, 되게 안 어울려도 안 놀릴 테니까. 이제 알려주면 안 될까요?"

이번에는 정말로 답을 듣고 싶은 것 같았다. 할 수만 있다면 알려주고 싶었지만 저도 제 이름을 모르는 터였다. 뭐라 말하지 못하고 입술만 달싹이는데 순간적으로 가슴 부근에 날카로운 통증이 파고들었다. 손으로 가슴을 부여잡았다. 써니의 반짝임도 흐릿해졌다. 써니가 놀라서 어디가 아픈 거냐고 물었지만, 저승도 원인도 이름도 모를 고통이어서 답을 하기 힘들었다. 숨 쉴 수 없을 만큼의 통증 속에서 무언가 자꾸 가슴을 찔러대는 것이 어디서부턴가 심각하게 잘못된 느낌이었다. 무어라 설명할 수도 없었고, 그녀에게 이런 모습을 보이고 싶지도 않았다. 써니에게만은 쓰고 싶지 않던 능력을 쓸 수밖에 없었다. 저승은 써니의 눈을 바라보았다.

"오늘 우린 안 만난 겁니다. 못 바래다줘서 미안해요. 돌아서 가요. 집으로."

아름다운 밤거리에서 가장 아름답게 웃던 그녀, '아, 귀여워' 하고 종알거리던 귀여운 그녀의 모습은 이제 저승의 기억에만 남을 것이었다. 안타까운 마음과 아픈 가슴을 붙잡은 채로 저승은 바닥에 붙들려 있었다. 저승의 명대로 뒤돌아 집으로 향하는 써니의 모습이 점점 멀어지고 있었다.

집으로 돌아온 저승은 도깨비의 책상 앞에 서서 족자를 내려다보았다. 가슴의 통증이 이 여인을 찾는 듯했다.

"무언가 잘못되었어. 아마도 당신부터인 것 같은데."

한참을 들여다보아도 여전히 떠오르는 것이 없었다. 답답한 마음을 해결하지 못한 채 거실로 내려오던 저승은 은탁과 마주쳤다.

은탁은 어디 간다 말도 없이 집을 비운 도깨비를 기다리고 있던 터였다. 때마침 저승을 만난 은탁은 언젠가부터 물어보려고 벼르고 있던 것을 묻기로 했다. 도깨비가 집을 비웠을 때가 더 좋을 것 같았다. 느낌이 그랬다.

"뭐가 궁금한데."

마주 앉은 저승의 분위기가 가라앉아 있어 은탁은 말을 꺼내기가 쉽지 않았다. 무엇이 궁금한지 정리하기 명확하지 않은 탓도 있었다. 그저 도깨비가 흘린 몇 마디 말들이 쌓여 은탁의 안에 물음표로 남아 있을 뿐이었다.

"뭔가 좀 이상해서요. 도깨비 씨 가슴에 검 있잖아요. 정확히 검 뽑으면 어떻게 되는 거예요? 자꾸 어딜 간다고 했었거든요. 그게 어디예요?"

멀리 떠날 준비를 한다고 했었다. 검을 뽑으면 꼭 가야 하는 건지, 그가 자신을 좋아한다고 고백한 지금은 가지 않아도 되는 건지 은탁은 궁금했다. 은탁의 질문에 저승이 놀라 고개를 들었다.

도깨비는 이국의 땅에 자신을 모시던 이들을 위해 묘비를 세운 것처럼, 그는 고국 땅에서는 자신의 가족과 자신의 곁을 지키다 죽어간 부하들을 위해 매년 추운 겨울이 오기 전 제를 지내듯 등을 올렸다. 수많은 죽음이 도깨비를 감싸고 있었으나, 그 많은 죽음에도 시작이 있었다. 가장 믿고 사랑했던 이들이 한날한시에 모두 죽었다.

깊은 산속의 절을 찾아 등을 올리는 그를 보필하는 것 또한 유 씨 집안사람들이 해온 일이었다. 오늘은 덕화의 일이 되었다. 덕화는 어둡기만 한 산속을 한 번, 경내에 붓을 들고 앉은 도깨비를 한 번 보았다. 붓을 들고 한 사람, 한 사람의 이름을 써내려가는 그의 얼굴이 어느 때보다 진중하였다.

金善

김선. 피 흘리던 누이의 이름이 일필휘지로 쓰였다. 굳게 다문 입매는 울지 않겠다는 듯 단호했다. 그러나 마지막으로 쓰인 이름 위에서는 결국 눈물이 고였다.

王黎

왕여. 한 획 한 획마다 주군을 향한 분노와 슬픔이 맺혔다.

김신이 많이 사랑하고 아꼈던, 죽은 자들의 이름이 등불이 되어 하늘 위로 솟았다. 김선과 왕여의 이름이 나란히 하늘을 밝혔다.

등불을 밝히고 돌아가는 길은 늘 무거웠다. 수백 년이 흘러도 착잡한 기분은 나아지지 않았다. 도깨비는 잠시 고독에 잠겼다가 그 무거운 것들을 털어내었다. 벌이었던 삶에서는 고독이 곧 수렁이 되어 그를 집어삼켰으나, 책방 골목 앞을 지나며 오늘 또한 이 길을 지났을 은탁을 떠올리자 이내 수렁에서 빠져나올 수 있었다. 등불을 올린 밤, 폭풍우도 치지 않고 그저 흐린 밤이라는 것만 보아도 그의 마음의 깊이를 어림짐작할 수 있었다.

은탁이 있을 집으로 빨리 돌아가고 싶었다. 도깨비는 책방 안으로 들어섰다. 그동안 잘 몰랐던 자기 마음이었으나 확실해지고 나니, 도리어 의문인 것은 이 마음의 시작이었다. 자신이 정하기도 전에 이미 정해져 있었던 것 같았다. 마주친 그 순간부터 은탁에게 향하기로, 은탁을 좋아하기로.

'나의 생生이자, 사死인 너를, 내가 좋아한다. 때문에 비밀을 품고 하늘의 허락을 구해본다. 하루라도 더 모르길. 그렇게 백 년만 모르길.'

백 년은 함께할 수 있기를 도깨비는 간절히 바랐다. 그의 일기는 더는 유언장이 아니며, 죽음을 향한 탄원서가 아니었다. 그의 일기는 하루를 살았다는 기록이었다.

희미한 미소를 머금고 문을 열고 나가려는 그의 뒤로 구두 굽 소리가 또각거리며 울렸다. 가지런히 꽂혀 있던 책들이 공중으로 날아올랐다. 둥둥 떠다니는 책 사이로 책장들이 멋대로 재배치되기 시작했다. 책장이 턱, 도깨비의 앞을 가로막았다. 옆으로 몸을 돌리자 옆쪽의 책장이 움직였다. 책장 속 공간에 갇힌 채로 도깨비는 점점 더 선명해지는 구두 굽 소리를 들었다.

책방 안의 공간이 반으로 쪼개지며 현실과 분리되었다. 강한 빛 사이를 걸어 긴 생머리에 멋진 차림의 삼신이 모습을 나타냈다.

"나 알지?"

공중에 떠 있던 책 하나를 집어 툭 도깨비에게 던지며 삼신이 물었다. 책을 잡아채며 도깨비가 까칠하게 대답했다.

"안 살 거면 제자리에 잘 꽂아놓는 게 좋을 겁니다. 이곳 주인이 워낙 까칠하거든요."

"할 얘기가 있어. 시간 괜찮지?"

"용건만 하시겠어요? 제가 지금 신이란 신은 별로 마주치고 싶지가 않아서요."

근심이 잠시 삼신의 눈빛을 스쳤다.

"빨리 그 검 뽑아. 검 뽑고 무로 돌아가."

여유롭던 도깨비의 표정이 굳었다. 신들이라는 존재는 정말이지 다 마음에 들지 않았다. 화가 날 정도로.

"다짜고짜 나타나 하시는 말씀이 죽으라니…. 이유 정도는 말씀을 하셔야…."

"넌 살 만큼 살았잖아. 근데 그 아이는 아니거든. 나 그 아이 점지할 때 정말 행복했어. 그러니까 그냥 지금 결단 내려."

"참 아이러니하네. 무슨 결단을 내리라는 건지도 모르겠고, 내가 김신으로 태어났을 때도 당신이 점지했을 텐데 난 당신의 아이가 아닌가?"

비꼬며 반박하는 도깨비를 보는 삼신의 마음이 더욱 안타까웠다. 도깨비가 939살 어른이었어도, 삼신에게는 그저 아이와 같았다. 김신 또한 자신이 점지한 아이였다.

"그래서 얘기해주는 거야. 행복하길 바랐던 내 아이 김신을 위해서. 네가 가장 원하는 일일 테니까."

"내가 뭘 원하죠?"

"그 아이가 살길 원하잖아. 네가 무로 돌아가지 않으면 은탁이가 죽어."

'지은탁이 죽는다.'

명료한 한 문장이 머릿속에 잘 들어오지 않아 도깨비는 그저 삼신을 쳐다만 보고 있었다. 죽을 뻔했던 순간은 있었다. 그 순간에도 이미 도깨비는 지옥에 다녀왔었다.

이제 겨우 살고 싶어졌다. 살아서 은탁과 함께하고 싶었다. 긴 시간을 바란 것도 아니었다. 천 년 가까이 벌을 받았다. 그 10분의 1 쯤만 아이와 함께 살기를 바랐는데 그것도 안 된다는 이야기였다. 누군가의 죽음만이, 누군가를 살게 한다는.

"걘 네 검을 빼야 하는 운명을 타고났어. 아니, 네가 그 운명으로 태어나게 했지. 도구로서 역할을 다하지 못하면 존재 가치가 사라져. 존재 이유가 없으니까. 때문에 검을 안 빼면 그 아이 앞에 자꾸 죽음이 닥쳐올 거야. 이미 여러 번 그랬을걸?"

삼신의 말에 은탁이 생과 사를 넘나들던 장면들이 도깨비의 머릿속을 빠르게 스쳤다. 사채업자들에게 납치되던 날, 은탁은 위험에 처했었고 까딱했으면 죽을 뻔했다. 다음은 며칠 전 벌어질 뻔했던 버스 사고, 도깨비가 아니었다면 은탁은 죽었을 것이다.

"앞으로는 더할 거야. 지금껏 벌어졌던 사고보다 더 자주, 점점 세게. 너조차 한 번 죽일 뻔했지. 네 손으로 직접."

검을 뽑으려던 은탁을 도깨비가 밀쳐냈었다. 도깨비의 손으로 은탁을 죽을 위기에 처하게 만든 것이었다. 큰 충격을 받은 도깨비를 두고도 삼신은 매몰찰 수밖에 없었다. 어떻게든 가장 최악의 결말은 막고 싶었다.

충격에 도깨비의 손이 떨렸다. 삼신을 노려보는 도깨비의 눈가가 붉었다. 공중에 떠 있던 책들이 땅에 처박혔다. 비극이 도깨비가 선 자리 자리마다 널브러져 있었다. 삼신이 사라진 자리에 홀로 선 도깨비의 눈에서 눈물이 떨어졌다.

'나의 생이자, 사인 너를, 내가 좋아한다. 때문에 비밀을 품고 하늘의 허락을 구해본다. 하루라도 더 모르길. 그렇게 백 년만 모르길.'

생각했었다.

'그렇게 백 년을 살아 어느 날, 날이 적당한 어느 날, 첫사랑이었다, 고백할 수 있기를. 하늘의 허락을 구해본다.'

하지만 그는 신으로부터 거절당했다. 거절당한 심정은 처참하였다.

그 순간 은탁은 저승 앞에서 눈물 흘리고 있었다. 믿기지 않는 말들이 저승의 입에서 쏟아져 나오고 있었다. 믿을 수 없었고, 믿고 싶지 않았고, 믿기 싫었다. 이제야 그 사실을 알게 된 것도 눈 뜨니 절벽 위에 내몰려 있는 기분이었다. 그것도 모르고 검을 빼겠다고 큰소리 쳤던 저, 이제 뺄 수 있다고 즐거워하던 저가 세상에 다시없을 천치처럼 여겨졌다.

'검을 빼면, 아저씨가 죽는다. 그 검을 빼면, 아저씨가 없어진다. 세상에서 아주.'

도깨비의 불멸을 끝낼 소멸의 도구, 그게 도깨비 신부의 운명이었다. 자신을 기쁘게 했던 운명이 그를 사라지게 할 운명이어서 은탁은 울지 않고는 견뎌낼 수 없었다. 모든 음절이 은탁의 가슴에 아프게 박혔다. 자신에게 효용가치가 없다고 했을 때보다 더. 차라리 그때가 나았다. 지금은 진심으로 미웠다. 도깨비가, 아저씨가, 김신이 너무나 미웠다.

말씀 감사하다고, 간신히 저승에게 인사만 한 은탁은 방으로 돌아와 가방부터 찾았다. 눈물이 계속해서 흘러내려서 앞을 분간하기 힘들었다. 손등으로 슥슥 흘러내린 눈물을 닦아내며 이를 꽉 물고 애써 눈물을 참았다. 정신 차리고 어서 짐을 싸서 이 집을 나가야 했다. 도깨비로부터 최대한 멀어져야 했다. 한때는 가까이 있고 싶어 괜히 촛불을 불어 불러내기도 했던 아저씨로부터, 그 존재와의 운명으로부터 벗어나기 위해 은탁은 짐 가방에 되는 대로 교복과 옷가지, 책, 필요한 것들을 쑤셔 담았다. 꽉 찬 가방의 지퍼를 잠그는 소리도 신경을 거슬리게 했다.

"여기도 우리 집은 아니었나 보다. 이번 생엔 없나 보다, 집이."

또 왈칵 눈물이 쏟아지려고 해 은탁은 애써 호흡을 골랐다. 내내 혼자인 생이었다. 몇 개월 잠깐 누군가와 함께했다고 많은 게 달라지진 않았을 것이다. 혼자인 것에 다시 익숙해지면 그만이었다.

혼자인 것에 익숙해지면 그만이었는데, 아르바이트를 그만두려고 써니를 만나러 가서는 또 눈물을 툭 떨어트렸다. 가게 밖 풍경이 을씨년스러웠다. 거대한 먹구름이 잔뜩 몰려와 곧 비를 쏟아낼 듯 흐렸다.

그런 밤에 찾아와 불쑥 그만둔다고 하면, 힘들 것 같은데도 늘 씩씩한 은탁을 예쁘게 여겼던 써니로서는 서운할 따름이었다. 그러나 서운함은 잠깐이었다. 처음 면접날부터 사연 많던 아르바이트생이었다. 이번엔 무슨 사연이 생겨 이렇게 우는 얼굴이 됐나 싶어 안타까웠다. 써니는 정신없는 차림을 한 은탁을 훑으며 작게 혀를 찼다. 은탁을 힘들게 하는 것들에 작은 분노를 느꼈다.

"왜, 남자 문제야? 그 자식이랑 헤어졌어?"

"…일단은요. 근데 어떻게 아셨어요?"

짐 싼 가방, 울리지만 받지 않는 전화, 울어서 팅팅 부은 눈. 대충 짐작이 되었다. 어린 은탁이 결혼 어쩌고 하던 그 남자일 것이다. 내키지 않는 표정으로 써니는 일단 있는 대로 돈을 챙겨 은탁에게 쥐어주었다. 어디서 굶고 다니지나 말라고 퇴직금이라는 명목으로 건넨 돈이었다.

"감사합니다. 조금 정리되면 다시 뵈러 올게요."

써니의 마음이 고마워 은탁의 눈가가 다시 붉어졌다. 실은 다시 혼자가 되는 게 싫었다. 혼자인 것은 어떻게 해도 익숙해지지 않았다. 그럼에도 달리 방도가 없어 떠나야만 했다. 겨우 갖게 된 안락한 공간을 떠나게 만든 도깨비는 세상에서 제일 미운 사람이었다. 아, 사람도 아니지. 가장 미운 도깨비였다. 너무 미워서 이 모든 걸 포기하게 만드는 쓸쓸하고 찬란하신 도깨비.

"됐어. 그런 말 하지 말고 그냥 가. 그런 말 들으면 나, 기다리니까."

앞치마를 허리에 두르며 써니는 은탁으로부터 돌아섰다. 써니 역시도 기다림이 지긋지긋한 사람이었다.

써니에게까지 인사를 마치고 나자 더 갈 곳도 없어 은탁은 거리를 헤맸다. 무작정 떠나야겠다고만 생각하고 나왔으니 어디로 가야 할지 몰랐다. 차가운 밤공기에 코끝이 자꾸만 시려왔다. 어깨에 짊어진 가방이 무거웠고, 걸음마다 도깨비의 나지막한 음성이 밟혔다. 은탁을 만났던 모든 시간이 눈부셨다고 했던 그다. 무겁게 내려앉은 먹구름이 비를 쏟아내기 시작했다. 지금 은탁의 시간은 캄캄하게 젖어 있었다.

'너와 함께한 모든 시간들이 눈부셨다. 날이 좋아서, 날이 좋지 않아서, 날이 적당해서, 모든 날이 좋았다.'

그리고 덧붙인 말.

'그리고, 무슨 일이 벌어져도 네 잘못이 아니다.'

작별 인사였구나. 그렇게나 못난 이의 작별 인사였는데 은탁은 좋다고 환히 웃어버렸다. 메밀꽃밭에 내리던 눈들에, 눈 아래 서 있던 도깨비의 모습에 시선을 빼앗겼었다.

툭툭, 발 앞에 떨어지던 빗방울들이 은탁의 정수리 위로도 떨어지기 시작했다. 빗물이 볼 아래로 흘렀다. 도깨비가 울고 있었다. 날이 흐리고 비가 오면 도깨비가 우울한 것은 아닐까 걱정부터 될 것이다. 걱정만 할 수 있을 뿐 곁에 있어주진 못할 것이다. 자신의 존재는 곧 도깨비의 죽음이므로 멀리, 더 멀리 떨어질 작정이었다. 은탁은 절대 도깨비에게 그가 원하는 죽음을 주지 않을 거니까. 우리는 각자 홀로된 삶을 견뎌내야 하는 운명이었다. 은탁이 거리에 홀로 서서 내리는 비를 맞으며 펑펑 울었다.

그리고 걸었다. 누군가의 눈물 속을 오래 걸었다. 가능한 한 도깨비의 죽음에서 멀어지도록.

허락 같은 핑계

비가 아침까지 이어졌다. 저승은 이른 아침부터 거실에 나와 창밖의 비를 보고 있었다. 도깨비의 방문이 벌컥 열리며, 그가 계단을 내려오고 있었다.

지난 밤 은탁이 집에 돌아오지 않았다는 사실을 이제야 알아차린 도깨비의 발걸음이 성급했다. 그냥 돌아오지 않은 게 아니었다. 전화도 받지 않고, 방에는 은탁의 가방도, 옷도, 아끼던 인형도 없었다.

"은탁이가 없어. 안 들어왔어. 아무래도 가출한 것 같아."

도깨비가 소파 위의 외투를 정신없이 집어 들며 말했다. 그를 바라보며 저승은 말문을 열기 힘들었다. 다 제 탓이라는 걸 말하려는데 뭐라 입을 열기도 전에 도깨비가 문 밖으로 사라져버렸다. 문틈에서 번쩍이며 빛이 일었다.

도깨비는 몇 번이나 문을 열고 들락거렸다. 처음 찾아간 곳은 거센 풍랑이 몰아치는 바닷가였다. 바닷가에도, 학교에도, 도서관에도, 자주 가던 길목 어디에도 은탁은 보이지 않았다. 도깨비는 점점 더 애가 탔다. 갑자기 왜 집에서 나가게 된 것인지도 모르겠고, 왜 이렇게 밑도 끝도 없이 불안한지 알기 힘들었다. 불안함에 손끝이 저릿할 지경이었다. 어제 들은 삼신의 말들이 여전히 머릿속을 맴돌고 있기 때문일 것이다.

그는 골목길의 귀신들까지 찾아내 물었지만 은탁의 행방을 아는 귀신이 아무도 없었다. 마지막 남은 곳은 은탁이 아르바이트를 하는 치킨집이었다. 은탁이 저승사자를 피해 은신했던 곳이기도 해서 그곳이라면 있지 않을까 하는 마지막 희망을 걸고 위치를 알아내기 위해 도깨비는 저승부터 찾았다. 저승이 매일같이 치킨을 사오는 그 가게였다.

찻집에서 업무를 준비하던 저승은 도깨비가 들어서자 드디어 올 것이 왔구나 싶었다. 진작에 말해주고 싶었지만, 어쩔 줄 몰라 하며 문을 들락거리는 도깨비에게 말을 걸 틈도 없었다. 은탁이 일하는 치킨집이 어디냐 채근하듯 묻고는 성급히 다시 나가려는 도깨비를 저승이 붙잡았다.

"…사실 범인은 나야. 내가 다 얘기했어, 기타누락자한테."

무슨 소리인지 단번에 이해하지는 못했으나 이내 깨달은 도깨비가 탄식을 내뱉었다.

"검을 뽑으면 네가 죽는다고, 다 얘기했다고."

"미쳤어? 그걸 얘기하면 어떡해! 나보곤 절대 말하지 말라더니!"

"그랬는데 이번에도 역시 난 기타누락자랑 같은 편이라."

"뭔 오지랖이야! 뭐가 같은 편인데!"

"네가 죽는 걸 원하지 않아. 다른 뜻은 없어. 그저 네가 무로 돌아가면 조금 심심할 거 같아서. 화내도 돼."

화를 내야 하는 것이 분명한데, 화를 내기 힘들었다. 망연자실해서 그저 저승을 바라볼 뿐이었다. 저승의 표정에 씁쓸함이 배어 있었다. 상스러운 갓을 쓴 저자와 우정이 생겨버린 게 분명했다. 도깨비는 깊은 한숨을 삼켰다. 그 이야기를 전해 들었을 은탁이 걱정되었다.

"화를 어떻게 내, 화를! 나 죽으라고 고사 지내던 자가 죽지 말라는데! 먹는 무가 안 된단 보장도 없고!"

버럭 소리를 지르며 도깨비가 찻집을 나섰다.

아직 영업시간 전인 가게 문에는 'CLOSED' 팻말과 함께 '알바 구함'이라 적힌 종이가 붙어 있었다. 멀찍이 떨어져 가게 문을 바라보며 도깨비는 허탈해졌다. 그새 아르바이트까지 그만두었다. 어디로 튈지 모르는 여고생은 내내 도망갈 채비라도 하고 있던 사람처럼 재빠르기도 했다. 이제 정말로 어디서 찾을 수 있을지 모르겠다. 은탁이 작정하고 저에게서 멀어지기로 한 것이라면, 은탁이 부르기 전까지는 만나기 힘들 것이었다. 어쩌면 좋을까. 입 안이 바싹 말라왔다.

허망한 표정으로 발길을 돌리는 도깨비 쪽을 향해 화려한 차림을 한 여자가 걸어오고 있었다. 높은 하이힐을 신은 그녀가 도깨비 옆을 스쳐 지나가는 순간, 그녀의 가까운 미래가 보였다. 그 미래에 희게 질린 얼굴의 저승이 있었다. 저승과 만난다던, 은탁의 치킨집 사장이 이 여자구나. 도깨비가 우뚝 섰다. 저승과 그녀는 헤어지는 중이었다. 도깨비의 표정이 흐려졌다.

가게로 향하던 써니가 갑자기 뒤를 돌아 자신을 바라보고 서 있는 도깨비를 똑바로 쳐다보았다. 시선이 마주쳤다.

"오라버니?"

써니가 눈썹을 올리며 그를 앙칼지게 불렀다. 얼마만에 듣는 '오라버니'였던가. 도깨비는 순간 누이가 자신을 부르던 목소리라도 들은 듯 놀라 굳어버렸다.

"왜 내 가게를 뚫어져라 보고 있었죠? 혹시, 알바 구해요?"

"그게 아니라, 이 집 알바생을 찾는 중이라…."

아르바이트생을 찾는다는 얘기에 써니의 인상이 더 험악

해졌다. 노골적으로 위아래를 훑는 써니의 시선이 도깨비는 조금 당황스러웠다.

"옷, 시계, 구두, 머리부터 발끝까지 대략 2,500만 원 가량 쳐발쳐발 하신 분이 시급 6,030원 받는 우리 알바생과는 무슨 사인데 찾지? 혹시 애 울린 사람이 당신이야? 눈칫밥 먹이고 나랏일 했다던 그 자식이세요?"

"울었…습니까?"

"맞구나? 내 알바생 자른 사람. 아, 사이즈 딱 나왔네. 당신 혹시, 유부남이야? 그래서 애 그렇게 보낸 거고?"

"혼인 전이나 신부가 있으니 그리 봐도 무방하고. 그럼 또 봅시다. 보다 복잡한 인연은 나뿐만이 아닌 것 같으니."

울었다는 은탁이 신경 쓰여 도깨비는 빠르게 걸음을 돌렸다. 뒤에서 써니가 오라버니 하고 부르는 소리가 우렁찼다.

은탁이 당장 검을 뽑아줄 필요는 없었다. 안 예쁘게 해줘도 됐다. 가슴에 검이 꽂혀 조금 못생긴 채로, 그러나 행복하게 함께 백 년 정도 더 살다가 죽음을 맞이하려고 했다. 그러니 은탁을 찾아, 네가 내게 죽음이 되는 일은 네가 죽는 순간뿐일 거라 말해주고 싶었는데 지금은 그럴 수조차 없었다. 울었다고 했다. 꿋꿋하지만 작은 아이는 많이 울었을 것이다. 화 또한 많이 났을 테니, 은탁이 도깨비를 먼저 부를 일은 당분간 없을 것이다. 허나 은탁에게 무슨 일이 언제 어떻게 닥칠지 모르는 때였다.

결국 그 방법밖에 없는 것일까. 도깨비는 외투도 벗지 못한 채 거실 소파에 앉았다. 모든 것이 허망한 순간이었으나 한시라도 빨리 은탁을 찾아야 했다. 저승의 도움이 필요했다.

"은탁이 서류 안 올렸댔지. 일단 서류부터 올려줘."

"무슨 서류."

"기타누락자 서류. 명부에 올려야 걔가 죽을 날이라도 받아 보지."

"너 아주 애 죽으라고 고사를 지내지 왜!"

"어디서 어떻게 죽을지 알아야 네가 가든 내가 가든 할 거 아냐."

"뭔 소리야. 기타누락자가 왜 죽어. 내가 그럴 뜻이 없는데."

"더 큰 뜻이 있나 보지…."

잔인하고 무도한 신의 뜻이 도깨비의 가슴에 다시 한 번 꽂혀 잠시 말을 삼켰다.

"우린 대체 뭘까. 어떻게 도깨비랑 저승사자가 둘씩이나 있는데 애 하나를 못 살려…."

도깨비의 먹먹한 표정에 저승은 더는 묻지 않기로 했다. 명부에 이름을 올리라는 게 잠깐의 고민 끝에 나온 청이 아닐 터였다.

"…서류 올리고 올게. 근데 그 사이에 혹시 설마 그럼 어떡해."

"갔다 와. 목숨이 오가는 순간이면 느낄 수 있을 거야. 그 순간에 그 아이가 간절히 찾는 게, 나라면."

자신은 이미 간절하였으나 은탁을 찾을 수 없었다. 명랑한 아이의 말소리가 들리지 않아 고요한 집 안에 울리는 도깨비의 목소리가 쓸쓸했다. 맑은 웃음이 간절히, 보고 싶었다.

마냥 가만히 기다리고 있을 수 없어 도깨비는 은탁이 있을 만한 곳들을 정처 없이 헤맸다. 숨어버렸으니 도깨비가 알 만한 곳에 있을 리가 없는데도 할 수 있는 게 그뿐이었다.

은탁이 이모네 식구들과 살던 집 앞 대문을 서성이다 은탁을 찾아온 같은 반 반장에게서 수능 성적표를 전해 받았다. 그 와중에 성적이 좋아 기특하였고, 학교에도 가지 않고 타지에 있을 은탁이 걱정되었고, 또 보고 싶었다. 쓸쓸하다가 허망하다가 종내에는 분노가 다시금 들끓었다. 신에게 버림받은 자가 할 수 있는 선택지가 몇 되지 않았다.

연일 비가 계속 내렸고, 도심 빌딩들은 신의 한숨과도 같은 안개 속에 가려졌다. 짙고 깊고 무거운 안개였다. 낮도 밤과 같이 어두웠다. 원인이 명확하지 않은 한겨울, 때아닌 안개에 기상청은 우왕좌왕했고, 흐린 시야 사이로 평소보다 더 많은 사고가 발생했다. 어느 밤에는 붉고 커다란 달이 안개 사이로 솟아올랐다. 괴괴한 달이 불그스름한 빛을 퍼뜨렸다. 달이 내뿜는 음산한 빛은 사람들을 두려움에 떨게 했다.

건물의 꼭대기 난간 위에 서서 불길한 기운으로 가득 찬 도심을 뒤로한 채 도깨비는 고개를 들었다. 응급실에서 과다 출혈로 죽어가던 환자가 갑자기 혈색 완연한 낯빛으로 눈을 번쩍 떴다. 저승사자가 들고 있던 명부가 손 안에서 불타올랐다. 저승에게는 미안한 일이었으나, 어떤 식으로든 항의하고 싶었다. 인간의 생사에 관여하는 일을 신이 달가워할 리 없었으므로, 그렇게 신의 소맷자락이라도 움켜쥐고 싶었다. 어두운 하늘 위로 귀를 때리는 벼락이 한 번 더 내리쳤다.

저승이 도깨비의 방으로 쿵쾅거리며 들어왔다. 예상대로 잔뜩 뿔이 나 있었다.

"사과하면 다야? 사고는 네가 치고 왜 야근은 엄한 저승사자가 해야 해. 감히 명부를 태워? 영원히 사니까 눈에 뵈는 게 없어? 너희 내외의 비극적 운명은 매우 유감이야. 그렇다고 이렇게 인간사를 어지럽히면 어쩌자는 거야, 이 몰상식한 도깨비야!"

"그냥 누구 좀 보라고. 신이 보면 좋고, 은탁이가 보면 더 좋고…."

신이든 지은탁이든 자신의 극렬히 타는 듯한 마음을 알아주었으면 좋겠다. 그래서 어떤 식으로든 응답이 오기를 도깨비는 바라고 있었다. 성질을 부리던 저승은 도깨비가 이전처럼 되받아치지 않고 바스러질 것 같은 얼굴을 해서 되레 미안해져버렸다.

"괜히 말했어! 그냥 기타누락자가 검 확 뽑게 됐어야 하는 건데."

미안함에 마음에도 없는 말을 투덜거리며 저승은 방문을 열고 나갔다. 도깨비가 음울한 얼굴로 중얼거렸다.

"…그러게. 그게 나았을지도."

은탁이든 저든 조금 덜 아플 수 있었을 때 무로 돌아갔어야 했다.

천천히 몸을 움직인 도깨비는 창가에 서서 여전히 음산한 기운을 뿜는 붉은 달을 바라보았다. 신은 여전히 듣지도 보지도 않고 있는 게 분명하였다. 그의 하루하루는 다시 유언장이 되었다. 은탁의 죽음을 바라지 않아, 자신의 죽음을 바라는 하루가 되었다.

"내가 만약, 그 선택을 하는 경우, 준비하신 변명… 꼭 있어야 할 겁니다."

그의 눈가가 달처럼 붉어졌다. 눈물을 애써 삼키었다.

습기가 가득한 집 안에 덕화가 들이닥쳤다. 슈퍼문에 안개에, 바깥세상은 시끄럽고 어수선했는데 이 집은 아무 일도 없단 듯이 유난히 차분했다. 무서울 정도였다. 덕화는 시끄럽게 삼촌을 불러 젖혔다.

"그거 다 삼촌이지! 집 나간 여고생 찾는 걸 왜 '세상에 이런 일이'로 해? 나 이러다가 진짜 나사에서 삼촌 잡아갈까 봐 너무 겁나!"

덕화의 타박에도 도깨비는 흐린 얼굴을 할 뿐, 별다른 반응을 보이지 않았다. 도깨비 신부가 왜 갑자기 집을 나갔고, 왜 전지전능에 가까운 도깨비가 신부 하나 찾지 못해 이런 꼴로 집안에 구겨져 있는 건지는 몰라도 하나는 확실했다. 어서 은탁을 찾아줘야 이 집도, 바깥세상도 제대로 굴러갈 것이란 사실이었다.

"내가 그 소녀 찾아내면 삼촌 나한테 뭐 해줄 건데. 나 카드 줄 거야?"

"나도 못 찾는데 니가 무슨 수로."

"멀리는 못 갔을 거야. 걔 돈 없잖아. 어딜 가봐야 대한민국이고, 뭘 타봐야 고속버스겠지. 다 나만의 방법이 있다니까."

자신하는 덕화가 의아했으나, 명부에까지 이름을 올린 마당이었다. 덕화라도 믿어보아야 하나 심히 고민스러웠다. 의심스러운 눈초리를 보내도 덕화는 싱긋 웃을 뿐이었다. 금방이라도 찾아낼 수 있다는 듯이.

흰 나비 한 마리가 설원으로 날아들었다. 넓게 펼쳐진 설원 위에서 날갯짓하다 이내 건물 입구에 사뿐히 내려앉았다.

'그 소녀 찾았어. 지금 스키장에 있어.'

눈부신 조명이 환히 밤을 밝힌 곳은 은탁이 잠시 동안 일하게 된 스키장이었다. 높은 산을 깎아 만든 스키장은 도심 외곽 중에서도 꽤 깊은 곳에 있었다. 은탁은 렌탈 파트에서 일하며 스키 장비를 나르고, 찾아온 손님들을 응대하며 맞는 장비를 찾아주었다. 손님이 쉴 새 없이 오갔고 장비도 제법 무거워 몸이 고된 일이었다. 그래도 돈도 많이 주고, 무엇보다 일하는 동안에는 정신없이 바빠 슬퍼하거나 화낼 겨를이 없다는 게 좋았다.

휴게실 한편에 마련된 텔레비전 뉴스에서는 연일 기상 이변에 대한 소식이 전해졌다. 도깨비가 만들어낸 이변이 분명했다. 아저씨가 힘들고 슬프고 화가 난 것 같았다. 뉴스가 나올 때마다 기분이 가라앉았다. 차가운 눈밭을 구르는 것처럼 가슴이 시렸다.

일을 마치고 숙소로 돌아가는 길마다 눈에 밟혔다. 빨간 목도리는 여전히 은탁의 목에 둘러져 있었다. 엄마의 선물이었고, 그다음엔 도깨비가 둘러주었기에 그의 선물처럼도 여겨졌다. 따뜻한 목도리였다. 그러나 목도리를 하고도 은탁은 한기를 느꼈다. 흰 눈 위에 은탁의 작은 발자국이 찍혔다. 모두 도깨비와 나눈 기억들이었다. 첫눈 오는 날 검을 뽑기로 했었고, 검을 뽑으려던 날 도깨비가 만들어준 눈이 내렸다. 비도 눈도 피할 수 없이 모두 도깨비여서 은탁은 어김없이 또 울컥하고야 마는 것이었다.

"아, 짜증나. 눈이 너무 많다."

바람이 불어 눈발이 휘날렸다. 그 속에서 은탁은 또 눈가가 뜨끈해져 입을 꾹 다물었다. 홀로 선 은탁의 곁으로 그림자가 다가오고 있었다. 타박타박 큰 발자국을 새기며 걸어오는 이는 도깨비였다. 은탁이 도망쳐온 이는 도깨비였고, 언젠가 한번은 이렇게 다시 마주칠 줄 알았다.

그토록 보고 싶던 은탁을 향해 천천히, 그러나 느리지 않게 도깨비가 다가와 섰다. 간격을 두고 선 채 두 사람의 눈이 서로를 담았다.

"집에 가자. 너 혼자 이러고 있으면 안 돼."

탁하게 갈라진 도깨비의 음성이 애틋했다. 은탁은 애써 표정을 굳혔다.

"나 집 없어요. 내가 집이라고 생각한 곳은 내 집이 아니었어요. 그저 가까이 둔 거죠. 누군가는 보험금 때문에, 누군가는 죽고 싶어서."

아니라고 하고 싶었으나 처음에는 그 말이 맞았다. 오랜 시간 기다려왔다. 길고 긴 생을 끝내고 싶어 도깨비 신부를 간절히 찾았다.

"이제 다 아는데 내가? 도깨비의 불멸을 끝낼, 소멸의 도구라던데 내가?"

눈물 가득 담은 눈으로 울먹이며 올려다보는 은탁을 응시하는 도깨비의 마음이 아렸다. 찬바람이 은탁의 볼을 스쳤다. 아이의 웃음이 눈발 아래 촛불처럼 꺼져버린 것은 모두 저 때문이었다. 신의 탓이었으나 아이의 수호신은 저이므로, 아이의 웃음이 사라진 것은 모두 제 탓이었다.

"말할 기회를 놓쳤고, 기회를 놓쳐서 좋았고, 가능하면 죽는 그 순간까지 모든 기회를 놓칠 참이었어. 근데 그러면 안 되는 거였어. 이 검에 묻은 수천의 피를, 그 한 생명의 무게를 내가 판단하면 안 되는 거였어. 그러니까 넌 도구로서 역할을 다해. 이 검 빼. 부탁이야."

끝까지 모두 자신의 탓으로 안고 가야 했다. 아이의 아름다울 스무 살, 행복할 서른 살, 그 모든 생을 위해. 그 어떤 달콤

한 것보다 다디단 고백이 될 뻔했던 고백은 세상에서 가장 차가운 고백이 되어 있었다. 도깨비의 무감한 표정을 보며 은탁은 이를 악물었다.

"아니요. 아니요! 싫어요! 죽어도 싫어요. 그러니까 그냥 나 찾지 마요. 나 찾지 말고 각자 모르는 사람으로 살자고요. 나한테서 멀리 가서, 그냥 오래오래 살라고요, 김신 씨는. 알겠어요? 다신 나타나지 마요. 또다시 내 눈 앞에 나타나면 그땐 진짜 죽여버릴 거니까."

차갑게 받아치는 은탁의 진심을 모르지 않았다. 그래서 더 죽여주었으면, 은탁이 저를 죽이고 살아주었으면 하고 도깨비는, 김신은 간절히 바랐다. 그러면서도 한순간이라도 더 은탁을 눈에 담아 가고 싶은 욕심을 져버리지 못해, 자신을 지나쳐 눈발 속으로 사라지는 은탁의 뒷모습을 검은 코트 위로 흰 눈이 쌓이도록 하염없이 바라보았다.

다시는 나타나지 말라고 했는데 도깨비는 잘도 은탁 곁에 나타났다. 앞에만 안 나타나면 된다는 듯 은탁의 뒤를 쫓았다. 은탁이 일하는 모습을 지켜보고, 은탁의 걸음 뒤를 밟았다. 아는 체도 하지 않고 있었지만 은탁은 그의 기척들을 모두 느끼고 있었다. 자신을 죽여달라 찾아온 남자의 발걸음 소리에조차 귀를 기울이는 일은 무척 분한 일이었다. 은탁은 걸음을 멈추지 않은 채 눈꽃이 수북하게 내려앉은 새하얀 숲길로 들어갔다.

바람이 일자 숲이 울리며 앙상한 가지 위에 쌓여 있던 눈송이들이 후두둑 쏟아져 내렸다. 도깨비의 걸음이 멈춰 있었다. 더는 따라오지 않는 건가 생각하며 은탁은 계속 앞만 보며 걸었다. 간 걸까, 결국은. 은탁의 눈빛이 바람에 일렁이는 눈송이처럼 흔들렸다. 은탁이 멈춰서 뒤를 돌았다. 아무도 없이 긴 숲길만이 펼쳐져 있었다. 도깨비가 사라진 빈자리를 잠시간 응시했다. 가슴에도 빈자리가 생긴 것처럼 휑하였다. 눈물이 고이려고 해 다시 앞을 향해 돌아서는데, 가버린 줄 알았던 도깨비가 눈앞에 있었다. 눈가에 차오르던 눈물이 우스웠고, 이 시점에 자신을 속인 도깨비가 한 번 더 미워졌다.

가까이 다가온 도깨비가 주머니에서 흰 종이를 꺼내 복잡한 표정으로 울먹거리며 자신을 보고 있는 은탁을 향해 내밀었다. 반장에게 받아두었던 수능 성적표였다.

"이거 주러 왔어. 시험 잘 봤더라."

"그것도 핑계라고."

"이 핑계라도 생겨서 반갑더라. 이렇게라도 너 보러 와도 되는 핑계."

두 사람의 시선이 아프게 교차했다. 물러설 수 없는 지점에 두 사람은 서 있었다. 황량하고, 아픈 숲 속의 한가운데였다.

“보러 와서 어쩌자고요. 핑계 생겨 뭐 어쩌자고. 같이 살자고, 같이 죽자고! 내가 다시 나타나면 죽여버린다고 했냐고 안 했냐고! 좋아요. 이리 와요. 검 뽑아줄게요. 그게 소원이면 그렇게 해준다고. 오라고요, 얼른!”

은탁의 감정이 격해지기를 도깨비는 기다렸다는 듯 성큼 은탁 앞으로 발을 내디뎠다. 기가 막혔다. 그 순간이 은탁은 너무나 허망했다. 아저씨는 그렇게 죽고 싶은 건가, 이 생을 도저히 견딜 수 없는 건가 싶어 극렬한 슬픔을 느꼈다.

코앞까지 다가온 도깨비가 은탁의 손을 탁 가로채듯 잡았다. 커다란 손에 잡혀 은탁의 손이 도깨비의 가슴 부근으로 옮겨졌다. 빨갛게 언 은탁의 손이 검이 꽂혀 있는 자리 위에 있었다. 놀란 은탁이 잡힌 손목을 빼려 하는데, 도깨비는 더 꽉 손목을 잡아 쥘 뿐이었다. 빼내려 해도 도깨비의 손길은 단호하고 매서웠다. 어디까지 저에게 잔인해지려 하는 걸까. 은탁의 목소리가 떨렸다.

“하지 마요!”

“해. 그래야 해.”

“놔요! 놓으라고!”

차오르던 눈물이 결국 왈칵 쏟아져 내렸다. 아무리 잡아 빼도 자신을 놓아주지 않는 도깨비에게 잡히지 않은 손으로 은탁은 그의 어깨며, 가슴을 내려쳤다. 은탁의 주먹이 닿는 곳에는 아무런 감각조차 일지 않았다. 도깨비의 통증은 놓으라고 외치는 은탁의 눈물로부터 왔다. 굳게 먹은 마음도 속절없이 무너졌다. 쥐고 있던 손에 힘이 스르륵 빠졌다.

"그때부터였어. 그 호텔부터 작정하고. 그때부터 이러려고."

필요하면 사랑까지 하겠다고 했었다. 좋아하긴 했을까. 죽고 싶어 안달인 이 남자는, 남겨질 자신 같은 건 눈에 보이지도 않는지 그저 죽음만을 달라고 하고 있었다. 은탁의 삶에 찾아왔던 어떤 불행도 이 정도로 잔인하게 굴지는 않았다.

"그래서, 나 사랑하긴 했어요? 아니에요? 그것조차 안 했어요?"

우느라, 소리 지르느라 숨이 찬 은탁이 헐떡이며 물었다. 도깨비의 얼굴에 그늘이 드리워졌다.

"…무서워. 너무 무섭다."

애써 찬 바닥에 던져놓았던 그의 진심이 기어코 은탁의 슬픔에 녹아 그의 입 밖으로 흘러내렸다.

"그래서 네가 계속 필요하다고 했으면 좋겠어. 그것까지 하라고 했으면 좋겠어. 그런 허락 같은 핑계가… 생기면 좋겠어. 그 핑계로 내가 계속, 살아 있었으면 좋겠어. 너랑 같이."

살고 싶어, 은탁아. 너와 함께. 천 년 가까이 살았는데 지금에서야 또 살고 싶어서 이제 막 스무 살 된 아이를 붙잡고라도 애원하고 싶었다. 도깨비의 눈에서 눈물이 한 방울 떨어졌다.

은탁은 주먹 쥔 손을 끌어내렸다. 도깨비가 울고 있다. 그가 무섭다고 하고 있다. 은탁은 더 무서웠다. 은탁의 구원이었고 은탁이 구원이 되어주리라 마음먹었던 이가 우니까. 저승의 말이 아른거렸다.

'네가 그 검을 빼면 그자는, 먼지로, 바람으로 흩어질 거야. 이 세상, 혹은 다른 세상 어딘가로 영영.'

눈물이 눈물을 만나, 슬픔이 바다와 같이 넓어졌다. 애처로운 연인들이 서로를 안은 채 울었다.

은탁을 데려오겠다던 도깨비가 혼자 집으로 돌아왔다. 그 어떤 가정을 해보아도 결말은 도깨비의 죽음이었고, 그러한 결말로는 은탁을 설득할 수 없었다. 도깨비의 어깨가 처져 있었다. 그런 도깨비에게 더한 짐이 얹혀졌다. 저승이 명부를 꺼내 보였다.

"서류 올리길 기다린 듯이 나온 명부는 처음이다. 기타누락자의 명부가 왔어."

도깨비가 말한 그 길로 곧장 후배 저승사자를 시켜 은탁의 서류를 정리해 올리라 했지만, 보통은 기타누락자 서류를 올린다 해서 이렇게 바로 명부가 떨어지는 건 아니었다. 그러나 은탁의 죽을 날을 받아놓고 기다린 것처럼 저승에게 명부가 나왔다.

[池听晫. 一十九歲. 丙申年 庚子月 戊辰日 二十時 十一分 凍死]

(지은탁. 19세. 2016년 12월 12일 20시 11분 동사)

저승이 보기엔 붉은 글씨가 선명했으나 도깨비의 눈에는 아무런 글씨가 보이지 않았다. 그저 빈 종이로 보일 뿐이었다.

"은탁이 확실해? 빈 종이잖아."

"있어 글씨. 대체 이 상황 뭔데. 꼭 누가 죽으라고 등 떠밀 듯이. 그게 나도 아니고, 너는 더더욱 아닐 텐데."

"나일 거야. 내가 죽어야 걔가 산대. 내가 살면 걔는 죽는대. 그게 그 아이와 나의 운명이래."

저가 살고자 하는 것이 은탁의 존재 가치를 희미하게 만들고 죽음으로 떠밀고 있었다. 도깨비의 한숨이 깊었다.

"이게 내게 내려진 벌이었어. 신의 더 큰 뜻이었어. 이게."

"약한 소리 마. 신의 뜻이 그렇다고 해도 내 뜻은 그렇지 않으니까. 너도 그럴 거고."

저승이 도깨비를 재촉했다. 명부에 적힌 대로라면 은탁의 죽음은 코앞에 닥쳐 있었다. 앞으로 한 시간 뒤. 은탁을 찾아야 했다.

아이 앞에 자꾸 죽음이 닥칠 거라고 했다. 앞으로 더할 거라고. 은탁이 죽는다면, 그것은 자신이 은탁을 놓아주지 않아서일 것이다. 도깨비가 이 생을 놓지 않아서일 것이다. 자신의 욕심이 은탁을 죽음으로 몰아넣고 있었다. 도깨비는 그걸 견딜 자신이 없었다. 어떻게든 무로 돌아갔어야만 했다. 도깨비는 드넓은 스키장 구석구석을 타들어가는 심장을 부여잡고 뛰어다녔다. 어딘가에서 차갑게 떨고 있을 은탁을 생각하면 심장이 곧 멎을 것만 같았다.

그때였다.

설원 한복판에 선 도깨비를 울리는 것은 은탁의 목소리였다. 은탁의 고백이었다.

은탁이 수리할 스키 부츠들을 끌어안고 수리 창고로 왔을 땐 교대 시간이라 직원이 잠시 자리를 비운 상태였다. 무거운 장비를 내려놓고 은탁은 근처 간이 의자에 잠시 앉았다. 난방이 되지 않는 수리 창고는 싸늘했다. 손을 비벼 온기를 만들며 은탁은 도깨비를 떠올렸다 지우기를 반복했다. 세워둔 스노보드가 미끄러지며 장비들을 구비해둔 선반을 넘어뜨리기 전까지 그렇게, 은탁은 도깨비를 떠올리고 있었다. 쾅, 쾅, 무거운 굉음이 은탁을 덮쳤고, 스노보드가 쓰러지며 은탁의 머리를 빗겨갔다. 그 충격과 함께 은탁은 바닥 위에 쓰러졌다.

얼마나 지났을까 정신을 차렸을 때, 은탁은 온몸이 얼어붙어 일어설 수가 없었다. 덜덜 떨며 몸을 움직여보았지만 손가락 하나 움직이는 것도 힘겨웠다. 너무 추웠다. 멀어져가는 정신 사이로 도깨비가 나타났다. 너무 많은 추억들이 켜켜이 쌓여 있었다. 바닷가도, 메밀밭도, 책방 앞 길목도, 버스정류장도, 캐나다 단풍나무 아래 도깨비도. 그리고 숲 속의 눈 위에서 슬프게 고백하던 그 또한 은탁에게 남아 있었다.

"필요해요, 그것까지 해요…."

하얀 입김이 산산이 흩어졌다. 계속 필요하다고 했으면 좋겠다고, 그것까지 하라고 했으면 좋겠다고, 그런 허락 같은 핑계가 생기면 좋겠다고 그가 말했다. 그가 필요하지 않은 순간이 없었다. 열아홉 생일날까지 그 없이 어떻게 살아왔을지 모르겠을 정도로. 은탁이 그를 필요로 하는 게 그에게도 좋다면, 은탁은 평생 그를 필요로 할 수 있었다. 살아만 있어준다면. 눈이 천천히 감겨왔다. 너무 추웠다.

"사랑해요."

툭, 무언가 끊어지는 느낌과 동시에 목 뒤의 낙인이 선명하게 빛을 내뿜었다.

은탁의 '사랑해요' 목소리가 도깨비에게 가닿았다.

조금만 늦었어도 명부에 적힌 대로 될 뻔했다. 창고 문을 부수고 들이닥친 도깨비가 스노보드에 깔린 채 정신을 잃은 은탁을 안아 인근 병원으로 옮겼다. 저체온증에 경미한 뇌진탕까지 겪은 은탁은 죽은 듯이 병원 침대에 누워 있었다. 눈을 뜬 건 한참 뒤였다.

천우그룹 유 회장의 지시로 은탁을 극진하게 살피며 대기하고 있던 의사들이 은탁에게 상황을 설명해주었다. 흰 가운을 입은 의사들 사이로 도깨비는 보이지 않았다. 분명 자신을 이곳에 데려다놓은 건 도깨비였다. 필요하다고 했으니까, 사랑한다고까지 했으니까 그가 오지 않았을 리 없었다. 그래서 멍하니 있던 은탁이 정신을 차리자마자 찾은 건 성냥이었다. 보고 싶었다, 그가. 지금은 어디에 있을까. 어디 서서 자신을 기다리고 있을까. 은탁은 침대 맡에 커다란 외투를 집어 들었다. 도깨비의 것이었다.

은탁은 병원 밖으로 나와 곤돌라에 탔다. 은탁을 태운 곤돌라가 산 정상을 향해 천천히 움직였다. 조용한 공간에서 홀로 은탁은 성냥을 꺼냈다. 탁, 손가락 끝에 힘을 주어 성냥에 불을 붙였다가 후 불자 이내 타오르던 불이 꺼지며 가느다란 연기가 되었다. 하지만 피어오르는 연기 사이로 나타나야 할 도깨비는 나타나지 않았다. 흔들리는 곤돌라에는 은탁뿐이었다.

불을 꺼도 오지 않는 도깨비는 상상 못 한 일이어서 당황스러웠다. 이럴 리가 없는데…. 은탁은 눈물이 쏟아질 것처럼 코끝이 찡했다. 다 회복되지 않은 몸은 마음마저 약하게 만들었다. 은탁은 도깨비가 덮어주고 간 외투를 꼭 여몄다. 곤돌라 속도가 느려졌다. 도착 지점이었다. 곤돌라 문이 열린 틈 사이로 고개 숙인 은탁의 팔을 낚아채 잡아끄는 손이 있었다. 도깨비였다.

"안 오는 줄 알았잖아요! 이제 안 오는 줄 알고 나는…."

은탁은 울고 있었다.

"미리 와서 기다렸지."

"누가 미리 오래요, 누가! 불면 와야지. 거기로 와야지. 내 눈 앞에 있어야지!"

"미리 와서 손 잡아줄라 그랬지, 나는."

"몰라요. 됐어요. 가버려요. 괜히 불렀어."

왜 자꾸 울리는지 모르겠다. 울리려 하지 않은 순간에도 은탁이 울고 있어서 도깨비는 어쩔 줄 몰라 했다. 네가 다시 불러주어서 고맙다는 말을 하고 싶었다. 안도의 눈물을 손등으로 닦아내며 은탁은 도깨비를 제치고 바깥으로 나갔다.

"밖에 추워. 울지 마."

도깨비가 은탁을 따라나섰다. 두 사람이 선 곳에서는 설원이 한눈에 내려다보였다. 아름다웠고 동화 같았다. 도깨비를 만난 이후로 은탁의 삶은 동화가 되어 있었다. 진정한 사랑으로 왕자님을 저주에서 구해내는 예쁘고 사랑스러운 동화라고 한때 은탁은 생각했었다. 등 뒤로 따스한 온기가 느껴졌다.

도깨비가 품 안에 작은 은탁을 가두었다. 한 팔로는 은탁의 허리를 감싸 끌어 안았다. 훌쩍이던 은탁이 놀라 멈추는 게 느껴졌다. 은탁의 목덜미에 잠시 턱을 묻고 아이의 온기를 나누어 가졌다.

"나도."

숨결로 전해지는 낮은 목소리. 이 동화는 울고 싶을 만큼 아름다웠다. 은탁의 도깨비는 은탁을 사랑하고 있었다.

"뭐요."

"…모르면 됐어."

"…다 아는데."

"…그럼 좋고."

신이 보고 있을 산 정상 위, 시린 바람이 그들을 계속해서 가르려 하였으나 도깨비는 신부를 품에 꼭 안은 채였다.

"나 고백할 거 있어요. 저 이제 아저씨한테 보이는 게 없어요. 키가 크고, 옷이 비싸 보이고, 눈이 엄청 멋지고. 보이는 거 그게 다예요. 그래서 아저씨 검 못 빼줘요."

은탁이 뒤돌아 마주보며 장난스럽게 웃었다. 그 미소조차 슬픔이었다. 슬프고 또 사랑스러웠다. 도깨비는 지금 마음껏 사랑받고 있었다. 사랑받고 있다는 사실이 도깨비를 벅차게 했다. 벅차서 또 슬펐다. 눈물 흘리는 대신 웃기로 했다.

"웃어도 안 빼줄 거예요. 내 눈엔, 아저씨 지금도 엄청 예뻐요."

가장 예쁜 것은 너였다. 어린 얼굴에 맺힌 눈물 자국들을 도깨비가 닦아주었다.

옥반지

"다녀왔습니다."

은탁의 높고 맑은 목소리가 오랜만에 도깨비의 저택을 울렸다. 마치 은탁을 내쫓기라도 한 것처럼 미안했던 저승이었다. 마음고생을 잔뜩 한 데다, 죽음 근처까지 다녀온 은탁은 그새 조금 야위어 있었다.

"죄송해요. 걱정 많이 하셨죠?"

"난 조금, 많이 한 건 이자, 찾아낸 건 덕화."

"데려온 건 나."

어찌 됐든 은탁을 다시 곁에 두게 되어 도깨비는 퍽 기분이 좋았다. 의기양양한 도깨비의 말에 은탁과 저승은 픽 웃었다.

이미 은탁은 도깨비의 죽음을 받아들일 수 없었다. 도깨비도 그런 은탁을 두고 저만 평안으로, 무로 돌아갈 수는 없었다. 그의 간절함은 신에게 닿지 않았으나, 은탁의 간절함이라면 어떨까. 스스로 운명을 바꿀 수 있는 존재가 인간이었다. 인간들은 간절함과 의지로 운명을 바꾸곤 했다.

나약한 수호신은 자신의 신부에게 기대어볼까 싶었다. 엉엉 울다가도 금세 활짝 피어서 씩씩하게 웃는 은탁에게. 그러한 은탁을 놓을 수가 없어서.

"돌아올 곳이 있는 게 첨이라 기분이 이상해요. 이제 진짜 여기가 집 같고."

"얘 또 시작이네. 넌 무슨 뭐 묻기만 하면 사연이… 어? 무서워서 돌아오라고 하겠냐."

도깨비가 투덜거리며 은탁의 짐 가방을 바닥에 내려놓고 외투를 벗으려는데 저승이 제지했다.

"그냥 입어. 넌 나랑 같이 가야지."

"우리 아저씨 어디 데려가시게요? 저 그것 좀 민감한데!"

이번에는 은탁이 저승을 붙잡았다. 죽네 사네 하다가 금세 또 이런 식이라니, 참으로 운명이 붙여놓은 연인다웠다. 저승은 혀를 찼다. 은탁이 내뱉은 '우리'라는 단어에 도깨비의 입꼬리가 올라가고 있었다. 좋아 죽는 도깨비의 속내가 귀에 다 들려서 저승은 성을 내며 도깨비를 잡았다. 명부대로 이뤄지지 않았으니 또 서류를 처리해야 했다. 할 얘기가 많았다.

염치 불고하고 은탁은 써니의 가게에서 아르바이트를 다시 시작했다. 고맙게도 써니는 은탁을 반갑게 맞아주었다. 덕분에 또 다른 '오늘부터 1일'이 시작되었다.

아르바이트를 마치고 집으로 돌아온 은탁은 노트북부터 켰다. 수시 합격자 발표가 있는 날이었다. 잔뜩 긴장한 채로 노트북 화면이 바뀌기를 기다렸다. '언론영상학부 지은탁 합격'이라는 글자가 떠올랐다. 기대는 하고 있었지만, 막상 합격이라는 글자를 보니 생각 이상으로 기뻤다. 이제 대학생이 된다는 생각에 벅찬 마음으로 인형을 끌어안고 얼굴을 문댔다. 이날을 위해 생고생을 하며 아르바이트를 하고, 악착같이 돈을 모아왔다. 모은 돈을 이모네 식구에게 빼앗기지 않기 위해 밥그릇으로 머리를 맞고도 견뎌냈다.

합격을 확인하고 곧바로 등록금 납부까지 순식간에 해치우려던 은탁의 손이 멈췄다. 등록금이 이미 납부 처리되어 있었다. 학교로 전화를 걸어 확인해보니 담당자는 김신이라는 분이 등록금을 납부했다고 안내해주었다. 고맙고 미안하고 가슴 어딘가가 간지럽고 울컥했다. 은탁은 벌떡 일어나 김신의 방으로 향했다.

방 안에서 다리를 꼬고 고고한 자세로 책을 읽고 있던 도깨비는 갑자기 문을 벌컥 열고 들어온 은탁을 보고도 놀라지 않았다. 기다리고 있었으니까. 그랬으면서 은탁을 힐끔 한 번 보고는 무심하게 다시 책을 읽어내려 갔다. 글자가 제대로 눈에 들어오지 않았다.

"김신 씨 제 등록금 내셨어요?"

"거참. 그렇게 비밀로 해달라고 했는데, 결국…."

"꼭 대신 내줬다고 전해달라고 했다던데. 수험생 이름 물었는데 계속 본인 이름 댔다던데."

흠흠, 민망해진 도깨비가 헛기침을 했다. 939살 먹은 아저씨 주제에 시침을 떼는 게 귀여워 은탁은 픽 웃었다. 도깨비는 얼른 준비해두었던 테이블 위의 가방으로 은탁의 시선을 끌었다. 이전에 주었다가 다시 도깨비가 들고 간 그 가방이었다. 향수도 그대로 들어 있었다. 은탁의 눈이 휘둥그레지며 얼른 손을 내밀었다. 입이 찢어질 것만 같았다. 합격도, 선물도 너무 좋았다.

"합격 축하해."

은탁이 가방을 끌어안고 축하를 받았다. 그리고는 고개를 끄덕이며 가방을 뒤적였다. 원래는 500만 원도 있었다. 분명히.

"오백은 없어. 그걸로 등록금 냈어. 너무 감동받지 마. 빌려주는 거니까."

"그니까요. 왜, 처음엔 그냥 줘놓고 지금은 빌려줘요? 사람 마음이 어떻게 변해요?"

"집에 사람은 너밖에 없어. 그걸 아직도 모르면 어떡해?"

뭐라 답하지 못하고 은탁은 그저 눈만 깜빡이고 있었다. 도깨비가 씨익 웃었다. 비극적인 운명 같은 건 잠시 잊기로 하고 나자, 거짓말처럼 마주하고 있는 모든 순간이 유쾌하고 즐거웠다.

"월에 5,208원씩, 80년에 걸쳐서 갚아. 한 달도 빼면 안 돼."

"80년이나요?"

"어. 더 빨리 갚아도 안 돼. 왜, 싫어?"

싫을 리가 없었다. 80년이나 더 함께하겠다는 뜻인데. 도깨비 신부지만, 도깨비 신부의 운명대로 살지 않아도 된다 말해주는 듯해서 은탁은 환하게 웃었다.

"아뇨? 아저씨 의지가 이 정도면, 저 결심했어요. 맘먹었어요, 제가."

"뭘."

"데이트요."

은탁이 가방을 야무지게 어깨에 메며 답했다.

도깨비와 은탁이 처음으로 '데이트'라 이름 붙인 데이트를 하게 되었다. 달달한 게 먹고 싶다는 은탁에, 첫 데이트 장소는 아이스크림 가게가 되었다. 단내가 풀풀 풍기는 매장 안에 두 사람은 아이스크림 하나씩 앞에 두고 앉았다.

성적표가 아니라 가방을 가져다줬으면 진작 집으로 돌아왔을 거라고 은탁이 농담을 던졌다. 그 생각을 안 해본 건 아니었다고 도깨비가 안타까워하며 말해, 은탁이 소리 내 웃으며 도깨비 쪽으로 손을 뻗었다.

"네 거 먹어. 그러면서 은근슬쩍 내 거 먹지 말고."

"제 거 다 먹었어요."

"웃으면서 계속 먹지 말고."

"한 입만요. 근데요."

메고 있던 가방을 가리키며 은탁이 눈을 빛냈다. 무슨 말을 할까. 은탁의 생각은 늘 도깨비가 예상하지 못하는 방향으로 튀어 두렵고 당황스럽기도, 또 기대되기도 하였다.

"이것들 어딘가엔 사랑도 있을까요?"

"찾아봐. 나름 잘 넣는다고 넣었는데."

입 안의 아이스크림이 하나도 차게 느껴지지 않았다. 그저 달았다. 두 사람의 심장이 같은 속도로 빠르게 뛰고 있었다.

은탁의 볼이 발그레하게 달아올랐다.

"뭐야, 말도 안 하고 그런 거 막 넣어놓고. 이제 나한테 아무 것도 숨기기 없기."

플라스틱 숟가락을 잘근거리며 말하는 은탁에, 도깨비의 머릿속에는 잠시 밀어두었던 삼신의 말들이 스쳐 지났다. 어떤 식으로 말해주어야 할지 감도 잡히지 않았다. 잠시 골몰하던 도깨비는 그저 고개를 끄덕였다. 예쁘게 웃는 은탁의 순간들이 오래 머물렀으면 좋겠다는 마음으로.

명부가 또 언제 올지 몰라 불안한 사람은 도깨비 하나로 족했다. 도깨비는 그렇게 여겼다. 저승에게 명부가 오지는 않았는지 묻는 게 도깨비의 일상이었다. 검을 뽑지 않으면 죽을 운명에 처한 은탁을 도깨비가 대체 어떻게 할 작정인지 저승은 궁금했다.

도깨비와 저승은 나란히 테라스에 걸터앉아 맥주를 마시는 중이었다. 거실은 덕화와 은탁이 장난치는 소리로 시끌시끌했다. 유 회장이 은탁의 입학 선물로 보내온 카메라 때문이었다. 이것저것 찍어보느라 소란해 보였다.

"너 그때 너네 찻집 문 열고 들어왔던 남자 기억나?"

"어떻게 잊어."

둘이 저승의 찻집에서 이야기를 나누고 있는데 찻집 문이 벌컥 열렸다. 망자와 저승사자, 또는 특별한 존재가 아닌 인간으로서는 도저히 발견하지도, 열지도 못할 문을 평범한 사내가 벌컥 연 것이다. 죽을 때가 다 돼서 연 것도 아니었다. 그저 그는 화장실이 급해서 문을 열고 뛰어 들어와 찻집의 화장실을 사용했다. 말도 안 되고 헛웃음밖에 나지 않는 해프닝이었다.

그 사내를 도깨비는 떠올리고 있었다.

"인간의 간절함은 못 여는 문이 없고, 때로는 그 열린 문 하나가 신의 계획에 변수가 되는 건 아닐까? 그래서 찾아보려고, 간절하게. 내가 어떤 문을 열어야 신의 계획에 변수가 될 수 있는지. 백 년이 될지 열 달이 될지 모르겠지만 일단 저 아이 옆에 있는 선택을 해보려고."

까르르, 은탁의 웃음소리가 도깨비의 귓가에 퍼졌다. 가능한 은탁에게 닥치는 모든 죽음의 순간을 막으면서, 문을 열어보려고 도깨비는 마음먹었다.

"뭐, 그러다 어떤 문을 열게 될지도 모르겠지만."

도깨비가 씁쓸하게 중얼거리며 맥주를 한 모금 삼켰다. 저승사자인 주제에 누구를 딱하게 여기기도 힘들었으나, 그가 보기에도 도깨비와 도깨비 신부의 운명은 안타까웠다.

테라스 문이 열리며 덕화와 은탁이 들어왔다. 카메라를 든 덕화가 삼촌들을 불렀다. 반사적으로 소리 나는 쪽을 쳐다보는 두 남자의 모습이 카메라에 담겼다. 은탁이 자신도 찍겠다며 두 남자 사이에 앉아 사진을 찍었다. 사진을 찍어주던 덕화도 팔을 뻗어 모두가 나올 순간을 담았다. 찬란하다 기억될 만한 찰나들이 여러 장 카메라에 남았다.

아르바이트를 가는 은탁을 바래다주려고만 했는데 어쩌다 보니 도깨비도 가게 안까지 들어오게 되었다. 이미 가게에 와 있던 저승까지 모이니 넷이었다. 둘은 사람이었고, 둘은 사람이 아니었다.

얼마 전 써니의 기억을 지웠던 저승은, 한 번 더 종교는 무교라고 대답하기 위해 써니를 찾은 터였다. 그날처럼 귀엽다는 소리는 듣지 못했지만. 저승과 은탁의 남자친구인지 애인인지 하는 남자가 마침 아는 사이라고 해서 써니는 일단 치킨을 내어 놓았다.

치킨 한 마리를 앞에 둔 네 사람의 분위기가 마냥 화기애애하지만은 않았다. 써니와 도깨비의 신경전이 한몫했다. 가게 앞에서 처음 마주쳤을 때부터 첫인상이 좋지 않았다. 은탁에게 다시 잘 되었다고는 들었지만, 써니는 여전히 소중한 알바생 눈에서 눈물 나게 한 남자가 마음에 들지 않았다. 팽팽하게 대립하던 둘 사이에서 저승과 은탁은 안절부절못하고 있었다.

다행인지 저녁 시간이 되면서 손님들이 들이닥쳐 써니와 은탁이 자리에서 일어나야 했다. 바쁘게 서빙을 하는 은탁을 도깨비는 테이블에 앉아 물끄러미 바라보았다. 옆에 앉은 저승은 뜬금없이 시끄러운 가게 안에서 수학 문제를 푸는 데 골몰하고 있었다. 같은 부분에 계속해서 원을 그리고 있었다. 은탁을 보던 도깨비가 저승을 흘겼다.

"뭐하냐?"

"넌 여자를 너무 몰라."

"넌 답을 모르는 거 같은데."

여자들이 좋아하는 것들을 알려달라고 은탁에게 심각하게 묻자 은탁이 알려준 것들이었다. 폭풍 후진하는 거, 제도샤프로 수학 문제 푸는 거, 대화할 때 웃어주는 거, 걸을 때 길 안쪽으로 걷게 해주는 거. 써니가 뭘 좋아할지 모르니 전부 다 준비하라는 게 은탁의 조언이었다. 그중 오늘 택한 건, 수학 문제 푸는 일이었다.

써니 앞에 서면 가슴이 두근거렸다. 써니도 자신을 좋아해주었으면 좋겠다는 생각이 지배적이었다. 잘 보이고 싶은데, 아무래도 평범한 남자는 아니다 보니 미숙한 부분을 채우려 무슨 노력이든 해야 했다. 그런 마음을 아는지 모르는지 도깨비가 대놓고 비웃고 있었다. 기분 상한 저승이 탁 샤프를 내려놓았다.

“술이나 마셔. 저기요, 김선 씨. 여기 맥주 두 잔 더 부탁드립니다.”

저승이 김선 씨, 하고 부르며 맥주를 더 주문했다. 김선이라는 이름 두 글자에 도깨비는 놀라 몸이 굳었다. 빈 테이블을 정리하던 써니 역시 마찬가지였다. 둘 다 놀란 눈으로 저승을 바라보았다.

저승은 주문하기 위해 들었던 손을 천천히 내렸다. 자신이 큰 실수를 했다는 걸 깨달았다. 기억을 지웠으니 써니로서는 저승에게 진짜 이름을 알려준 적이 없었다. 김선, 써니는 청승맞게 느껴진다던 그 이름이 저승의 입에서 어쩐지 너무나 자연스럽게 나와버렸다. 잘해보려고 해도 이렇게 매번 실수였다.

써니는 곧장 저승을 끌고 가게 밖으로 나갔다. 도대체 자신의 이름을 어떻게 아느냐 따져 물을 심산이었다. 정체불명, 신원미상 이 남자는 날이 갈수록 더 미스터리했다.

“어떻게 알았냐니까요? 왜 아냐니까?”

“김써니 씨라고 한 것, 같… 춥죠. 금방 코트 가지고….”

머릿속이 새까맣게 칠해져 있었다. 할 수 있는 변명도 없었다. 또다시 기억을 지우고 싶지는 않아 어떻게든 이 자리만은 피해보려 저승이 코트를 가져오겠다는 말도 안 되는 핑계를 대며 돌아섰다. 써니의 화를 돋운 셈이었다.

"내 얘기 아직 안 끝났어요!"

돌아서는 저승의 손을 써니가 붙잡았다.

저승사자는 인간과 손을 잡으면 전생이 보였다. 당사자는 기억 못하는 전생이 머릿속으로 물밀듯 밀려드는 것이 딱히 좋은 일만은 아니라, 스치지도 않으려 항상 일정한 간격으로 떨어져 걸었는데 이렇게 제대로 잡히고 말았다. 잡힌 손을 통해 써니의 전생이 저승사자에게 밀려들었다. 거부하려 해도 할 수 없는 전생의 기억들이 쏟아졌다. 압박감에 저승이 인상을 찡그렸다.

아름다운 여인이 웃고 있었다. 누군가의 누이였고 왕비였던 여인. 그 여인이 보는 세상에는 어리석은 왕이 있었고, 왕에게 나아가는 무신이 있었다. 피 흘리며 생을 마치는 그 기억의 끝에 옥반지가 있었다. 자신들이 노점상에서 함께 집어 지금까지의 인연을 만들어주었던 옥반지. 김신의 누이, 족자 속 여인의 얼굴 위로 써니의 얼굴이 겹쳐졌다. 써니의 전생의 얼굴과 그 여인의 얼굴이 같았다.

"대체 왜…!"

충격으로 굳어진 채 저승은 하염없이 써니를 바라보았다. 잡힌 손이 차가웠다. 거센 거부 반응에 써니가 더 당황했다.

"진짜 왜 그래요, 뭔데. 설마 여자랑 손 처음 잡아본 것도 아닐 거고… 유부남이에요?"

써니가 인상을 찌푸렸다. 전화번호도 없다 하다가 가르쳐 주고, 진짜 이름도 안 알려주고, 손 좀 잡았다고 정색하는 남자는 유부남인 게 분명했다. 아니면 국정원 직원이라든지. 뭐라도 좋으니 제발 알고 싶을 뿐이었다. 마음 놓고 이 남자를 좋아할 수 있게, 이미 빠진 듯하나 더욱 빠질 수 있게.

"아니요."

"그럼 저승사잔가?"

흰 얼굴이 더 희게 질렸다. 써니는 고개를 저었다. 농담도 못 하게 하는 남자였다. 써니는 한 번 더 눈 가리고 아웅 해보기로 했다. 아직은 남자를 놓지 못하겠어서.

춥다며 써니가 다시 가게 안으로 들어간 뒤에도 저승은 우두커니 가게 앞에 서 있었다. 자신을 첫눈에 울게 한 두 여인이 같은 여인이라니. 전생의 얼굴도 이번 생의 얼굴도 그를 울렸다. 도대체 누구인 걸까. 저승은 아연해졌다.

손님이 나간 자리를 모두 치우고, 써니와 은탁도 다시 테이블에 앉았다. 도깨비는 대각선에 앉은 써니를 뚫어져라 주시했다. 본명이 김선이라고 했다. 김선, 누이의 이름이었다. 그저 우연일 수도 있었으나 우연이라 치부하기엔 묘한 부분이 있었다. 오라버니, 하고 부르던 써니의 높은 목소리가 귓가에 맴돌았다.

잔에 든 맥주를 한 모금 마셔 완전히 비운 써니가 빈 잔을 내려놓으며 물었다.

"거기 오라버니, 왜 자꾸 봐요? 아까부터?"

"이름이 아는 사람이랑 동명이라 신기해서요. 이름이 진짜 김선이에요? 이름에 한자 뭐 써요?"

"한자 안 쓰고 영어 써요. S, U, N, N, Y."

알려주고 싶지 않아 퉁명스럽게 받아치는 데도 도깨비는 끝까지 써니에게서 시선을 떼지 않았다. 은탁은 계속해서 써니만 보고 있는 도깨비 때문에 점점 이 자리가 불편하게 느껴졌다. 도깨비의 안색은 어두웠고, 괜히 옆에 있는 저승의 눈치도 보였다.

"혹시 나 어디서 본 적 없어요?"

"며칠 전에 봤잖아요. 전에 가게 앞에서."

"그때도 그렇고 좀 전에도 그렇고, 왜 자꾸 나한테 오라버니라고 합니까?"

"그럼 이거, 저거, 야, 너, 할 걸 그랬나?"

맹랑하기 그지없는 대꾸에 혹시라도 써니가 누이의 환생이 아닐까 싶어 캐묻던 도깨비가 눈살을 찌푸렸다. 장난스럽지만 수줍던 제 누이와는 달라도 너무 달랐다.

써니의 전생을 본 여파로 얼떨떨한 표정으로 앉아 있던 저승이 조금 긴장을 풀고 웃었다. 끙 하고 도깨비가 앓는 소리를 들으니 괜히 통쾌한 기분이 들었다. 도깨비가 그런 저승을 흘겨봤다. 좋아하는 여자라 이거지. 이래저래 심술이 도진 도깨비가 써니에게 물었다.

"이자와는 정확히 무슨 사입니까? 이자가 뭔진 알고 만나시는지…."

말이 끝나기도 전에 은탁과 저승이 황급히 도깨비를 저지했다. 은탁이 눈을 치켜뜨는 바람에 도깨비는 더는 말 못 하고 입을 다물었다. 둘의 반응은 이상했지만 계속 빈정대는 이 남자에게 지고 싶은 기분은 아니라서 써니가 대답했다.

"반지 주고받은 사이?"

순간 은탁은 내내 반지를 만지작거리며 '님'을 기다린다던 써니의 모습이 떠올랐다. 님이 저승 아저씨였구나.

"그 반지가, 그런 뜻이었어요?"

"알바생, 질문 잘했어. 그 반지 무슨 뜻이었어요?"

질문이 갑자기 저승을 향했다. 곤란해진 저승의 커다랗고 까만 동공이 흔들렸다. 저승도 알고 싶었다. 김선의 전생에 등장한 반지는 무슨 뜻일지.

하나, 족자 속 여인과 써니의 전생은 같은 얼굴이다. 둘, 족자 속 여인은 김신의 누이이다. 써니는 김신 누이의 환생일까? 아직은 확실하지 않았다. 그렇다면 써니를 보고도 김신의 누이의 그림을 보고도 운 자신은 무엇일까. 자신의 감정은 대체 어디에서 기인한 것일까. 중요한 부분들은 모두 미지수로 남아 있었다.

"반지 얘기가 나와서 말인데, 그 반지 좀 다시 돌려주시겠어요? 전에 봤던 카페. 내일 오후 한 시."

머릿속을 정리하던 저승은 반지에 대해 더 알아봐야 할 것 같다는 생각이 들었다. 그러니 반지를 잠시 돌려달라는 무례한 결론으로 향했다. 써니의 예쁘게 반짝이던 얼굴이 찌푸려졌다. 반지에 대해 알아보겠다는 저승의 말이 대체 무슨 의미인지 써니는 이해하기 힘들었다. 반한 쪽이 지는 일이었다. 그 답을 저승이 내놓을 때까지 써니는 기다리는 신세가 되었다.

누이와 같은 이름을 쓰는 써니를 만나고 나니 도깨비는 누이가 더 그리워졌다. 하필이면 자꾸 오라버니라 부르는 것도 더욱 누이를 떠오르게 했다. 족자를 조심스럽게 펼치자 도깨비와 같이 늙지 않고 언제나 고운 모습 그대로의 누이가 잔잔한 얼굴로 앞을 응시하고 있었다. 언제 펼쳐도 다름이 없어 도깨비는 안타까웠다. 환하게 웃기도, 잔뜩 찡그리기도 했던 표정 많은 누이였다.

"잘 지내고 있느냐…."

애틋하게 손가락으로 그림 속 선을 쓰다듬었다.

"오라비는 비로소, 잘 지내는 것 같다."

그의 누이만큼 잘 웃는 은탁 덕분이었다. 이렇게 어린 누이에게 잘 지낸다 인사할 수 있는 것은. 도깨비는 작게 미소 지었다.

그림에 인사를 하고 방에서 나온 도깨비가 부엌으로 향했다. 부엌에서는 저승이 점심을 차리고 있었다. 어제 안 그래도 나사가 살짝 풀린 것같이 멍했던 얼굴이, 아예 나사가 사라진 것처럼 되어 있었다. 그 모습으로 저승은 샐러드 위에 고춧가루를 계속해서 뿌리고 있었다. 엉망이 된 샐러드를 보며 도깨비는 혀를 크게 찼다.

"정신 차리고, 점심 차려. 반지 뺏는 거 실패했냐?"

"잠깐 빌린 거야."

"그걸 뺏었다고 하는 거야. 준 걸 왜 빌려? 어제 보니 손도 잡던데. 왜 전생에 원수진 일이라도 봤어?"

"떠보지 마. 개인 프라이버시 문제고, 봤어도 입 밖에 낼 수 없어, 규정상."

아예 정신이 나간 건 아닌 모양이었다. 도깨비는 아쉬움에 입맛을 다셨다. 써니의 이름이 자꾸만 걸리는 도깨비였다.

"양심 사자 나셨네. 그런 분이 저승사자인 거 숨기고 인간을 만나나?"

"넌 같은 처지에 꼭 그렇게 말해야겠어?"

"뭐가 같은 처지야. 난 운명적인 사랑이고…. 내 누이도 김선이었어, 이름이."

김선. 아귀가 꼭 들어맞았다. 저승은 놀란 눈을 하고 돌아보았다.

"그래서 좀 싱숭생숭했어, 밤새."

도깨비가 솔직하게 심정을 털어놓았다.

"환생했는지 안 했는지도 모른다며."

"다른 얼굴로 태어났으면 알아볼 방도가 없지. 인간의 길흉화복이 보이는 게 전부라."

"만약에 누이가 환생했고 마침내 만났어. 그 뒤엔 어떻게 돼? 어차피 네 누이는 전생의 기억도 가지고 있지 않을 텐데."

도깨비는 누이가 환생했고 살아 있다는 가정일 뿐인데도 아련해졌다. 만나게 된다 해도 그는 김선의 환생일 뿐 김선은 아닐 텐데 그래도 만나고 싶었다. 환생이라도 만나서 수호신이 되고 싶었다. 그러면 도깨비가 되어 누구의 죽음도 잊지 못하며 긴 생을 살아온 날들이 또 의미 있을 것 같았다.

"그냥 뭐, 이 생에선 평안한지, 무병장수한지, 사랑은 받고 있는지, 그런 게 궁금한 거지 뭐. 예뻤는데. 우리 못난이."

아련한 목소리로 담담하게 이야기하는 도깨비를 두고 저승의 머릿속은 한없이 복잡해졌다. 좋지 않은 예감에 휩싸인 채였다. 써니가 도깨비의 누이인 것이, 왜? 저승사자로선 좋을 것도 좋지 않을 것도 없었는데 그의 심장이 불안하게 뛰고 있었다. 피 흘리며 쓰러진 족자 속 여인은 분명 비극적인 삶의 주인공이었다. 도깨비의 옛날은 어떠했는지, 써니의 전생이 어떠했는지 더 알고 싶어진 저승은 이야기 나온 김에 좀 더 말해보라 도깨비를 채근했다.

"뭘."

"네 얘기. 어떻게 살았는지, 어떻게 죽었는지."

외출 준비를 마치고 둘에게 인사하러 부엌으로 오던 은탁이 멈춰 섰다. 둘 사이에 오가는 말소리가 낮고 진중했다.

"한 번 말했잖아. 장군이었다고. 고려의 무신이었어."

"전쟁터에서 죽은 거야?"

"아니, 내가 지키던 주군의 칼날에."

도깨비의 가슴에 꽂힌 검. 도깨비가 된 김신의 생은, 누이인 김선의 생은 그 검이 꽂히기까지 얽히고설킨 생이었다.

어디서부터 말해야 할지 몰라 난감해하던 도깨비는 한 아이, 한 나라의 왕이 되고 주군이 될 아이의 탄생에서부터 이야기를 시작하였다. 그리고 김신의 죽음에까지 이르렀다. 아주 오래된 이야기여서 더는 그 이야기를 떠올리는 것만으로는 분노가 일진 않았다. 천 년 가는 분노가 없다는 말은 그래서였다.

김신의 가슴에 검이 꽂힌 사연이 아플 것 같다고 짐작만 했지, 이렇게 뼈가 욱신거릴 정도로 애처로운 아픔이었을 줄은 몰라서 부엌 뒤편에 선 은탁은 새삼 통증을 느꼈다. 아저씨가 너무 가여웠다.

"닿지 못할 걸 알면서도, 다 알면서도 나는 나아가는 것밖에 할 게 없었어. 그 자리는 내 마지막 전장이었고 난 거기서 죽어야 했으니까."

"대체 왜."

"어명을 어기고 돌아왔고, 어린 왕의 질투와 두려움을 간과했고, 여를 지켜달란 선왕의 당부가 잊히지 않았고, 가노들의 죄 없는 목숨은 살려야 했고. 무엇보다, 내 누이가 죽음으로 그 멍청일 지키고 있었으니까."

이전의 일들이 사무치는 것은 시간이 흘러도 여전했다. 가슴 아파하는 도깨비를 보며 저승은 무어라 말을 해야 할지 몰라 혼란스러웠다. 도깨비의 운명은 늘 저승의 마음을 안타깝게 하는 구석이 있었다. 잘못한 것도 없는데 괜스레 미안해질 정도로.

"기억도 없는 자 앞에서 너무 많이 떠들었군. 음식도 다 식었고."

밝은 대낮부터 너무 가라앉은 듯하여 도깨비가 애써 분위기를 바꾸려는데 저승이 주머니에서 반지를 꺼냈다. 써니에게 돌려받은 문제의 반지였다. 도깨비는 반지에 대해 전혀 모르겠다는 듯 미간을 찌푸렸다. 저승의 뜻을 이해 못 한 대신 괜한 오해를 했다.

"너 혹시… 네가 진짜 내 여동생이다 싶어? 내 과거사도 그래서 물은 거지? 반지 껴봐 어떻게 되나 보자."

반지를 들고 도깨비가 저승의 곁으로 가깝게 다가서자 저승이 질색하며 물러났다. 그 모습이 우스워 도깨비는 한 술 더 떴다.

"선아, 그래서 지금 사랑받고 있는 것이냐."

선이라 부르는 목소리가 퍽 다정하여, 저승은 소름이 다 돋았다. 오붓한 시간 방해해서 죄송하다며 은탁이 부엌 쪽으로 고개를 내민 건 그때였다. 장난을 치던 도깨비가 은탁을 돌아보았다. 잠시 나갔다 오겠다며 인사하고 돌아서는 은탁을 도깨비가 재빨리 따라붙었다. 얼른 가보라고 저승이 손을 내저었다.

정현은 은탁이 도서관에서 사귄 친구였고, 친구이자 귀신이었다. 도서관에서 오래 전부터 보아왔지만 정현은 한 번도 다른 귀신들처럼 은탁을 놀라게 하거나 한을 풀어달라 애원하지 않았다. 늘 단정한 교복차림으로 은탁을 반겨줄 뿐이었다. 가끔은 귀신이 아니라 사람인 건가 착각마저 들었다. 그런 정현이 어떤 사연으로 귀신이 된 건지 은탁은 이따금 궁금해졌다. 그래서 무언가 바라는 게 있으면 말해보라 청했다. 정현은 그렇다면 자신의 몸이 파주에 있다며 꽃 사들고 한 번 와달라는 말뿐이었다. 오랜 친구의 부탁을 은탁은 꼭 들어주고 싶었다.

정현을 만나러 파주까지 가는 길을 도깨비가 함께해준다니 좋았지만, 방금 전 들었던 도깨비의 사연 때문에 은탁은 도깨비를 바로 보기 힘들었다. 너는 왜 그렇게 사연이 많으냐고 도깨비가 종종 하던 구박을 이해할 수 있을 것 같았다. 아저씨 사연이야말로 만만치가 않았다.

오늘따라 발밑만 보며 걷는 은탁이 이상해 도깨비는 걷는 내내 은탁을 살폈다.

"꽃은 가서 살 거야?"

도깨비의 말에 은탁이 고개를 들었다.

"근데요, 아저씨 꽃이랑 엄청 잘 어울려요. 아무 꽃이나, 다."

꽤나 뜬금없는 대답이라 도깨비는 의아한 표정으로 은탁을 바라보았다.

"아저씨 엄청 제 스타일이에요. 아무 때나, 다."

"……."

"아저씨 성격도 엄청 좋아요. 아무렴요, 다."

쏟아지는 칭찬에 도깨비는 혼란스러웠다.

"나 뭐 잘못했니? 아님, 너 뭐 잘못했니?"

"아니요?"

"그럼 뭘까? 이 뜬금없는 고백은?"

"위로? 응원? 있어요, 그런 거."

차마 다 들었다는 이야기는 못 하고 은탁이 얼버무렸다. 아무튼 도깨비는 기분이 좋았다. 갑작스러워도 위로든 응원이든 은탁이 주는 모든 것들이 좋았다.

"뭐, 구체적으로 어떻게 엄청 네 스타일인데, 내가."

잠시 은탁은 도깨비를 바라보았다. 그의 눈에는 오래된 슬픔이 햇빛 아래의 강물처럼 일렁이며 빛나고 있었다. 그 눈 안으로 은탁은 빠져들었다. 마침내 그 눈 안에 은탁이 있었다.

"이상하고, 아름답죠."

전해진 진심이 따뜻하여 도깨비는 비로소 환하게 미소 지었다. 흩날리는 바람조차 따뜻했다.

꽃을 들고 납골당에 도착해 안내받은 위치로 향했다. 고정현, 은탁은 빽빽하게 들어선 납골함 사이에서 정현의 이름을 찾았다. 조화와 인형, 사진들 사이에 정현의 이름이 있었다. 그 앞에 은탁이 꽃을 놓았다. 나 왔어, 하고 인사하는 은탁을 도깨비는 뒤에서 지켜보고 있었다. 도깨비 신부로 태어나 귀신을 보더니, 결국 귀신과 친구까지 된 아이를.

영정 사진에 인사를 하고 은탁은 정현의 납골함을 살폈다. 열아홉 살에 죽었기 때문에 대부분 교복 입은 사진이었다. 웃고 있는 정현의 독사진을 지나 친구와 함께 찍은 사진을 보다 은탁은 눈을 비볐다. 낯익은 얼굴이 사진 속에 있었다.

"…엄마? 엄마, 엄마 맞는 것 같은데?"

정현과 함께 웃고 있는 앳된 소녀는 열아홉 살 시절 은탁의 엄마였다. 갑자기 납골함을 뚫고 들어갈 듯한 은탁을 보고 도깨비가 난간에 기댔던 몸을 일으키려는데, 은탁이 먼저 곁으로 달려와 그를 붙잡았다.

"아저씨, 문! 도서관으로 빨리요!"

은탁의 다급한 말에 도깨비는 고개를 끄덕이고는 주변의 문을 열었다. 환한 빛과 함께 바로 도서관에 들어섰다.

도서관에 도착하자마자 은탁은 정현을 찾아 여기저기로 뛰었다. 멀리 복도 끝에서 정현을 발견하고 은탁은 그곳을 향해 달렸다. 그런 은탁을 보고 정현은 빙긋 웃으며 말했다.

"조심해, 넘어질라."

"하, 우리 엄마 친구였어…요? 우리 엄마 알아요? 지연희 씨?"

"내가 왜 네 옆에 있었겠냐. 연희 딸내미니까 있었지."

너무 놀라 은탁의 말문이 막혔다. 환히 웃는 정현의 얼굴에 은탁의 가슴이 먹먹해졌다. 놀랍고 반가웠다. 엄마의 친구가 늘 곁에 있어주었다는 사실에 눈물이 핑 돌았다.

"고등학교 때 약속했거든. 서로 애기 낳으면 예쁜 옷 해주기로. 옷은 못 해줬지만 연희 돈은 내가 지켰다."

옆에 있던 라커를 가리키며 정현이 비밀번호를 불렀다. 은탁이 어리둥절해하며 정현이 시키는 대로 번호를 눌러 라커를 열었다. 라커 안에는 통장이 수북히 쌓여 있었다. 낡은 통장들을 보고 은탁은 다시 정현을 돌아봤다.

"너네 이모가 맨날 없어졌다고 했던 통장, 그거야. 연희 보험금이잖아. 제일 위에 있는 게 최근 거니까 찾아다 대학 등록금 보태. 합격 축하한다."

축하한다는 말이 너무 기쁘고 슬퍼서 은탁은 울먹였다.

"이거 때문에 못 가고 여기 떠돈 거예요? 나 때문에?"

"떠돌던 차에 너 크는 거 보는 재미에 좀 늦긴 했어. 난 이제 가서 연희랑 수다나 떨어야겠다."

"…간다구요? 지금요?"

"가서 네 엄마한테 빠짐없이 다 전해줄게. 네 딸 참 착하다고, 공부도 잘한다고, 대학도 좋은 데 갔다고."

정현이 은탁의 머리를 쓰다듬어주었다. 온기는 느껴지지

않았으나 마음은 충분해 은탁의 울음이 터지고야 말았다. 그런 은탁을 안타까운 눈빛으로 보던 정현이 안녕, 하고 인사를 했다. 정현의 몸이 흐릿하게 형체를 잃고 사라지고 있었다. 은탁은 훌쩍이며 정현에게 마지막 인사를 돌려주었다.

"감사합니다. 다 감사해요. 울 엄마랑, 거기서도 두 분 꼭… 친구하시구요. 안녕히 가세요. 안녕, 잘 가. 고정현."

엄마의 친구이기 이전에 자신의 친구였다. 사라지는 정현을 향해 손을 흔드는 은탁의 모습에 도깨비의 기분이 가라앉았다. 아이의 주변은 늘 평범하지 않았고, 울 일이 가득했다.

우는 은탁을 달랠 겸 둘은 바닷가를 찾았다. 은탁이 엄마와 함께했던 곳이었고, 처음 도깨비를 소환했던 곳이었다. 넓게 펼쳐진 해안선을 바라보며 은탁은 엄마를 불렀다.

"엄마, 엄마한테는 진짜 좋은 친구가 있었네요. 아니, 사실 내 친구였어요. 나 엄마가 해주는 거는 다 좋았어요. 떡도, 잔치도, 목도리도, 정현이도, 다요."

달래러 온 것인데 은탁은 또 울어버리고 말았다. 여린 어깨 위로 도깨비의 손이 얹어졌다. 토닥토닥. 은탁에게 배운 대로 은탁을 위로했다. 위로가 되었으면 좋겠다고 생각하면서.

"아저씨도요. 고마워요, 문 열어줘서."

은탁이 따뜻한 손을 내밀어준 도깨비를 향해 웃어 보였다. 울면서 웃는 얼굴이 엉망이었으나 예뻤다.

“내가 그렇게 큰사람이다.”

도깨비의 말에 은탁이 소리 내어 웃었다. 파도 소리가 잔잔했다.

“비웃는 거야?”

“아, 비. 그러고 보니 요즘 비 안 오네요?”

“자제하는 중이야. 나사에서 잡아갈까 봐.”

이제 은탁을 웃길 줄도 아는 아저씨가 되어 있었다. 하하 은탁의 웃음소리가 바닷가에 울려 퍼졌다. 파도 소리보다 더 크게.

이상하고 아름다운

한 해의 마지막 날이었다. 거리의 인파들에 휩쓸려 누구라도 손이 스칠까 봐 저승은 팔짱을 낀 채 꼿꼿하게 서 안간힘을 썼다. 그렇게 애를 쓰고 있는데 멀리 써니가 손을 흔들며 다가왔다. 오늘도 예뻤다. 늘 눈부시게 예쁜 여자였다. 저승은 또 그 모습에 반해 멍하니 바라만 보고 있었다. 또 그런 멍한 모습이 우스워 써니는 웃었다.

인파 속에서 두 사람은 인사를 나눴다. 특별한 날 만나게 되니 더 특별한 사이 같았지만, 한쪽은 만나는 상대가 사람인지 저승사자인지도 모르는 상태였다.

"손 좀 잡겠습니다."

이 여인의 전생을 저승은 조금 더 알고 싶었다. 도리에 어긋나는 일인 걸 알면서도 멈출 수 없었다.

늘 물러서기만 하던 저승이 대뜸 손을 잡자고 하니 써니도 기분이 나쁘지는 않았다. 그렇다고 손을 내밀 순 없었다. 여기까지도 충분히 기분대로 저승을 쫓아온 터였다.

"나도요. 나도 손도 잡고 싶고 포옹도 하고 싶어요, 김우빈 씨랑. 근데 적어도 내가 누구 손을 잡는지 누구 품에 안기는지는 알고 안겨야죠. 아직 제 질문에 대답 안 해줬잖아요. 정체가 뭐냐고요, 김우빈 씨. 내 본명 어떻게 알았는지도 아직 대답 안 했고. 잘생겨서 넘어가주는 건 올해까진데, 두 시간 후면 내년이고."

따박따박 짚어가며 말하는 써니의 말에 틀린 구석이 하나도 없어 저승은 그대로 굳어버리고 말았다. 써니가 이렇게 말하면 저승은 해줄 수 있는 답이 하나도 없었고, 그저 눈을 껌뻑이는 것밖에 할 수 없었다. 모자를 쓰면 써니가 자신을 보지 못한다. 또다시 모자를 쓴 채 써니를 몰래 지켜봐야만 하는 위치가 될까 불안이 엄습했다.

"너무 무리한 요구예요?"

"…미안합니다."

"알았어요. 그럼 그만할까요, 우리? 길 안쪽으로 몰아넣는 것도, 제도샤프로 수학 문제 푸는 것도 귀엽고 다 좋은데, 더는 안 되겠네요. 그냥 내가 차일게요. 앞으로 연락하지 마세요. 우연히 마주쳐도 인사하지 말구요."

불안은 현실이 되었다. 12월 31일은 그렇게 엉망이 될 작정인 모양이었다. 가게 앞에서 써니와 스칠 때 도깨비가 보았던 그 미래가 오늘 벌어지고 있었다. 아무 말도 못 하고 눈물만 그렁그렁한 저승의 얼굴도 도깨비가 이미 본 그대로였다.

"해피 뉴 이어."

절대 자신을 알려주지 않는 남자와는 이렇게 하는 게 맞다고 써니는 생각하며 섭섭한 마음을 담아 인사했다. 섭섭한 정도가 아니라 조금 슬펐지만, 이렇게까지 하는데도 남자는 이름조차 알려주지 않았다.

걸어온 길을 그대로 돌아 써니는 사라지고 있었다. 추워 보이는 써니의 뒷모습을 저승은 못 박힌 채 바라만 보았다.

유 회장이 깍듯하게 모시는 유재신이라는 남자의 존재를 김 비서도 알고 있었다. 몇 년에 걸쳐 여러 차례 마주쳤으나 언제고 늙지 않았다. 자신이 하는 일의 대부분은 그 남자와 관련되어 있다는 걸 어렴풋이 알고 있었으나, 남자가 직접 김 비서를 부른 건 처음 있는 일이었다.

실제 이름은 김가 성에 믿을 신자를 쓰는 김신이다, 하고 유 회장은 최근에서야 김 비서에게 그의 본명을 알려주었다. 뒷골목의 꿈 없는 소년이었던 김 비서에게 검정고시를 보게 하고, 꿈을 갖게 하고, 대학에 진학시킨 얼굴 없는 독지가 김신이 바로 그 김신이었다.

김 비서는 조금 긴장한 상태로 도깨비와 독대했다. 거대한 저택은 그의 존재만큼이나 신비하게 느껴졌다. 도깨비는 소년일 때부터 저가 수호신이 되어주었던 김 비서를 보며 여유롭게 웃었다. 제대로 잘 커주어 유 회장과 덕화 곁에서 제 역할을 톡톡히 하고 있었다. 도깨비는 김 비서에게 은탁의 보험금을 부탁했다. 은탁의 내년 생일까지는 법적 후견인인 이모의 동의가 있어야 보험금을 받을 수 있었다.

김 비서는 그 말의 뜻을 곧바로 알아들었다. 대화를 마치고 일어서던 김 비서가 돌아서서 깊숙이 허리 숙여 인사했다.

"감사하고 있습니다. 모든 것에."

딱딱한 말투였지만 진심을 다한 인사였다. 도깨비는 고개를 끄덕였다. 어리고 미숙한 아이였어도 인간들은 금세 자라나 성숙한 어른이 되었다. 가슴 한편이 먹먹해졌다. 지켜보는 일이 즐거웠고, 잘 자라나 고마웠고, 고마움을 알아주어 벅찼다.

내일이면 은탁도 어른이었다. 하루 만에 모든 게 바뀌지는 않겠지만, 스무 살이, 어른이 되는 의미 있는 순간이 다가오고 있었다. 도깨비는 그 순간을 함께하고 싶었다.

그래서 외출복을 빼입고 은탁이 그 순간을 함께하자고 말하기를 기다리고 있었다. 허나 밤 11시 30분이 되도록 은탁이 방에서 나올 생각을 않고 있어 도깨비는 초조해졌다. 은탁의 방문 앞을 서성이다 제 방으로 돌아와 침대에 앉았다. 많은 기대가 무산될 위기라 성이 나려는데 59분, 똑똑 도깨비의 문을 두드리는 소리가 들렸다.

도깨비의 방문을 열고 들어온 은탁이 외출복 차림으로 침대에 있는 도깨비를 의아하게 보았다. 잔뜩 뚱한 표정의 도깨비를 보고 한껏 웃음을 머금은 은탁이 잘 들어보라며 바깥의 소리에 귀를 기울였다. 거실 괘종시계가 울리기 시작했다. 댕— 댕— 댕— 마지막 종까지 다 울렸다. 자정이었고, 새로운 해의 시작이었으며, 은탁은 어른이 되었다.

"아저씨, 12시 땡! 1월 1일 새해! 저 방금 어른 됐어요!"

"그래서, 어쩌라고. 옷은 왜 챙겨 입었어."

"나가려고요. 선약 있어서요. 저 이제 어른이니까."

기가 차서 이 밤에 어딜 나가느냐고 소리치는 도깨비를 은탁이 미묘한 표정으로 빙긋 웃으며 바라봤다. 이럴 때 보면 영락없는 애 같았다. 당연한 걸 당연하다고 생각 못 하는 것 같았다.

"아저씨랑 선약인데."

은탁의 말에 바로 풀어진 도깨비가 벌떡 일어났다.

"그래서 옷 딱 입고, 아까부터 내가."

"바보, 꼭 말로 해야 아나?"

"어! 앞으로 꼭 좀 하자. 나가자고? 뭐 하고 싶은데."

"해줄 거예요?"

"뭐가 됐든. 네가 하라고 하면 그것까지 하고."

정말로 뭐가 됐든 할 생각으로 도깨비가 대답했다. 대단한 일이었으면 좋겠다고 생각했다.

"술이요, 술! 술 사주세요! 포장마차! 소주! 낭만 가득!"

자신이 어떤 대단한 일을 기대하고 있었는지는 도깨비도 딱히 이렇다 대답할 수 없었지만, 포장마차에서 술을 먹는 일은 아니었다. 신나서 춤이라도 출 기세로 흥얼거리며 낭만 속으로 가자 잡아끄는 은탁을, 못내 아쉬운 발걸음으로 도깨비가 따라나섰다.

다시 생각해보니, 스무 살이 되자마자 하고 싶은 일이 포장마차에서 소주 마시기 같은 별거 아닌 일이라는 게 귀여워 도깨비는 노란 백열등 아래 은탁을 지그시 보며 웃었다. 밖으로 차들이 지나가는 소리가 선명했다. 소주 채운 잔을 부딪쳐 건

배를 한 은탁이 한 잔 쭉 마시고는 크, 하는 소리를 내며 잔뜩 찡그렸다. 도깨비가 웃으며 물었다.

"낭만적이야?"

"흐릿한 불빛, 소박한 안주, 쓴 소주! 도처에 낭만이 가득!"

빠르게 소주를 비운 은탁의 눈이 조금 풀려 있었다. 헤실거리며 외치는 은탁에, 마주 앉은 도깨비의 웃음이 진해졌다. 은탁이 고개를 갸웃하고 말했다.

"딱 하나만 더 있으면 완벽한데."

"뭐?"

"첫 키스요."

이번엔 아무런 기대도 하지 않았는데 기대보다 좋았다. 갑작스러워 당황한 사이 은탁이 벌떡 일어섰다.

"그때 그건 뽀뽀니까. 움직이기 없기."

빠르게 도깨비의 곁으로 자리를 옮긴 은탁의 얼굴이 도깨비 코앞까지 다가왔다. 숨이 멎을 것 같아 도깨비는 시간을 그대로 멈췄다. 차 지나가는 소리도, 주인아주머니가 국 끓이던 소리도, 옆 테이블에서 두런두런 이야기하던 소리도 모두 삼켜졌다. 숨을 불면 날아갈 것 같은 거리에 은탁이 있었다. 눈 감은 얼굴의 은탁을 보며 도깨비는 잠시 한숨을 돌렸다.

그때 은탁이 눈을 뜨며 입술을 비죽거렸다.

"치사해."

"너…!"

"내가 도깨비 신부인 거 잊었어요? 안 걸린다고 난. 절대 못 피한단 소리죠."

"안 피하는 건데."

낮게 한숨을 쉰 도깨비가 은탁의 어깨를 잡았다.

"한 번 피하는 것도 힘들었어."

커다란 손이 은탁의 볼을 감쌌다. 살짝 고개를 꺾어 은탁의 입술에 입을 맞추었다. 은탁이 가만히 눈을 감았다. 맞닿은 입술이 너무나 다정하고 따뜻했다. 전해지는 숨결 하나하나가 모두 사랑이었다.

"완벽하다."

입술을 떼고 은탁은 말했다. 완벽하다. 완벽한 밤이었고, 스무 살의 시작이었다. 서로를 담은 눈을 바라보며 완벽하게 행복했다.

도깨비는 스무 살 은탁을 생각하면 설레는 마음을 진정시키기 힘들었다. 그러다 스물아홉의 은탁을 떠올렸다. 대표님, 하고 티 없이 맑게 웃던 은탁. '대표님'으로 생각이 닿으면 울화가 치밀었다. 스물아홉의 은탁은 또 얼마나 예쁘고 사랑스러울지 이미 알아버린 그였다. 짧게 자른 머리도, 낙인 없이 희고 가는 목선도, 그 목에 걸려 있던 목걸이도….

그 목걸이는 캐나다 노점상을 구경하며 은탁이 예쁘다고 했던 목걸이였다. 돈이 없어 사지는 못 한다며, 은탁이 아쉬운 눈길을 여러 번 주던 목걸이였는데 결국에는 샀거나 선물 받은 모양이었다.

도깨비는 방 안에 앉아 손등으로 눈을 가렸다. 스무 살의 은탁과 스물아홉의 은탁이 아른아른했다. 결국 자신은 그 선택을 하게 되는 것인가. 아니기를 매일 간절히 바라고 있었으나 늘 한구석에 불안이 똬리를 틀고 있었다. 현재의 행복이 쌓이는 만큼 불안도 늘어갔다. 그가 없는 은탁의 미래를 떠올리는 일이 괴롭던 찰나, 도깨비가 벌떡 자리에서 일어났다.

"그건… 내가 사주는 거였구나."

또 하나의 사실을 깨달았다. 실내복 위에 외투만 대충 걸치고 도깨비가 현관으로 향했다. 나와 있는 신발이 하필 슬리퍼였다. 맨발에 슬리퍼를 대충 꿰어 신고 도깨비는 현관문을 열었다. 빛과 함께 도깨비는 캐나다의 거리로 발을 내디뎠다.

캐나다는 한낮이었다. 선명한 날 도깨비는 인파를 헤치고 저벅저벅 걸어 목걸이를 파는 노점 앞에 다다랐다. 은탁이 예쁘다 했던 목걸이가 도깨비를 부르듯 반짝 빛을 내며 매대 위에 걸려 있었다.

이별의 슬픔으로 저승은 내내 우울해했다. 그런 저승과 써니를 다시 만나게 해주려 은탁과 도깨비가 백방으로 노력해 보았으나 별 소득은 없었다. 쭉 우울했던 저승과는 달리 두 도깨비 내외는 요즘 퍽 사이가 좋아 보였다. 늘 웃음을 머금고 다녔다. 그러나 오늘 테라스에서 홀로 맥주를 마시고 있는 도깨비는 최근 보던 표정과 다르게 퍽 안색이 좋지 않았다. 저승을 보고 도깨비가 입을 열었다.

"…명부가 올 거야."

"지은탁 명부?"

"아니, 유 회장…."

조금 전 도깨비의 바둑 상대가 되어주러 유 회장이 다녀간 터였다. 여느 때처럼 바둑을 두던 중 도깨비에게 유 회장의 미래가 보였다. 누군가의 길흉화복을 미리 안다는 것이 좋을 때도 있었지만 안 좋은 점도 있었다. 이미 본 미래 때문에 도깨비는 망설이는 일이 잦았고, 할 수 없는 일이 많았다. 막을 수 없는 누군가의 죽음을 미리 안다는 것은, 미리 찾아오는 슬픔 그뿐이었다.

"덕화에게는 말했어? 그래도 알면 낫잖아. 후회 없도록 알려주는 것이 낫지 않겠어?"

"죽음 앞에서는 어떤 것도 다 후회야."

테라스에 우울이 깔렸다. 늘 누군가의 죽음과 대면하는 저승이지만, 그래도 아는 얼굴이라 그의 마음도 불편했다. 불편한 기색이 역력한 저승을 보며 도깨비가 픽 웃다 써니의 소식을 물었다. 정체를 밝힐 수 없어 연락도 못 하고 끙끙 앓는 저승사자의 속도 속이 아닐 터였다. 대충 둘러대도 되겠으나, 가장 중요한 부분인 만큼 어떤 식으로든 속이고 싶지 않았다.

"너 생긴 거 누가 봐도 저승사잔데, 그 여자 좀 둔한 거 아니야?"

"그게 다야? 써니 씨한테 느껴지는 거."

저승이 물끄러미 도깨비를 보았다.

"그 여인은 과분한 이름을 가졌다고 느꼈지. 내 누이와 같은 이름이라니. 헤어졌으니 망정이지 볼 때마다 사사건건 아주 맘에 안 들기가 이를 데가 없었어. 그리고 가만히 들어보면 논리가 하나도 없다니까?"

"…써니 씨 욕을, 그만해야 할 것 같아."

머뭇거리는 저승을 보고 도깨비는 편드는 거냐며 놀렸다. 저승은 한숨을 푹 내쉬었다. 말해주어야 할 것 같았다. 저승은 써니와 더는 인연을 이어나갈 수 없을 것 같았고, 도깨비는 많이 그리워하고 있으니까. 자기 동생을.

"내가… 너한테 말하지 않은 게 있어. 써니 씨의 전생 본 거

말이야."

"비밀이라며."

"써니 씨가 네 여동생의 환생인 것 같다."

"…네가 아니고?"

"써니 씨 전생 속 얼굴이 네가 가진 그 족자 속 여인의 얼굴과 같았어."

개구진 표정으로 저승을 놀리던 도깨비의 표정이 일순 굳었다. 몇 백 년 동안 만난 적 없던 여동생이었다. 그런데 이렇게 가까이에 있었다니. 충격으로 흔들리는 도깨비의 눈을 보며 저승은 자신이 본 것들을 이야기했다.

"내가 본 그 여인은… 궁 한가운데 서 있어. 흰 옷을 입었고 지체가 높아 보여. 활을 맞았고, 피를 흘리며 쓰러졌어."

"다른 건, 다른 건!"

"가마를 타고 가며 누군가를 보며 웃었어. 작은 창문으로. 웃으면서 물어. 저 오늘 예쁩니까. 그녀의 물음에 대답하는 목소리가 하나 있었어. 못생…."

"못생겼다."

도깨비와 저승이 동시에 말했다. 못생겼다. 도깨비의 애틋한 기억 중 하나였다. 도깨비의 누이가 확실하였다. 흥분이 담긴 그의 눈이 기쁨인지 슬픔인지 모를 눈물로 차올랐다. 마치 김선을 보는 듯 먼 곳을 향하는 도깨비의 눈을 보며 저승의 마음은 착잡했다.

드디어 누이를 만나게 된 것이다. 이전처럼 어리지도 않고 얼굴도 성격도 많이 다른 것 같았으나, 써니가 김선의 환생일 확률은 높았다. 벅찬 마음을 숨기지 못하고 도깨비는 단숨에 써니의 가게를 찾았다.

갑자기 찾아와서는 마치 오래 전부터 알던 사람을 이제야 만난 것처럼 반가워하는 도깨비를 써니는 뚱한 얼굴로 바라보았다. 은탁은 배달 가고 없으니 나가라고 하려는 찰나 도깨비 뒤에서 쭈뼛거리며 선 저승이 보였다. 써니의 신경은 저승에게만 쏠리는데, 도깨비는 아랑곳 않고 한 발짝 가까이 다가서며 써니만을 불렀다.

"선아…!"

"뭐야, 댁은 또 내 이름을 왜…."

잔뜩 찌푸린 써니에게 바싹 다가간 도깨비가 써니를 왈칵 안았다. 선아, 하고 부르는 목소리가 절절했다. 써니로서는 때 아닌 봉변이었다. 도깨비를 밀쳐내며 저승에게 소리쳤다.

"미친 거 아니에요? 보고만 있을 거예요?"

저승이 마음만 앞선 도깨비를 말렸지만 도깨비는 아랑곳 않고 써니의 어깨를 붙든 채 아련한 눈으로 말했다.

"네가 정녕, 선이냐."

"선이면 뭐요! 이 사람 왜 이래요?"

저승이 머뭇머뭇 깊은 사연이 있다고 해명해보려 했지만, 그 이상 이해시킬 방도도 없었다.

언제는 모난 눈으로 보더니 오늘은 네 오라비가 여기 있다며 헛소리를 하는 남자, 그리고 그 곁에서 머뭇거리며 주저하고 있는 남자. 써니는 이 상황이 어이가 없었다. 다시는 보지 않기로 했던 이와 이런 식으로 대면하게 된 것은 더더욱.

"그게… 이자가 전생에 써니 씨 오라버니였어 가지고…."

"뭐라고요? 뭔 생? 미치겠다. 그런 되도 않는 전설의 고향 만들어서 나 보러 온 거예요? 보고 싶긴 했나 봐?"

차라리 솔직하게 보고 싶어서 왔다고 했으면 써니는 받아 줄 수 있을 것 같았다.

"정녕 아무 기억도 나지 않는 것이냐."

저승과만 대화하는 써니 앞을 도깨비가 다시 막아섰다.

"옷도 멀쩡하고 얼굴도 멀쩡하신 분이 참…. 그래요 뭐, 들어나 봅시다. 내 전생이 뭐였는데요."

"고려의 왕비였다…. 난 무신이었고."

"전생? 왕비? 믿을래도 진짜! 나가! 안 나가?"

둘을 내쫓으려 써니가 소리를 지르는데 마침 은탁이 가게 안으로 들어섰다. 도깨비는 써니를 붙들고 세상 애절한 눈을 하고 있고, 써니는 화를 내고 있고, 저승은 어쩔 줄 몰라 하고 있었다. 가게 안이 한바탕 난리였다.

뒤늦게 설명을 들은 은탁은 고개를 주억였다. 은탁이야 이해할 수 있었지만, 평범한 사람인 써니가 과연 이 이야기들을 이해할 수 있을까 싶었다.

그런 걱정은 아예 없이 도깨비는 그저 다시 만나게 된 누이의 환생이 반가워, 이전에 미처 해주지 못했던 것들을 다 해주려 매일같이 애를 썼다.

그의 누이가 즐겨 먹었다는 홍시도, 갖고 싶어 했던 꽃신도, 좋아했던 색의 비단도, 현재의 써니에겐 하등 쓸모없는 것들뿐이었다. 하지만 이쯤 되니 써니도 저 남자는 전생인지 뭔지를 정말로 믿는 모양이라고 일부 납득하면서도 여전히 기가 찼다.

도깨비에게 누이가 얼마나 아프고 소중한 존재인지 아는 은탁은 도깨비를 말리지도 못하고 중간에서 난처할 뿐이었다. 하루가 멀다 하고 치킨집에 찾아오는 것을 그만하라고 하고 싶어도 말을 꺼낼 수가 없었다.

붐비는 시간에 테이블 하나를 떡하니 차지하고 앉아 있는 도깨비를 써니가 구박했다.

"보시다시피 테이블이라곤 이거 하나 남았거든요? 장사가 잘돼서?"

"그건 내가 다녀가서 그렇다. 내가 부신이라."

무신이었다더니 이제는 부신이라는 말이 뻔뻔하기도 했다. 획 도깨비를 지나친 써니가 주방에서 나오던 은탁에게 말했다.

"알바생. 너 저 남자 아니면 안 되겠니? 꼭 만나야겠어? 꼭 그래야겠으면 가서 전해. 홍시, 꽃신, 비단 이딴 거 사올 거면 빈손으로 와서 그 손에 치킨이나 들고 가라고. 그게 널 위하는 길이라고."

은탁은 써니에게 구박받아 축 처진 어깨의 도깨비가 그저 안쓰러울 뿐이었다.

도깨비도, 손님도 다 빠져나간 한산한 시간, 써니와 은탁은 한숨 돌리며 떡볶이를 나눠 먹었다. 아무리 무시하려 해도 계속 찾아오는 도깨비 때문에 써니도 기분이 뒤숭숭했다.

"알바생, 너 혹시 전생 뭐 그런 거 믿니?"

"…네."

"믿어?"

"인간에겐 네 번의 생이 있대요. 씨 뿌리는 생, 뿌린 씨에 물 주는 생, 물 준 씨를 수확하는 생, 수확한 것을 쓰는 생. 그렇게 네 번의 생이 있다는 건 전생도 있고 환생도 있다는 거 아닐까요? 사장님이나 저나 이번 생이 몇 번째 생인진 모르겠지만요."

"그럴싸한데? 어디서 주워들었니?"

"그냥 저, 원래 이 말 저 말 잘 주워들어요."

"또 주워들은 말은 뭔데?"

떡볶이를 우물거리던 은탁은 도깨비의 누이, 김선의 이야기를 떠올렸다. 훔쳐 들으려 한 것은 아니었으나 어쨌든 은탁 스스로 주워들은 이야기였다. 새삼 사장님이 전생에 김선이었다면, 아주 슬픈 전생을 살았던 거구나 싶어졌다. 그래도 이렇게 지금은 눈을 뗄 수 없을 만큼 예쁘고 밝으시니 다행이었다.

"김선이란 분은, 사랑 앞에서 아주 용감했다는 거요."

써니가 은탁을 뚫어져라 바라보았다. 써니의 입매가 굳어졌다.

결심했다는 듯 써니는 은탁을 앞세워 매일 찾아오는 그, 자신의 오라비라 주장하는 자의 집으로 향했다.

갑작스레 들이닥친 써니에 도깨비와 저승은 당혹감을 숨기지 못했다. 누구보다 저승이 그랬다. 저승이 이 남자와 함께 살고 있었다는 것에는 써니도 놀랐다. 이렇게 우연히 만나는 일이 또 생겼다. 오늘 이곳에 온 건 저승이 아니라 자신의 오라버니라 주장하는 자를 만나러 온 것이었지만.

써니가 설명을 원하자 도깨비가 방에서 족자를 꺼내왔다. 족자를 족자의 주인공에게 직접 보여줄 일이 있을 거라고는 생각 못 했던 도깨비였다. 그 손이 조심스러웠다.

펼쳐진 족자 속에 한 여인이 있었다. 인사동에서 산 거 아니냐고 딴죽을 걸던 써니도 어쩐지 그림을 보자 조용해졌다.

"이 사람이, 그 왕비예요? 그쪽 여동생?"

"뭔가 떠오르는 것이 있는지."

그저 아름다운 여인일 뿐이었다. 그렇게 생각하려 써니는 노력했다. 무언가 이상한 기분이 들었고, 두려운 생각도 들었다.

"그냥, 어리고 예쁘다? 난 이 나이 때 못난이였는데…. 그래서 이 왕비는 어떻게 됐어요? 오래오래 행복하게 살았나요?"

써니의 물음에 도깨비의 손이 긴장감으로 차졌다. 옆에 조용히 앉아 있던 은탁이 도깨비의 손을 꼭 잡아주었다. 은탁의 위로와 응원이었다. 그 온기를 느끼며 도깨비는 마른침을 한 번 삼켰다.

깊은 이야기는 두 분이 나누는 게 좋겠다며 은탁이 저승과 함께 자리에서 일어섰다. 저승을 한 번, 도깨비를 한 번 더 본 써니가 재차 물었다.

"불행했어요? 이 왕비?"

"얼굴 본 날보다 서신으로 본 날들이 더 많았다. 누이가 보낸 서신을 읽는 시간만이 하루하루 살아남기 바빴던 날들의 유일한 버팀목이었다. 오래오래는 아니었지만, 행복한 순간도 있었던 듯싶고. 눈을 감는 마지막 순간에도… 그 멍청이만 보고 있었으니까."

진중하게 흘려진 아주 오래된 이야기였다. 누이를 많이 아꼈던 오라비의 입에서 나오는 누이의 이야기는 언제고 애틋했다. 써니의 가슴이 욱신거렸다. 기분 탓이라 여기고 싶었으나 식은땀이 나는 듯도 했다.

"그럼, 왕은요? 그 왕도 환생했어요?"

"그건… 모르지."

"어떻게 생겼는지 얼굴이라도 보고 싶네. 잘생겼어요?"

애써 고통을 무시한 채 써니가 장난스럽게 묻자 도깨비가 픽 웃었다. 시집가던 날에도 꼭 같은 걸 물었다.

"그대가 내 여동생이라면 한결같은 게 하나 있긴 있네."

"근데요, 왜 꼭 다 기억하는 사람처럼 애틋하고 절절하게 얘기하죠? 마치 생이 그때부터 쭉 이어지고 있기라도 한 사람처럼?"

"안 믿겠지만, 그 기억을 고스란히 안고 살아왔으니까."

"안 믿을 거 안다니까 하는 얘긴데, 전생을 믿어서가 아니라 홍시, 꽃신, 비단 때문에 와봤어요. 그런 거 못 해준 게 한으로 남았나 싶고, 그래서 좀 짠했네요. 지방 사는 형제도 간

만에 보면 어색한데 생을 건너온 오라버니라고 주장하는 사람을 갑자기 어떻게 반가워하겠어요. 그러니 너무 서운해하지도 말구요."

도깨비는 그저 묵묵히 써니의 말을 들었다. 자신만 기억하고 있는 생이었다. 당연한 이야기였다.

궁금한 이야기를 모두 들은 써니는 자리에서 일어섰다. 저승이 어디로 갔는가 싶어 눈은 거실 곳곳을 훑고 있었다.

"너인 것이냐, 아닌 것이냐…."

전생을 본 건 자신이 아니라 저승이었다. 아마도 확실할 테지만, 써니는 아무것도 기억하지 못하니 도깨비도 조금 혼란스러웠다. 써니가 떠난 후 도깨비는 착잡한 심정을 감출 길 없어 써니가 걸어 돌아간 창밖의 풍경을 보며 앉아 있었다. 그의 곁으로 써니를 배웅하고 들어온 저승이 다가왔다. 배웅이라기엔 둘은 만날 수 없는 인연이라는 사실만을 확인한 시간이었지만.

"잘 갔어?"

"그 여인은, 늘 참 잘 가."

"괜찮아?"

"궁금한 게 있는데, 그 족자 말이야. 누가 그린 거야?"

"…왕여가."

왕여라면 그 왕이었다. 도깨비와 그 누이를 죽였다던 주군.

"누이의 모습이지만 그자가 본 모습이고, 그자의 한, 죄, 그리움이 담겼지. 그 족자는. 아마도 그것이 그자의 마지막 행보가 아니었을까 싶다."

"그렇게 다 죽여놓고?"

"…그렇게 다 죽여놓고."

이해를 못 하겠다는 듯 저승은 눈살을 찌푸렸다. 도깨비 역시 알 것도, 모를 것도 같은 왕여의 마음이었다. 운명이 어디로 향하는지 모른 채, 각자의 고민이 깊었다.

전생 같은 거 믿지도 않았고 아무것도 아닌 줄 알았는데, 전생을 듣고 나서부터 써니는 아팠다. 몸살처럼 온몸이 아파와 가게에서 끙끙 앓다 결국 은탁의 부축을 받아 집으로 돌아가야 했다.

써니를 데려다주고 집으로 가는 길, 은탁은 써니가 무척 염려되었다. 무정한 누군가가 심장 속을 걸어가는 것 같다고, 그래서 심장이 내려앉는 것 같다고 하던 써니의 말들에 은탁도 아팠다. 자신은 태어났을 때부터 이상한 세계에 속해 있었다. 귀신을 보았고, 아홉 살에 이미 저승사자도 만났다. 그러니 도깨비 신부의 운명도 그럭저럭 받아들일 수 있었다. 그러나 써니는 아니었다. 갑자기 인생의 장르가 바뀐 수준이었다.

전생의 오라버니가 도깨비고, 좋아하는 남자는 저승사자고, 곁에 있는 아르바이트생은 귀신을 본다는 걸 알게 되면 더 놀라고 혼란스러워할 게 분명했다.

생각에 잠겨 천천히 걷는 은탁의 뒤로 긴 그림자 하나가 더 생겨 있었다. 뒤늦게 기척을 느낀 은탁이 피식 웃으며 돌아보았다. 예상대로 도깨비였다. 두 발짝쯤 떨어진 곳에서 같이 걷고 있었다.

"뭐하세요?"

"마중 나왔지."

"어디서부터?"

"네가 걸어온 모든 걸음을 같이 걸었지."

도깨비의 다정한 말에 은탁이 시름도 잠시 잊고 활짝 웃었다.

"아, 말 예쁘게 하는 거 봐."

두 발짝, 도깨비가 은탁의 옆으로 다가와 나란히 발맞추어 걸었다.

"전생, 대체 뭘까요."

고심하던 은탁이 물어 도깨비는 담담하게 대답했다.

"그저 지나간 생이지."

"나도 내가 기억하지 못하는 어느 순간에 김신 씨 인생에 잠깐 머물다 갔을까요?"

"글쎄."

"우리 사장님이 진짜 아저씨 여동생이었음 좋겠어요. 사장님 진짜 좋은 분…."

"아니던데."

"역시 남매는 전생에나 현생에나 티격태격인가. 아, 나도 김신 씨 같은 오빠 있었음 좋겠다. 아! 나 오빠 있지. 태희 오빠!"

오랜만에 들어도 도깨비의 신경줄을 건드리는 이름이었다. 태희 오빠, 발음하는 은탁의 머리에 꿀밤이라도 놓아주고 싶었다. 아무래도 스물아홉에 은탁이 반갑게 부르는 대표란 자식은 그 태희 오빠일 확률이 높았다.

"너, 아주 그러다 나중에, 어? 둘이 캐나다 가서 소 먹으러 그 레스토랑 가겠다?"

"아, 제 단골집이요?"

"두 번 가놓고 단골집은 무슨 네 단골집이야! 나 거기 50년 전부터 다녔어!"

"딴 사람이랑은 안 갈 건데. 아저씨랑 갈 건데."

"웃기시네! 가던데!"

은탁은 그걸 어떻게 아느냐 물으며 저 혼자 삐쳐 앞서 가버린 도깨비를 쫓았다. 꾹 닫힌 도깨비 입매에 심술이 잔뜩 묻어 있었다.

"내가 내일 졸업식 가나 봐라!"

변덕쟁이에 유치한 어른이었다. 은탁이 어이없어 하는 사이 벌써 집에 도착해 있었다.

안 온다더니 정말로 안 올 건지, 교실 뒤는 이미 졸업식을 보러 온 사람들로 북적북적한데 도깨비는 아직이었다. 축하한다는 말들이 여기저기서 오갔다. 그 속에 멀뚱히 앉아 있는 은탁의 곁으로 반장이 다가왔다. 오늘 졸업식에서 처음 은탁을 찾은 사람이었다.

"졸업 축하해. 가끔 연락하자."

"그래, 너도 축하해."

반장이 인사해주어서 은탁도 축하 인사를 나눠가질 수 있었다. 희미하게 웃는 사이 교실 문이 열리며 담임이 들어왔다. 매번 죄도 없는 은탁을 꾸짖기만 해 좋은 기억이라고는 하나도 없는 담임이었다. 교단 위에 선 담임이 교실을 조용히 시켰다. 모두가 기쁜 날이라, 담임의 기분도 퍽 괜찮아 보였다.

"사복들 입으니 의젓하네. 3년 동안 모두 수고했어. 얘기 길게 해봐야 지루할 테니까 여기서 끝. 졸업 축하한다. 자, 부모님들 오셔서 고생했다, 축하한다 안아주세요."

드디어 끝이라는 해방감에 학생들이 환호했다. 교실 뒤에 있던 학부모들이 몰려들어 각자의 아이를 찾았다. 담임도 학부모들과 한 명씩 악수를 나누느라 바빴다. 색색의 꽃다발을 안고 아이들이 깔깔댔다. 들뜬 분위기 속에서 은탁만 우두커니 그 광경에 섞이지 못하고 앉아 있었다. 이제 더는 사고무탁 지은탁이 아니니까 외로워하지 말아야지, 하면서도 마음대로 되지 않았다. 엄마의 빈자리가 커서 자꾸만 어깨가 아래로 처졌다.

그때 교실 문을 열고 들어선 여인에게 모두의 이목이 집중되었다. 학부모라 하기엔 화려한 생김새와 복장에 교실 사람들, 심지어 은탁의 담임까지도 술렁였다. 선명한 붉은색 정장을 입은 여인의 손에는 목화꽃 한 다발이 들려 있었다. 삼신이었다. 삼신은 홀로 앉은 은탁에게로 곧장 다가가 은탁을 꼬옥 안았다.

"저를 왜… 안아주세요?"

은탁으로선 처음 보는 여인이었지만 어디선가 만난 적이 있는 것 같은 익숙한 체취였다.

"예뻐서. 너 점지할 때 행복했거든."

속삭이는 삼신의 목소리에 은탁의 눈이 동그래졌다. 엄마와 친하게 지내던 할머니, 저승사자를 처음 만나던 날 그를 피하는 방법을 알려준 할머니가 떠올랐다. 자신을 점지했다는 말에 비로소 할머니가 삼신 할머니였구나, 그래서 저승사자도 알고 있었던 거구나, 은탁은 깨달을 수 있었다.

은탁이 자신의 존재를 눈치 챘다는 것을 안 삼신이 한쪽 눈을 찡긋하며 쉿, 손가락으로 입을 가렸다.

"졸업 축하해."

은탁에게 목화꽃 다발을 건넨 삼신은 당당한 걸음으로 자신을 멍하니 보고 있는 은탁의 담임에게로 향했다. 담임은 갑작스럽게 등장한 잘빠진 여인에 넋이 나간 상태였다. 담임의 곁에 바짝 붙어선 삼신이 담임의 귓가에 속삭였다. 담임을 향한 희번득한 삼신의 눈은 조금 전 은탁을 보던 따뜻한 눈과는 완전히 다르게 매서웠다.

"아가, 더 나은 스승일 수는 없었니? 더 빛나는 스승일 수는 없었어?"

삼신은 대답을 기다리지 않고 곧바로 교실 밖으로 사라졌다. 담임은 알 수 없는 한기와 함께 왈칵 눈물이 치솟았다. 그동안 은탁과 같이 별 힘없는 아이들을 괴롭히며 쌓아 올린 죄들이 깊은 곳에서부터 치솟아 속을 괴롭혔다. 갑작스럽게 솟구친 자신의 눈물에 당황해하며 담임은 죄송하다 학부모들에게 인사하고는 황급히 교실 문으로 빠져나갔다.

싱싱하고 탐스럽게 핀 목화꽃 다발을 손에 쥐고 은탁은 삼신이 빠져나간 문을 보았다. 자신의 곁에 '사람'은 많이 없었으나 너무나 특별한 존재들이 자신을 아껴주고 사랑해주고 있었다. 그동안의 설움 같은 건 아무것도 아닐 만큼 큰 사랑들이어서, 마음껏 행복해도 좋을 것 같았다.

영문 모를 눈물을 쏟으며 복도로 나온 담임을, 막 교실로 들어서려던 도깨비가 발견했다. 무심히 지나치려다 고개를 든 담임의 얼굴에 도깨비는 멈칫했다. 아는 얼굴이었다. 백 년에 한두 명, 전생과 같은 얼굴로 태어나는 사람이 있었다.

도깨비가 담임과 같은 얼굴을 한 이를 본 건 고려가 조선이 되어, 조선을 살아갈 때였다. 시종과 자주 들르던 주막의 주모였다. 여느 때와 같이 국밥을 주문하고 앉아 있다가 상을 내온 주모의 먼 미래를 읽었다. 당시에는 이해할 수 없이 희한하기만 한 풍경이었다. 주모는 여인임에도 짧은 머리를 하고, 요상한 옷을 입고 있었다. 주모 주변 환경은 지금 생각해 보니 교실이었다. 학생이라 불리는 여자애들을 주모가 안아 주고 있었다. 꽃다발이 가득하였다.

그때 오늘을 본 것이구나 싶었다. 도깨비는 아득해진 기분으로 자신이 보았던 주모의 미래를 조금 더 끄집어냈다. 여자아이들 사이에서, 누군가의 꽃다발에 가려 보일락 말락 반만 보이는 그 얼굴을 제대로 보고 싶었다.

시끌벅적한 교실로 도깨비가 들어섰다. 은탁을 찾으려 고개를 두리번거리는데, 가려져 있던 꽃다발이 치워지며 은탁이 고개를 내밀었다. 그리고 도깨비를 발견한 은탁이 활짝 웃으며 그를 향해 손을 흔들었다. 운명이라는 말이 다시금 실감났다. 그 먼 옛날에도 은탁을 보았다는 것이 도깨비조차 신기했다.

'아, 머물다 갔네. 너도 모르던 순간에.'

우리가 우리로 만날지도 몰랐던 그때, 우리가 어떻게든 스쳤구나 싶어 도깨비는 가슴이 벅차 올랐다.

은탁의 손목을 잡고 꽃다발을 든 채 교실을 빠져나온 도깨비가 꽃다발로 은탁의 얼굴을 가렸다 치우기를 반복했다.

"뭐하시는 거예요?"

"신기해서. 어떻게 그때부터 너를 보았을까."

"언제요? 아까 교실이요?"

"아니. 훨씬 더 멀리서. 있어, 이상하고 아름다운 어떤 일."

"구체적으로 뭐요?"

"조선 후기 철종 12년, 만났더구나. 첫사랑을."

이상하고 아름다운 일이라면 자신의 이야기인가 싶어 눈을 빠르게 깜박이던 은탁이 휙 등을 돌렸다. 토라진 뒷모습이 귀여워 도깨비는 자꾸 웃었다.

은탁은 카메라를 들어 학교의 풍경을 담았다. 빨리 졸업하고 싶은 마음뿐이었지만, 어쨌든 3년이나 다닌 학교였다. 교정을 돌아보면 자신을 괴롭히던 애들이 저편에 모여 있기도 했고, 반장이 가족들과 사진을 찍고 있기도 했다. 카메라를 내려놓으며 은탁이 말했다.

"우리 학교 되게 좋죠. 되게 싫은 것도 몇 개 있었는데, 되게 좋은 것도 있었어요. 좋은 것들은 원래 좀 늦게 찾아오나 봐요. 아저씨처럼."

"…일찍 왔는데 몇 반인지 몰랐어."

당황해하는 도깨비에 은탁이 즐거운 마음으로 웃음을 터뜨렸다.

졸업식까지 잘 마친 은탁에게 도깨비는 전할 것이 있었다. 은탁의 엄마가 남긴 통장들이었다. 통장을 확인한 은탁이 고개를 저었다. 어차피 지금은 쓸 수도 없는 통장이었다. 이모가 순순히 허락해줄 리 없었다. 그리고 이모네 식구들이 지금 어디에 있는지도 모르는 데다 통장을 보여주면 바로 뺏어갈 게 뻔했다.

"법적으로 다 양도받았어. 이제 네 거야."

"진짜요? 어떻게요? 아… 감사합니다."

"내가 아니라 엄마가 주시는 거야. 난 대신 전해주는 거고."

엄마가 남긴 돈을 찾게 되어 기뻤지만, 은탁은 막상 쓰려면 못 쓰게 될 것 같았다. 미안했다.

도깨비는 그렇게 생각하지 않았다. 은탁을 살리기 위해 그렇게나 간절하게, 그에게까지 닿도록 살려달라 기도하던 은탁의 엄마였다. 이 돈 역시 이 세상을 혼자 살아갈 아홉 살 딸을 생각하며 남긴, 간절한 기도였을 터였다. 은탁이 미안해할 필요가 없었다. 도깨비의 따스한 눈빛이 은탁을 달랬다.

살아야 할 이유

평화로운 시간도 잠시였다. 도깨비는 저승을 통해 은탁의 명부를 전달받았다. 2주 뒤 추락사. 시간이 제법 있었다. 두 번째 내려온 명부였고, 도깨비는 신을 향해 화를 내지도 욕을 하지도 않았다. 신의 뜻, 운명을 거스르기로 한 이상, 태풍의 눈 속에 있는 것과 마찬가지였다. 태풍은 계속해서 움직이고 있었다. 은탁의 명부는 누군가가 포기하기 전까지 수십 번도 더 도착할 것이고, 도깨비는 그때마다 은탁의 죽음을 기필코 막을 생각이었다. 그것이 도깨비가 은탁과 백 년을 더 살기 위해 할 수 있는 유일한 방법이었다.

두렵지 않은 것은 아니었다. 모두 막을 수 있을까. 결국에는 막지 못하는 순간이 찾아올까 봐 두려웠다. 은탁은 목숨을 잃고 자신은 무로 돌아갈 기회를 영영 잃게 되는 순간, 그 순간부터 자신의 삶은 벌, 아니 그 이상의 생지옥이 될 터였다.

'그러니까 검 뽑고 무로 돌아가. 슬프지만, 그게 최선이야.'

삼신의 말을 기억하고 있었다.

"최선을 다하지 않아보려고, 좀 슬프긴 하네."

조소하며 도깨비는 은탁을 거실로 불렀다. 늦은 밤이었다. 도깨비의 분위기가 무척이나 심각했다. 도깨비는 테이블 위 하얀 종이를 노려보고 있었다.

은탁이 무엇이냐고 묻자 도깨비가 명부라고 짤막하게 대답했다. 명부라면, 누군가 죽는다는 말이었다. 대체 누가 죽는다는 건지, 누가 죽기에 이렇게 도깨비의 안색이 어두운지 은탁은 덜컥 겁이 났다.

"지금부터 내 얘기 잘 들어. 너한테 아무것도 숨기지 말랬는데 그래도 숨겼던 이야기야. 이제 더 이상은 숨기면 안 될 것 같아서 말해주려고 해."

두려움이 입을 벌린 채 자신을 삼킬 것만 같았으나 은탁은 꾹 참고 들었다.

"내 검을 뽑지 않으면 네가 죽어. 너는 그런 운명을 가졌어. 네가 도깨비 신부로 태어나면서부터. 네가 검을 뽑지 않으면 자꾸자꾸 죽음이 닥쳐올 거야."

"…그러니까 내가 아저씨 검을 뽑지 않으면, 죽을 때까지 죽는다구요? 계속 계속?"

도깨비는 고개를 작게 끄덕였다. 아이에게 자신이 죽을지도 모른다는 이야기를 하는 게 쉬운 일은 아니었다. 그러나 필사적으로 은탁을 지키고 싶었고, 그러기 위해서는 은탁도 이 사실을 알고 있어야 했다. 운명을 바꾸기 위한 의지가 둘 모두에게 필요했다. 도깨비는 말을 하면서도 미안해졌다. 그저 자신만 무로 돌아가면 끝날 일인데, 어쩌면 그의 욕심일지도 몰랐다. 앞으로 얻고 싶은 백 년의 생은.

"혹시 그럼, 그동안, 그 사고들."

"납치당했을 때, 스키장에서 너 쓰러졌을 때, 네가 모르는 면접날 있었을 대형사고, 그리고… 내가 널 죽일 뻔했을 때."

모든 장면들이 은탁의 머릿속에서도 선명히 재생되었다. 아찔했다. 언제나 꿋꿋하던 은탁이지만 지금은 어떤 위로도 통하지 않을 것 같았다. 눈앞의 도깨비가 자신을 너무 아픈 눈으로 보고 있어서, 은탁은 간신히 눈물을 참아냈다.

"신은… 아저씨한테도 나한테도 너무 가혹하네요."

죽음을 앞두었다는 두려움이 은탁에게 그림자처럼 따라붙었다. 매일이 혼란스러웠다. 어느 날은 벌컥 도깨비의 방문을 열고 그냥 죽겠다고 했다. 그게 좋을 것 같았다. 자신이 죽어 계속 사는 도깨비를 보러 환생하는 것이 나을 것 같았다. 어느 날은 지금이라도 자신이 도깨비의 검을 뽑아주어야 할 것 같았다. 자신이 죽어버리면 도깨비 혼자 고독한 영원을 살아내야 하니까.

은탁의 두려움은 고스란히 도깨비에게로 전해졌다. 이 모든 운명이 저 때문인 것 같아 도깨비는 미안했다. 그럼에도 같이 살고 싶어 욕심을 낸 게 더 미안했다. 은탁의 모든 말에 그럴까, 대답하며 도깨비는 은탁을 달랬다. 은탁이 어떤 선택을 하든 도깨비는 들어줄 생각이었다.

"아저씨, 우리 같이 죽어요. 그게 좋을 것 같아요. 한날한시에. 누구 하나 혼자 남지 않게. 누구 하나 맘 아프지 않게."

늦은 밤 또 방문을 벌컥 열고 은탁이 울먹였다.

"지은탁, 나 봐."

도깨비가 책을 덮고 일어서 은탁의 어깨를 감쌌다.

"너 안 죽어. 안 죽게 할 거야. 내가 막을 거야. 내가 다 막을 거야."

충분히 그럴 능력이 도깨비에게 있었다. 그러나 운명이라는 것은 너무나 거대해 그들을 쉬이 놓아줄 것 같지 않았다. 은탁도 도깨비도 슬프지 않을 삶까지 닿기가 너무 힘들었다. 결국 울음을 터뜨리는 은탁을 도깨비가 품에 안았다. 여전히 한 팔로도 감쌀 수 있을 만큼 작았다. 도깨비의 메밀꽃은, 연인은, 그의 품에서 목 놓아 울었다.

"미안해. 이런 운명에 끼어들게 해서. 하지만 우린 이걸 통과해 가야 해. 어떤 문을 열게 될지 모르겠지만, 네 손 절대 안 놓을게. 약속할게. 그러니까 날 믿어. 난 네가 생각한 것보다 큰사람일지도 모르니."

아침이 밝아 새로운 해가 뜨자 은탁은 언제 울었냐는 듯 비가 그친 뒤의 맑은 얼굴을 하고 있었다. 아르바이트 가겠다며 집을 나서려는 은탁을 도깨비가 걱정스럽게 바라보았다. 위험한데 어딜 가느냐는 도깨비의 말에 은탁은 신발 끈을 꽉 묶고 일어섰다.

"계속 이렇게 집에만 갇혀서 살 순 없어요. 이 집에 갇혀서 덜덜 떨면서 오래 살면, 그건 사는 게 아니니까. 내일 죽더라도 전 오늘을 살아야죠. 알바를 가고, 대학교 입학 준비를 하고, 늘 걷던 길을 걷고, 그렇게 집으로 돌아오고요."

다시 평소의 지은탁이었다. 하룻밤 새 쑥쑥 자라서 은탁이야말로 큰사람이 되어 있었다.

"그게… 삶이라는 거니까. 그러니까 아저씬 죽어라 저 지켜요. 전 죽어라 안 죽어볼라니까. 나, 아저씨 믿어요."

한 마디, 한 마디가 모두 도깨비의 가슴에 별처럼 새겨졌다. 이렇게 맑고 씩씩해서 도리어 눈을 뗄 수 없게 만든 아이였다.

"엄마가 날 어떻게 낳았는데요. 내가 어떻게 붙은 대학인데요. 살 이유가 너무 많아요. 그중에 도깨비 씨가 특히 절 살게 하고요."

"알았어. 알았으니까 위험하다 싶으면 꼭 나 소환해. 어디 높은 데 절대 가지 말고. 알았어?"

"아, 추락사랬지. 네, 걱정 마세요. 다녀오겠습니다."

은탁이 기운을 차린 것은 다행이었으나 여전히 마음이 쓰였다.

마음 쓰일 것도 너무 근심할 것도 없이 은탁은 나름대로 잘, 두려움을 이겨나갔다. 은탁이 지금쯤은 잘 있으려나 궁금함에 서성이다 도깨비는 시도 때도 없이 연기가 되어 불려 나갔다. 위험에 처하면 부르라고 했으니 무슨 일이 생긴 건가 놀랐으나, 매번 별일 아니었다.

가로등이 깜박깜박하는 게 위험해서, 잘생긴 남자가 위험해서, 너무 예쁜 옷이 은탁의 통장을 위험하게 해서, 숨이 안 쉬어질 만큼 아저씨가 보고 싶어서,라는 이유들로 은탁은 주머니 속에 늘 가지고 다니는 불을 꺼트려 도깨비를 불러냈다.

보고 싶어 불렀다는 은탁을 마주한 길거리, 도깨비는 자신이 처한 상황도 잠시 잊고 속도 없이 웃어버렸다. 도깨비의 웃음과 함께 어제까지 눈이 쌓여 있던 복숭아나무 가지 위로 꽃봉오리가 올라와 꽃송이를 피웠다. 한겨울, 복숭아나무가 만개했다.

어떻게든 살아보기로 했으니까. 두려움에 지지 말자 마음 먹은 은탁은 도깨비만을 생각했다. 시도 때도 없이 불러내 얼굴을 보고, 심지어 같이 살고 있으면서 문자 메시지로 도깨비에게 일과를 수시로 보고했다. 문자를 치는 은탁의 손이 빠르고 경쾌했다. '수강신청 방금 끝났고 지금은 캠퍼스 투어 중입니다'까지 쓴 문자를 전송하려는데 귀신들이 은탁의 곁으로 몰려들었다. 처녀귀신과 또 다른 여자귀신이 저들끼리 깨볶는 도깨비 내외를 두고 이러쿵저러쿵 입방아를 찧었다.

"사랑해요, 하트 하트. 아, 낭만적이야!"

"보고 싶어요! 유유."

은탁이 미간을 구겼다. 이 귀신들이 정말.

"나도 한때 있었지, 따뜻한 봄날. 하지만 구천을 떠도는 지금은 한없이 깊고 어두워서 매일매일 추운 겨울밤 속을 살고 있을 뿐이지."

여자귀신의 한 서린 말을 못 들은 척하며 은탁은 문자 전송을 포기하고 교정을 걸었다.

"네가 그 자식 딱 한 번만 만나주면 좋을 텐데. 궁금한 거 딱 하나만 물어봐주면 좋을 텐데."

"궁금한 거 뭐? 너, 나 사랑하긴 했니? 뭐 그런 거? 아, 낭만적이야."

이 기세면 은탁이 들어줄 때까지 또 은탁을 맴돌며 시끄럽게 괴롭힐 터였다. 이들은 구천을 떠돌고 있는데 혼자서만 사랑에 빠져 있는 게 조금 미안하기도 했다. 그까짓 거, 부탁 조금 들어주고 귀신 하나 이승에서 떠나보내는 좋은 일 한 번 더 해주기로 했다.

"좋아요. 그 겨울밤 한번 끝내봅시다. 복수하러 가요. 어떻게 해줄까요, 그 자식?"

높게 솟은 회사 건물이 늘어선 가운데, 한 대기업의 로비에 은탁이 조금은 상기된 얼굴로 서 있었다. 혹시 몰라 준비한 라이터를 딸깍 켜서 시험해보았다. 아무 이상 없었다. 은탁의 곁에 선 처녀귀신과 여자귀신까지. 셋의 모습이 비장하기까지 했다. 그들이 찾은 곳은 여자귀신의 전남편이 근무하는 회사였다.

텅 빈 사무실에 마침 남자 혼자 야근을 하고 있었다. '팀장 박석훈' 명패가 놓인 자리로 은탁이 다가섰다. 말끔하게 양복을 차려입은 석훈이 정신없이 일을 하다 갑자기 찾아온 젊은 여자를 보고 놀라서 물었다.

"무슨 일이시죠?"

"안녕하세요. 제가 돌아가신 아내분 일로 드릴 말씀이 있는데요."

'아내'라는 말에 이미 석훈의 표정이 굳어가기 시작했다.

"이정화 씨요. 시간 괜찮으세요?"

사무실은 곤란하다며 석훈은 은탁을 건물 옥상 흡연구역으로 데리고 갔다. 하필이면 옥상이었다. 은탁은 지금이라도 내려가야 하나 재고 있었다. 아무래도 불안했다.

"제 아내와는 어떻게…."

"용건만 간단히 말씀드릴게요. 이정화씨가 전해달라는 얘기가 있어서요."

여자귀신이 은탁의 귓가에 속삭였다. 은탁은 그녀가 속삭이는 그대로 말만 전해줄 생각이었다.

'잘 지냈어? 희진이랑은 보기 좋더라?'

"잘 지냈어? 희진이랑은 보기 좋더라? 라고 하시네요."

석훈의 표정이 사정없이 흔들리며 새하얗게 질려갔다. 그에 눈에 보이지 않겠지만 여자귀신도, 처녀귀신도 팔짱을 낀 채 그를 노려보았다.

"누, 누가요?"

"아내분이요."

"희, 희진이는, 어떻게…."

"집에 데려왔었잖아. 둘이 200일 되는 날. 백 예쁜 거 사줬더라? 내 보험금 받아서?"

여자귀신이 드디어 한을 푼다는 듯 내뱉는 말들은 들을수록 분노가 치솟았다. 괜히 여자귀신이 한 맺힌 채 구천을 떠도는 게 아니었다. 은탁은 자신의 옆에서 속삭이는 여자귀신을 향해 물었다.

"진짜요? 아놔, 이 대목이 확 와 닿네?"

갑자기 혼잣말을 하는 은탁도 이상했지만, 은탁의 입에서 나오는 말들은 더 그를 두렵게 했다. 건물 위로 찬바람이 불었다. 석훈의 손이 덜덜 떨렸다.

"그래서 그날 나 옥상에서 밀었니…!"

따라 말하던 은탁이 말을 멈췄다. 생각보다 더 많이 심각한 얘기였다. 남편이 바람피워 생긴 한, 돈 때문에 생긴 한이 아니었다. 대체 자신한테 뭘 시키고 있는 거냐고 은탁이 여자귀신에게 따져 물었다.

석훈은 아예 이성을 잃은 상태였다.

"…너 뭐야."

여자귀신은 모든 상황에 아랑곳 않고 은탁에게만 들리는 말을 계속 이어갔다.

'희진이랑 통화하면서 범행 모의한 거 내가 다 녹음해서 현관 신발장에 숨겨놨어.'

"아니, 희진이랑 범행 모의한 거를 신발장에 숨겨놨으면 그거를 어? 경찰에 갖다주고 이렇게, 이렇게 해결을 해야지! 이렇게 하면 어떡해요!"

허공을 향해 갈수록 무시무시한 말을 뱉고 있는 은탁을 보며 석훈은 제정신을 차릴 수 없었다.

"너… 어떻게 알았어! 어디 보고 얘기하는 거야!"

옆에 섰던 처녀귀신도 악다구니를 쓰는 석훈을 보며 흠칫 떨었다. 여자귀신의 남편은 평범한 사람이 아니었다. 악귀에 가까웠다.

"이렇게 대책 없이 굴면 우리 다 죽는다고요."

'난 이미 죽었어.'

"언니! 진짜 이기적이네! 나는. 나는!"

"너 미친년이야? 너 자꾸 어디 보고 얘기하는 거냐고!"

"당신 부인! 당신이 죽인, 당신 부인!"

"이년이! 너도 죽고 싶지?"

석훈이 얼굴을 험악하게 구기며 당장이라도 은탁을 죽일 듯한 기세로 위협하며 다가섰다. 눈빛이 완전히 달라져 있었다. 은탁이 뒷걸음질을 쳤다.

"어린년들은 조심성이 없지. 난간에도 막 오르고. 안 그래?"

저승의 명부에 적힌 날짜가 오늘은 아니었지만, 어느새 오늘로 바뀌어 있었다. 추락사라는 것이 오늘인가 보구나. 은탁은 난간 끝까지 내몰린 채 긴장한 얼굴로 라이터를 꺼냈다. 석훈이 은탁을 밀어버리기 직전이었다. 라이터의 불이 켜졌다가, 은탁의 입김에 꺼졌다.

그 순간 석훈의 등 뒤로 날카로운 푸른 불꽃이 빠르게 지나가고, 석훈이 비명을 내지르며 쓰러졌다. 등이 얕게 찢겨 피가 흘러나오고 있었다. 푸른 불꽃이 이글거리는 물의 검이 스친 자리였다.

손에서 검을 지운 도깨비가 타오르는 눈으로 석훈을 당겨 목을 움켜쥐었다. 석훈의 목숨 줄을 움켜쥔 채, 난간에 선 은탁으로 시선을 옮겼다. 곁에 귀신 둘이 있었다.

"…죄송해요."

은탁이 잘못될까 늘 노심초사하는 도깨비의 마음을 알고 있는 터라 더 미안했다.

석훈은 도깨비의 명대로 자백을 하러 경찰서로 혼비백산 달려갔다. 법의 심판이 도깨비의 심판보다 나을 것이었다. 여자귀신은 뒤늦게 은탁에게 사과했다. 너무 억울했고, 아팠고, 살려달라고, 도와달라고 말하고 싶었다고, 죽어가며 하지 못했던 말들이 너무 많이 남아 있었다고 했다. 어떤 심정인지 이해가 되어서 은탁은 죽을 고비를 넘기고도 여자귀신에게 별말을 하지 않았다. 여자귀신은 고맙다고 수차례 말하고 손을 흔들며 사라졌다.

은탁은 이해했는지 몰라도 도깨비는 아니었다. 내내 화난 얼굴이었다. 함께 집에 돌아와서도 은탁은 도깨비에게 눈치가 보였다.

"아직 화났어요? 화났겠죠? 화내겠죠?"

휙, 도깨비가 바람을 일으키며 돌아봤다. 움찔하는 은탁을 도깨비가 와락 끌어당겨 안았다. 조금 격양되어 있던 그가 목소리를 가다듬었다.

"화 안 났어. 걱정만 했지."

다정한 품 안에서 은탁은 천천히 눈을 감았다 떴다.

"아… 근데 왜 난 혼나는 거 같지. 마음이 막 따끔따끔거려요."

"나만큼은 아닐걸. 한 시간 사이에 지옥을 몇 번 오갔는지 모르겠다."

"아 진짜, 우리 참 불쌍하다."

"아니야."

"그럼 불행한 건가?"

"아니야."

"그럼 아저씨 이제 저 혼내시는 거 끝났을까요?"

"아니야."

"대학생 되면 미팅도 많이 하고 엄청 짧은 치마만 입어야지!"

"아니야!"

소리치는 도깨비를 보고 그제야 은탁이 표정을 풀고 한시름 놓았다. 우리는 불쌍한 것도, 불행한 것도 아니다. 그저 조금 더 사랑할 수밖에 없는 운명인 것이다.

은탁이 도깨비의 품 안을 더 깊이 파고들었다.

신의 질문

때로 가게 안에 손님보다 귀신이 더 많을 때도 있었다. 써니가 가게를 비워 다행이라고 생각하며 은탁은 청소를 했다. 귀신들은 오늘따라 저들끼리 재잘재잘 시끄러웠다. 그러다 한 귀신이 은탁에게 구천을 아주 오래 떠돈 귀신을 소개시켜 주겠다고 했다. 살다 살다 귀신을 소개까지 받아서 만나야 하나 싶어 무시하는데, 그다음 말에 관심이 조금은 생겼다. 저승사자를 만났다가 피한 적도 있다는 말이었다. 자신도 같은 경험이 있었으니까.

처녀귀신이 저기 있다고 가리키기도 전, 그 귀신이 가게로 들어왔다. 죽을 당시 입고 있던 복색은 거뭇한 피로 젖어 있었고, 긴 머리는 헝클어져 엉망이었다. 그 자체로 기괴했다. 다가온 귀신이 은탁에게 손을 내밀었다.

"반갑다. 네가 그 도깨비 신부구나."

느릿느릿 인사를 건네는 그의 혀가 먹물에 담가 놓은 듯 새까맸다. 검은 혀가 끔찍해 고개를 돌리고 싶었다. 음성 또한 벌레가 몸을 기는 듯 기분 나빴다. 은탁은 힘겹게 그 귀신의 인사를 받고, 가게 오픈 시간을 핑계로 귀신들을 내쫓았다. 다행히 어서 나가라는 은탁의 말에 귀신들이 여기저기로 흩어졌다. 기분 나쁜 귀신도 형체를 지우며 사라졌다. 귀신이 있던 자리를 보던 은탁은 고개를 저었다.

느낌이 좋지 않았다.

하루를 정리하며 대학 시간표와 아르바이트 시간을 맞춰 보다가 낮에 만난 귀신의 괴기스러운 모습이 떠올라 은탁은 몸서리를 쳤다. 괜스레 노트를 소리 내어 넘기다 이전에 옮겨 적어둔 도깨비의 글을 발견했다. 덕화가 해석해준 연서. 이건 이거대로 기분이 나빠져 아예 노트를 휙 덮어버렸다.

노트를 품에 안고 은탁은 저승의 방으로 향했다. 도깨비가 조선 시대 때 만났다던 그 첫사랑, 연서까지 남길 정도의 그 첫사랑의 시작과 끝까지 알아야겠다 싶었다. 그러려면 혼자서는 무리였고, 저승 아저씨가 조력자로 딱이었다. 그런데 저승의 방에 저승만 있는 게 아니었다. 이 일을 가장 들켜서는 안 될 도깨비도 함께였다.

둘은 맥주를 나눠 마시며 써니에 대해 얘기하고 있었다. 오늘, 저승은 써니에게 그렇게나 감춰오던 자신의 정체를 들켜버린 터였다. 저승은 잔뜩 심각한데, 도깨비는 이왕 이렇게 된 거 전생이나 더 보고 오라는 말을 하고 있었다. 그렇게 투닥대고 있는데 은탁이 찾아온 것이다. 은탁이 도깨비의 방도 아닌 저승의 방문을 두드렸으니 도깨비로선 당연히 대체 무슨 일인가 의문을 품을 수밖에 없었다.

은탁은 도깨비를 보고 딸꾹질이 날 것 같았다. 노트를 얼른 뒤로 숨기며 나중에 다시 오겠다고 하는데, 도깨비의 능력이 더 빨랐다. 은탁이 숨기려던 노트가 공중으로 떠올라 도깨비 손으로 들어갔다. 은탁이 달려와 노트를 빼앗으려 해도 너무 높았다.

"아, 내놔요! 왜 남의 노트를 보고 난린데요!"

도깨비는 위로 손을 든 채 노트를 넘겼다. 별다른 내용은 없는 듯했는데 익숙한 한자들이 나타났다. 자신의 글귀였다.

"아, 왜 남의 노트에 내 글이 써 있고 난린데? 너 이거 뭐야."

도깨비가 은탁이 베껴 쓴 글들을 팔랑이며 다그쳤다.

맘대로 남의 글을 베꼈으니 은탁은 사과를 해야 할 입장이었다. 그러나 울컥 치미는 질투가 먼저였다.

"하, 모른 척하기는. 연서잖아요, 연서! 본인이 쓰신!"

연서라는 얘기에 저승이 다가왔다.

"연서를 썼어?"

"썼더라구요. 첫사랑한테. 뭐 얼마나 거창한 사랑 얘긴지 뒷얘기가 궁금해서 도움 좀 받아볼라 그랬죠."

도깨비는 어처구니가 없었다. 첫사랑에게 연서라니, 첫사랑은 제 눈앞에 있는 지은탁이었다. 은탁이 받아본 적 없다면 그가 써본 적도 없다는 건데, 아무것도 모른 채 오해만 잔뜩 하고 있었다.

"아주 명문이더만요. 그렇게 백 년을 살아 어느 날, 날이 적당한 어느 날, 막, 어?"

"…이거 그 내용 아닌데."

"그 내용 맞던데? 덕화 오빠가 다 읽어줬는데?"

위화감을 느낀 도깨비가 움직이던 손을 멈췄다. 덕화가 이 유언장을 해석할 수 있을 리 없었다. 지금과는 다른 음가나 뜻을 가진 글자가 몇몇 섞여 있었다. 게다가 덕화가 말해주었다는 내용은 도깨비가 한 생각은 맞되, 어디에도 기록하지 않은, 그 혼자만 간직한 말이었다.

저승이 노트를 받아 읽었다. 도깨비의 말대로 그러한 내용이 아니었다. 도깨비가 죽음을 바라 신에게 쓰는 글이었다.

둘 다 정말 그 내용이 아니라고 하니, 심지어 덕화가 읊어준 내용은 도깨비가 머릿속으로 생각만 했던 것이라고 하니 얼떨떨한 은탁이었다. 대체 어떻게 흘러가고 있는 이야기인지 이해가 안 됐다.

저승이 눈썹을 올렸다.

"전에 말이야. 너 차 수십 대 날려버렸을 때, 너 혹시 덕화한테 내가 기억 방면으로 도울 수 있다고 말했어?"

"아니?"

"그럼 걔는 어떻게 알고 나한테 다짜고짜 가자고 한 거지?"

순간 세 사람의 머릿속에서 의문점들이 떠올랐다. 은탁의 단풍잎을 찾아준 인물도, 도깨비와 멀리 떨어지려 자취를 감춘 은탁이 스키장에 있다고 알아낸 것도, 도깨비 집을 가지고 저승사자와 계약을 한 이도 모두 덕화였다. 안색이 급격히 어두워진 도깨비와 저승이 서로 마주보았다. 덕화의 존재를 알 것도 같았다.

덕화가 매일 출석하듯 드나드는 클럽 안은 심장을 울릴 만큼 커다란 음악 소리가 울려 퍼지고 있었다. 음악도, 화려하게 차려 입은 사람들도, 함께 섞여 술 마시는 분위기도 정신이 사나웠다. 그 사이를 헤치고 저승과 도깨비가 바에 홀로 앉아 있는 덕화의 앞으로 다가갔다. 덕화는 유유자적 위스키를 마시고 있었다.

그들 사이에 자연스럽게 섞여 신으로서 자리하던 순간들이 지나쳐갔다. 특별히 사랑하여, 더 오래 그들 곁에 있고 싶었으나 눈치 챈 마당에 더는 힘들었다. 특히 잠시 머물던 철부지 덕화의 얼굴이 퍽 잘생겨 맘에 들었는데 아쉽게 되었다.

"드디어 왔네."

평소 말투와 다르게 오만한 분위기를 풍기며 덕화가 둘을 맞았다. 일순 시공간이 뒤틀리며 요란하던 음악도 사람들도 정지했다. 뒤틀려 기묘해진 공간 속에서 그는 술잔을 들어 여유롭게 홀짝였다.

"누구신지 통성명이나 합시다."

도깨비의 물음에 덕화가 싸늘한 눈빛을 보냈다. 도깨비와 저승의 귓가에 신을 부르는 소리가 웅웅댔다. 칠성님, 천지신명님, 어떤 신이라도 좋으니 도와달라는 인간들의 목소리. 그는 전지전능하신 신이었다. 도깨비와 저승이 놀란 눈을 부라렸다. 바로 곁에서 그들의 기쁨과 슬픔, 좌절과 절망까지 모두 다 지켜보았을 신에 대한 원망이 서렸다.

"대체 왜…!"

"신은 여전히 듣고 있지 않으니, 투덜대기에. 기억을 지운 신의 뜻이 있겠지, 넘겨짚기에."

신이 자리 잡은 덕화의 얼굴에 비웃음 같은 표정이 서렸다.

"늘 듣고 있었다. 죽음을 탄원하기에 기회도 줬다. 한데 왜 아직 살아 있는 것이지?"

도깨비를 보며 말하던 신은 저승으로 시선을 향했다.

"기억을 지운 적 없다. 스스로 기억을 지우는 선택을 했을 뿐. 그럼에도 신의 계획 같기도 실수 같기도 한가? 신은 그저 질문하는 자일 뿐."

그들이 원망하며 듣고 싶어 하던 신의 대답은 그러했다. 죽음을 원했던 도깨비는 더는 죽음을 원하지 않았고, 죽으며 망각의 차를 들이켰을 저승은 이제 기억을 되찾길 원했다. 신은 그들이야말로 제멋대로라 생각했다. 그런 주제에 신이 없다 원망하고 있었다.

"운명은 내가 던지는 질문이다. 답은 그대들이 찾아라."

그럼 난 이만, 신은 나지막한 목소리로 마지막을 고했다.

그들의 곁에서 떠나는 것이다. 어디서든 듣고 있겠지만. 미처 잡을 새도 없이 덕화의 몸을 수천 마리의 흰 나비가 감쌌다. 파닥거리는 나비들이 클럽 안을 가득 채웠다. 눈이 어지러울 정도의 날갯짓이었다. 수천 마리의 나비로 부서지던 덕화의 몸이 이내 툭, 쓰러졌다.

신이 떠난 덕화의 몸이었다. 쓰러진 덕화를 도깨비가 받아들었다. 동시에 뒤틀려 멎어버렸던 시공간이 다시 제대로 흐르기 시작했다. 덕화가 쓰러지며 넘어트린 잔이 바닥에 떨어지며 깨지는 소리가 선연했다.

'기억을 지운 적 없다. 스스로 기억을 지우는 선택을 했을 뿐.'

곧 망자가 발생할 한 공원 벤치에 앉은 저승은 신이 남기고 간 말을 계속 곱씹었다. 잠시 머물던 신이 떠난 덕화는, 그저 철부지의 마음 선한 평범한 인간이었다. 왜 그들 곁에 머물다 갔는지 신의 마음을 헤아릴 길이 없었다.

후배 저승사자가 그의 옆에 와 앉았다. 후배 또한 근심에 차 있었다. 전생의 기억을 찾아 망자와 함께 도망갔다는 장항동 김 차사 사건 때문에 저승부에서 행동 강령이 내려와 저승사자들 분위기가 뒤숭숭하다고 했다.

"뭐라고 내려왔는데."

"너희들이 죄인이라는 사실을 잊지 말라."

강령을 전하며 후배는 퍽 찝찝한 표정으로 이번 달 망자들의 이름이 적힌 명부 꾸러미를 저승에게 내밀었다. 그들은 모두 극악무도한 죄인이었고, 그 결과 사자의 일을 하고 있음을 직시해야 했다. 강령은 답을 준 것인지, 질문을 준 것인지 모를 신의 말이 틀림없었다. 수심에 쌓인 채 저승은 후배가 전해준 명부들을 정리했다. 그 사이에 아는 이의 이름도 있었다.

[劉信遇. 八十一歲. 丁酉年 壬寅月 庚辰日 十七時 十分 心筋梗塞]

(유신우. 81세. 2017년 2월 22일 17시 10분 심근경색)

오늘이었다. 세 시간 후면 유 회장이 죽는다는 사실을 도깨비에게 전할 생각을 하니 입이 쓰고 가슴이 먹먹해졌다. 이 일은 젯값이 맞았다. 도깨비를 오래 지켜오던 유 회장이었다. 아마 그를 지키던 많은 유 씨 가문의 사람들이 이렇게 태어나고 죽어갔을 것이다. 도깨비가 미리 미래를 보았다고 해도 그 슬픔의 크기는 조금도 덜어지지 않을 것이다. 그 슬픔이 감히 짐작되지 않았으나 이번 죽음에는 은탁이 그의 곁에 있어 불행 중 다행이었다.

겨울 해가 짧았다. 어둠이 어스름하게 깔린 책상 앞에 도깨비는 앉아 있었다. 그는 붓을 곧게 세우고 천천히 글자를 써 나갔다.

이 생에서의 모든 순간이 선했던 자, 여기 잠들다. 유신우.

유신우라는 이름 가운데 눈물이 떨어졌다. 그의 선조들과 나란히 캐나다 너른 평원 위에 이 묘비명이 새겨진 묘비가 세워질 것이다. 그 죽음들을 끌어안고 도깨비는 여전히 생을 살아가고 있었다. 다른 이들과 달리 그의 생은 끊어지지 않고 계속해서 이어졌다. 이어진 선이 너무 길어 누군가의 죽음마다 그는 슬픔에 걸려 넘어졌다.

창문 위로 툭, 비가 떨어지기 시작했다. 저택의 커다란 유리창으로도 빗물이 떨어졌다. 빗소리와 함께 희미한 울음소리가 새어 나왔다. 근처를 서성이던 은탁은 비통한 소리에 멈춰 섰다. 검은 상복을 입은 은탁이 가슴에 손을 얹었다. 그의 울음이 아프게 울렸다.

비는 3일을 밤낮으로 내렸다. 밤이 점점 더 어두워져 은탁은 도깨비의 방문을 열고 들어갔다. 장신의 그가 아주 작은 아이가 되어 웅크린 채 슬픔을 주체하지 못하고 울고 있었다. 조용히 다가간 은탁이 그를 크게 안았다.

"이런 거군요. 불멸이란…."

엄마가 떠났을 때 은탁도 많이 울었다. 그 한 번의 이별만으로도 은탁은 여전히 견딜 수 없이 슬플 때가 있었다. 슬픔에 젖어 연약해진 아저씨의 등에는 몇 번의 이별이 쌓여 있는 것인지. 은탁은 셀 수 없어 슬퍼졌다. 캐나다 평원 위에 서 있던 그의 뒷모습이 아무것도 모르던 은탁에게조차 쓸쓸했었다. 그저 바라보기만 했던 그의 등을 지금은 안아줄 수 있어 다행이었다. 그의 불멸의 삶이 벌이 아니라 상이게 했으니, 삶을 살아가며 느끼는 슬픔과 고통을 은탁은 최대한 나누고 싶었다. 아저씨가 제게 그렇게 해주었듯이.

"유 회장님 자꾸 뒤돌아보시겠네. 참 마음 쓰이는 나으리시네, 하고. 그러니까… 남은 사람은 또 열심히 살아야 해요. 가끔 울게는 되지만, 또 많이 웃고, 또 씩씩하게. 그게 받은 사랑에 대한 예의예요."

흐느끼던 등이 차차로 잦아들었다. 크고 맑은 눈에 눈물이 그렁그렁 담겨 있었다. 도깨비는 고개를 들어 은탁을 보곤 그 위로에 감사해 하며 옅게 미소 지었다.

"따뜻한 거 뭐 좀 드실래요?"

"아니. 덕화… 데려와서 같이 먹을게."

겨우 입을 연 도깨비를 은탁은 따뜻하게 감쌌다. 한 번 더 그의 등을 꼭 끌어안았다.

장례를 치르고 엉망이 된 덕화를 도깨비가 집으로 데려왔다. 늘 밝았던 덕화인데 걸음에 힘이 하나도 없었다. 도깨비의 부축을 받으며 겨우 비척비척 걷다가 집에 들어서자 또 다른 추억이 밀려들어 울음을 터트렸다. 덕화는 도깨비의 품에서 다시 한껏 눈물을 쏟았다. 준비를 해도 후회뿐인 것이 죽음이므로, 준비하지 못한 죽음에는 언제나 더한 후회가 따르는 법이었다. 할아버지에게 죄송해 어떡하느냐며 우는 덕화를 도깨비가 여느 때보다 다정한 삼촌이 되어 달래주었다.

한참 울며 기운을 못 차리던 덕화가 밤이 되자 식탁에 앉아 저택의 은식기와 촛대들을 꺼내 헝겊으로 꼼꼼히 닦았다. 이제 유 회장이 없으니 저택을 돌보는 일은 오롯이 덕화의 몫이었다. 식기를 닦는 덕화를 지켜보다 그 곁에 도깨비가 앉았다. 도깨비의 눈짓에 덕화가 설명하듯 말했다.

"할아버지가 내내 신경 쓰여 하실까 봐. 알잖아 우리 할아버지 성격."

"…알지."

"회사는 김 비서님이 CEO로 취임했어. 할아버지가 다 준비하고 가셨더라고. 잘됐지. 어차피 난 아직 준비도 안 됐고…."

"그래."

"바닥부터 일 잘 배울게. 그게 할아버지가 원하시는 걸 테니까."

그렇게 덕화도 커간다. 도깨비의 눈시울이 뜨거워졌다. 덕화의 눈에 아직 가시지 않은 슬픔이 남아 있었다.

"바둑도 배울게. 그래서 삼촌의 형이, 아버지가, 할아버지가 잘 되어볼게. 우리 할아버지처럼."

"그래."

의젓해진 덕화를 위해 도깨비도 좋은 삼촌이 되어주기로 했다. 덕화가 온다고 잔뜩 음식을 하고 있는 도깨비를 보며 슬픔을 잘 털어낸 듯해 다행스럽기도, 또 갑작스럽지만 덕화가 부럽기도 한 저승이었다.

"덕화 부럽다. 삼촌도 있고."

도깨비가 어이 없이 쳐다보자 저승이 손을 저었다.

"신경 쓰지 마. 나 요즘 좀, 뭐가 자꾸 부럽고 그래."

"딱 얘기해, 부러운 게 삼촌이야, 되게 엄청 잘생긴 삼촌…."

도깨비의 말이 갑자기 뚝 끊어졌다. 찰나의 순간이었으나 살짝 뒤틀린 듯한 시야 속에서 어린 여의 얼굴이 떠올랐다.

저승과 겹쳐진 주군의 얼굴에 도깨비의 인상이 확 구겨졌다. 불길함에 도깨비는 주먹을 꽉 쥐었다.

"…너 사자된 게 언제라 그랬지?"

"300년 좀 넘었는데, 왜? 뭐, 나 뭐 묻었어?"

"그냥. 아주 잠깐, 너한테 전에 안 보였던 얼굴이 묻어서."

그래서는 안 되었다. 도깨비는 고개를 저었다.

"누구, 어떤 얼굴."

"내 눈에 보이면 안 되는 얼굴."

영문 모른 채 바라보는 저승에게 이를 갈 듯 도깨비가 되뇌었다. 때마침 덕화가 삼촌을 부르며 부엌으로 들어와 팽팽하던 긴장감이 누그러들었다. 그럴 리 없다고 도깨비는 애써 잔인한 예감을 무시하였다.

대학 입학 후, 첫 수업을 듣는 날이었다. 계단을 구르는 은탁의 발소리가 가벼웠다. 새내기답게 한껏 꾸민 은탁이 도깨비 앞에서 빙그르르 한 바퀴 돌았다.

"오늘 첫 개강! 저 대학생! 개강파티! 그래서 짧은 치마!"

도깨비의 한쪽 눈썹이 올라갔다. 찰랑이는 머리카락이 어깨 부근에서 흔들릴 때면 도깨비의 마음도 흔들렸다. 예쁘고 사랑스러웠다. 마음 같아서는 언제 닥칠지 모를 위험을 핑계로 집 밖으로 한 발짝도 나가지 못하게 하고 싶었다. 인상을 찌푸린 채 도깨비가 고개를 저었다.

"아니야."

"다녀올게요."

"덕화가 데려다줄 거야. 오늘은 내가 다른 선약이 있어서. 혹시 무슨 일 생기면…."

걱정 말라는 듯 은탁이 가방을 열어 보였다. 가방 안에는 성냥과 라이터가 수북하게 쌓여 있었다. 완벽하죠? 하고 묻는데 도깨비가 은탁의 앞으로 가깝게 다가섰다.

"하나 빠졌다."

다가선 도깨비의 목소리가 나긋했다. 딱 '그럴' 타이밍인 것 같아서 은탁은 반사적으로 눈을 감았다. 은탁의 떨리는 눈꺼풀이 우습고 귀여워 가만히 바라보다 주머니에서 준비해 두었던 목걸이를 꺼냈다. 캐나다의 거리에서 산 이 목걸이는 스물아홉 은탁의 목에도 걸려 있을 것이다. 목 뒤로 팔을 감아 목걸이를 채워주고 물러섰다.

"눈은 왜 감는지 알다가도 모르겠구나."

"…어!"

"이제 완벽해졌네."

기대했던 입맞춤은 아니어서 민망함에 코끝을 찡그리던

은탁의 표정이 목걸이를 보고 다시 환해졌다. 눈에 익은 목걸이였다.

"이거 그 단풍국에서. 오, 감동인데. 근데 뭐라고 적힌 거예요?"

"불어로 하늘이 정해준 운명이란 뜻이야. 인간의 영역을 벗어난 절대적인 운명."

"내가 좋아하는 단언데, 운명. 어떻게 알았지?"

목걸이 펜던트를 손으로 만지작거리며 은탁이 '운명' 하고 중얼거렸다. 비록 자기의 운명이 생각하기에따라 비극처럼 보인다 하더라도 그 운명이 도깨비 '신부'의 운명이라 은탁은 괜찮은 것 같았다. 다른 연인들처럼 목걸이를 받으니 운명적 연인이 된 듯해 콧노래가 절로 나왔다.

"미팅 안 돼. 소개팅 안 돼. 낭만 안 돼. 태희 오빠 안 돼. 이 목걸이 반경 30센티 내에 그 어떤 남자도 안 돼. 내가 생각하는 운명이란 그런 거야."

도깨비의 단호한 말에 흥얼거리던 은탁이 괜히 아쉬운 소리를 했다. 그거 하러 대학 간 거라는 반항 아닌 반항에도 도깨비는 단호했다. 그런 도깨비의 잔소리가 싫지 않았다. 질투도, 독점욕을 내보이는 것도 다. 은탁의 마음도 같았으니까. 알았다고 해맑게 답하며 은탁이 대문 밖으로 뛰어나갔다.

도깨비가 선약이라고 하고 간 곳은 천우그룹의 면접 장소였다. 덕화가 가져온 회사 서류들 사이에서 경력사원 이력서를 보았다. 이력서를 낸 사람 중 도깨비의 눈에 띄는 이가 있었다. 저를 끝까지 따랐던 제 부하, 피눈물을 삼키며 제 가슴에 검을 찔러 넣었던 부하가 같은 얼굴로 환생해 있었다. 그가 천우그룹에 이력서를 넣어 연이 닿은 것도 운명이라면 운명이었다.

도깨비는 면접장에서 잔뜩 긴장한 채 합격을 바라는 기도를 올리고 있는 사내를 바라보았다. 그는 한 가정의 가장이 되어 있었다. 순탄하지만은 않은 인생이었던지 그의 모습은 단정했으나 초라했다. 도깨비는 그의 가까이로 다가갔다. 고단한 부하의 모습은 마치 전장에서 돌아오던 때와 같아, 반가웠고 미안했다.

건너편 의자에 앉아 촉촉한 눈으로 자신을 보는 장신의 남자를 사내도 보았다. 시선을 피해도 자꾸만 남자의 시선이 따라붙었다. 그렇게 도깨비는 사내가 면접장에 들어갈 때까지 오래 사내를 지켜보았다.

며칠 후, 김 비서, 아니 이제 CEO가 된 도영이 사내의 합격 소식을 직접 전했다. 합격 소식만으로도 사내는 뛸 듯이 기뻤는데, 무려 사장이라는 이가 찾아와 집도, 차도 회사 차원에서 제공하겠다고 해 얼떨떨해졌다. 대기업이라 복지가 좋다

쳐도 과분한 처사였다. 도대체 자신한테 왜 이렇게까지 해주는 거냐는 질문에 사장은 그저 면접을 잘 보셔서요, 하더니 그다음엔 전생에 나라를 구하셨다는 알 수 없는 말만 남겼을 뿐이었다.

기뻐하며 가족에게 전화를 거는 사내의 모습을 도깨비는 옥상에서 부드럽게 미소 지으며 바라보았다. 그의 지난 생에 마지막 가는 길동무가 되어주지는 못하였으나, 이렇게라도 해줄 수 있어 참으로 다행이었다.

꽉 찬 쓰레기봉투를 버리려 가게의 뒷문으로 나온 은탁에게 골목에 서 있던 남자아이가 '장풍!' 하고 손을 벌리며 외쳤다. 으윽, 은탁이 정말 장풍이라도 맞은 척 뒤로 밀려나며 신음했다. 은탁의 호응에 꼬마가 개구진 웃음을 지어 보였다.

언젠가 정말로 장풍을 쏠 수 있다 믿는 꼬마는 얼마 전 은탁이 불량학생들로부터 구해준 적 있는 아이였다. 장풍 같은 건 쏠 수 없다고 꼬마를 놀리고 괴롭히던 학생들이 괘씸했다. 도깨비도 도깨비 신부도 있는 세상이었다. 지금은 어리고 약한 꼬마지만 언젠가 정말로 장풍을 쏘게 될 수도 있었다.

꼬마에게 사탕이라도 줄까 하여 앞치마를 뒤적이다가 은

탁은 악한 기운에 어깨를 떨었다. 혀가 검은 귀신이 꼬마의 뒤로 가까이 와 있었다. 은탁은 얼른 꼬마를 자신의 가까이로 당겼다. 꼬마는 그저 해맑은 표정으로 은탁을 보고 있었다.

"늦었어. 집으로 바로 가. 할머니 기다리셔."

은탁이 등을 떠밀자 말 잘 듣는 꼬마가 고개를 끄덕이고는 은탁의 뒤쪽으로 쪼르르 달려갔다. 달려가는 꼬마가 골목 끝에서 사라질 때까지 지켜보고서야 은탁은 신경을 곤두세우며 귀신을 보았다. 음산한 기운이 그의 주변으로 스멀스멀 피어오르고 있었다. 20년을 귀신을 보며 살았지만 이렇게 기분 나쁜 귀신은 처음이었다.

"또 보는구나. 그때 인사를 제대로 못 한 것 같아서 말이지. 나는, 박중헌이라 한다."

박중헌! 이름 석 자에 은탁의 다리가 휘청했다. 도깨비가 김신의 삶을 살 때, 그에게 죽으라 명령한 것은 왕여였고 왕여가 그러한 명령을 내리도록 시킨 것이 박중헌이라 했다. 이 귀鬼가 바로 그자의 이름을 대었다.

"낯빛을 보니, 너는 이미 나를 아는구나."

"모르는데요."

애써 무시하고 가게 안으로 도로 들어가려는 은탁을 박중헌이 내뱉은 이름 하나가 붙잡았다.

"김신, 그자가 말하지 않더냐. 나를 죽인 게 그자라고. 김신이 받고 있는 벌은 목숨의 무게만큼 늘어간다. 그 안엔 내 목숨 값도 있지."

"…원하는 게 뭐야."

"그런 거 없다. 그저 재밌는 이야기를 하나 하려는 것뿐. 나를 아니 왕여도 알겠구나. 김신의 가슴에 꽂힌 그 검은 왕여가 하사한 것이다. 이 비극적인 운명의 시작과 끝이 바로 왕여지. 그런 왕여가 지금 누구와 살고 있는지 아느냐?"

"그걸 내가 어떻게 알아."

음산한 기운 때문일까 두려움이 엄습했다. 박중헌을 노려보는 은탁의 눈이 흔들렸다.

"왕여는 지금 김신과 살고 있다."

"무슨 말도 안 되는…!"

"맞다. 이름도 없는 저승사자, 그자가 바로 왕여다. 그런 둘이 서로를 알아보게 되면 어찌 될 것 같으냐."

"……."

"이제 김신이 날 죽일지 살릴지는 네 손에 달린 것 같구나. 김신의 죽음이 네 손에 달렸듯. 오호. 이제 보니 넌 죽음을 관장하는 아이로구나."

꽉 쥔 은탁의 주먹이 부들부들 떨렸다. 다리에 힘이 풀리고 숨쉬기도 힘들었으나 이를 악물고 버텼다. 저승사자, 그가 왕여일 리가 없다. 왕여여서는 안 됐다. 간악한 자의 꾐에 넘어

가지 말자. 은탁은 자꾸만 되뇌었지만 박중헌의 말을 듣는 순간 저 또한 저승의 얼굴부터 떠올렸다. 강한 느낌이었다.

"잘못 알았어. 우리가 아는 그 저승사자는 이름이 있어."

김우빈. 은탁은 재빠르게 문을 열고 가게 안으로 들어갔다. 은탁이 사라진 자리에 박중헌은 혼자 남았다. 괴상하게 비틀려 올라가 있던 입꼬리가 점차 싸늘하게 내려앉았다. 구천을 떠돈 박중헌의 원한, 박중헌이 원하는 것은 단 하나였다. 그들의 파국.

해가 잘 드는 캠퍼스 벤치, 저승과 은탁이 자판기 커피를 손에 들고 마주 앉았다. 저승사자는 어디다 털어놓을 곳 없어서, 모든 것을 알고 있으면서도 이 일에 있어서만큼은 제3자에 가까운 은탁을 찾았다.

내내 고민해왔다. 써니의 전생을 보고 도깨비의 과거를 듣고 써니가 도깨비의 누이인 김선의 환생이라는 퍼즐을 맞추는 동안, 기억하지 못하는 자신의 전생이 둘 사이에 끼어 있음을 자각했다. 자신은 김선과 분명히 이어져 있는 인물이었고 도깨비와도 연관이 있었던 것 같았다. 동시에 저승사자가 될 만큼 큰 죄를 지었던 사람.

"그 역사 속에서 그렇게 큰 죄를 지은 사람은 세 명이야. 수천 적들의 목을 벤 김신, 그런 김신과 왕비인 김선을 죽이라 명한 왕여, 왕여를 종용해 오누이를 죽음으로 몰아간 박중헌. 김신은 아직까지 살아 있고, 김선은 써니 씨로 환생했고, 그렇다면… 나는 왕여 혹은 박중헌이지 않을까. 여기까지가 내 생각이야."

들어맞아서는 안 되는 모든 것들이 들어맞았다. 잠시 둘 사이에 침묵이 흘렀다. 저승사자도 딱히 은탁에게 답을 구하는 것은 아니었다. 아무 말도 하지 못한 채 은탁은 쥐고 있던 종이컵을 구겼다.

"근데, 둘 중 누구든 난… 김신 그자의 원수겠지."

저승사자의 목소리가 희미하게 떨렸다. 누가 되었든 최악이었다. 저승은 지금 최악의 기로에 서 있었다. 지옥불이 활활 타오르는 듯 저승의 가슴을 죄어왔다.

"둘 중 누구든 난… 써니 씨와는 못 만나겠지…."

얼마간 생각을 정리한 저승은 써니의 집 앞을 찾아갔다. 이미 헤어졌고 그는 저승사자였다. 그걸 다 아는데도 써니는 또 찾아온 저승에 설레고 있었다. 저승에게 끌리는 마음은 끊어

내려고 해도 잘 끊어지지 않는 종류의 것이었다. 전생의 오라버니도 있는데, 전생의 연인이었던 건 아닌지. 운명 같은 건 아닐까. 운명이 아니고서야 첫 만남부터 지금까지 써니의 마음이 이렇게까지 송두리째 흔들릴 수는 없는 일이었다.

서둘러 채비를 하고 나간 집 앞에 저승이 우두커니 서 있었다. 오늘도 역시나 검은 코트에 검은 양복 차림이었다. 저승사자라고 광고라도 하고 다니는 차림이었지만 써니로서는 상상도 할 수 없었다. 그저 오랜만이었다. 늘 오랜만인 둘이라 마주치는 두 사람의 눈빛이 애틋하게 빛났다.

"반지 돌려받을 겸 나온 거예요. 우리 아직 그 핑계 남았으니까."

"……."

"표정이, 왜 그래요? 나 보고 싶어서 온 거 아니에요?"

흰 얼굴이 창백해서 써니는 걱정스럽게 물었다.

"맞습니다. 하지만, 내가 누구일지 몰라, 두려운 마음으로… 물러섭니다."

다시 잘 해보자는 게 아니라, 물러난다고? 이 남자가 하는 말은 종종 써니를 답답하게 하고 화나게 했다. 만났다가도 헤어지고, 헤어지고도 만나는 것이지만 이번엔 진짜 끝 같아서 저승이 하려는 말을 모두 막고 싶었고, 그럴 수 없다면 자신의 귀라도 막고 싶었다.

"모든 게 오답인 제가 제발 이건, 정답이길 바랍니다."

"그러지 마요."

"살아 있지 않은 저에겐 이름이 없습니다. 그런 제게 안부, 물어줘서 고마웠어요."

"그러지 말라구요!"

써니의 간절한 청에도 저승은 하려던 말을 계속했다. 오늘 아니면 언제 이 말을 전할 수 있을지 몰랐다.

"…저승사자의 키스는 전생을 기억나게 합니다. 당신의 전생에 내가 무엇이었을지 두렵습니다. 하지만, 좋은 기억만 기억하길. 그 속에 당신 오빠의 기억도 있었으면 좋겠어요. 그리고 그 사람이 김신이면 좋겠습니다."

한 발짝 앞으로 다가선 저승이 조심스럽게 써니의 볼을 감쌌다. 그렁그렁하던 슬픈 눈들이 감겼다. 가만히 입을 맞추는 순간, 강물이 범람하듯 써니의 머릿속으로 전생의 모든 기억들이 흘러들었다.

'폐하를 사랑하는 여인은 대역죄인의 누이입니다.'

'그러니 가세요. 멈추지 말고 가세요, 폐하께.'

뜨거운 눈물이 볼 아래로 흘러내렸다. 입맞춤은 뜨겁게 젖어 있었다. 입술을 떼고 써니가 겨우 눈을 떴다. 커다란 눈에서 뚝 뚝 눈물이 떨어졌다. 커다란 충격이 써니를 덮쳐왔다. 거센 파도가 치는 바다 속으로 몸이 내던져진 듯 숨이 막혔고, 가슴 아린 기억으로부터 버둥거리며 빠져나오고 싶었다. 혼란스러웠다. 짧은 순간 생생하게 그려지던 더 짧았던 기억이, 온몸의 감각을 지배하고 있었다.

"이거… 뭐예요? 내가 본 것들… 뭐예요?"

그런 써니를 바라보는 저승의 마음이 아팠다. 마지막 확인이었다. 잠시만 아프기를, 다 잊게 해줄 것이었다.

"당신의 전생입니다."

골목의 선 가로등 불빛이 그 둘을 아련히 비추었다. 저승은 깊게 눈을 감았다 떴다.

"혹시 당신의 전생에 김신이 있나요? 혹시… 당신의 전생에 나도 있나요?"

써니가 아프게 끄덕였다. 저승은 체념하였다. 역시 자신은 써니의 전생에도 있던 인물이었다. 울고 있는 써니의 젖은 눈 속에 저승사자가 비쳤다. 비참하도록 슬픈 모습이었다. 이런 모습은 역시 잊는 게 나았다. 미안하고 또 미안했다. 그러니 다 잊길 바랐다.

"행복으로 반짝거리던 순간들만 남기고 슬프고 힘든 순간들은 다 잊어요. 전생이든 현생이든. 그리고… 나도 잊어요. 당신만은 이렇게라도 해피엔딩이길."

시선을 맞춘 채 저승은 써니에게 최면을 걸었다. 마지막 인사와 함께 저승의 눈에서도 눈물이 떨어졌다. 최면에 걸린 써니의 눈빛이 미묘하게 변했다. 아픈 눈으로 써니를 한 번 바라보고, 저승사자는 검은 연기가 되어 사라졌다.

무슨 일이 있었는지 까마득히 모른 채 도깨비는 써니의 가게 주위에서 기웃거렸다. 자주 찾아오곤 하였으니 도깨비로선 으레 하던 일을 했을 뿐인데 써니가 문을 열고 도깨비를 불렀다.

"오늘은 또 뭔데요. 노리개? 약과? 버선?"

말투는 여전한데 어쩐지 써니의 분위기가 차분했다. 의아한 도깨비가 머뭇거렸다. 환생한 여동생은 너무 당찬 여동생이 되어 있어 상대하기 어려운 구석이 있었다.

"근데요 오라버니, 폐하께서 진짜 저 못생겼다 하셨어요?"

써니가 도깨비를 빤히 올려다보며 물었다. 아주 오랜만에 만난 오라버니의 얼굴을 써니는 꼼꼼하게 살폈다. 정말 모습이 그대로였다. 생이 계속 이어지고 있다는 말이 진짜였을지도 모른다고 생각하니 아득해졌다.

도깨비의 눈빛이 사정없이 흔들리고 있었다. 누이가 한 말이 여전히 선명하게 그의 가슴속에 남아 있었다. 그런데 써니가 재차 물었다. 폐하가 저를 못생겼다 하신 게 사실이냐고.

"아무리 전장을 떠도는 오라비라고는 하나, 어찌 답장 한 번을 안 주시고."

"정녕, 네가 정녕…."

"너무 늦게 알아봐 죄송해요, 오라버니. 행복해지겠단 약조도… 못 지켰어요."

수백 년의 세월이 흐른 지금에야 죄송하다 고백하며 써니는 눈물을 흘렸다. 그 오랜 세월을 홀로 남겨져 있었을 오라버니가 안타까워 또 슬펐다.

도깨비는 그저 누이가 저를 기억하고, 알아봐주는 것만으로도 감격스러웠다. 미안한 마음은 그가 더 커서 죄송하다 말하는 누이를 품에 안은 채 뒤늦은 해후의 눈물을 흘렸다.

"홍시, 꽃신, 비단… 고마웠어요. 이젠 못생긴 이 누이 자주 보러 오셔야 합니다."

누이에게 꽂혔던 화살, 그곳에 오래 묵었던 회한이 눈물에 조금씩 쓸려 내려가고 있었다.

수업을 마치고 정문으로 향하는 은탁의 걸음이 무거웠다. 어떻게 하는 게 옳은 건지 확신이 서지 않았다. 골몰한 은탁의 곁으로 처녀귀신이 따라붙었다. 평소처럼 얘, 하고 불러도 은탁이 못 본 척 스쳐지나갔다. 그 수법을 뻔히 아는 처녀귀신이라 은탁의 코앞까지 가 소리를 빽 질렀는데, 여전히 은탁은 못 본 척이었다.

처녀귀신은 일부러 은탁이 들고 있던 책을 쳐 땅에 떨어뜨렸다. 은탁이 조금 당황하며 손에서 놓친 책을 주워들었다. 못 본 척이 아니라 정말로 보이지 않는 거였다. 은탁을 놀리려던 처녀귀신이 되레 놀랐다. 처녀귀신을 지나쳐 걷는 은탁의 뒷덜미에 있던 도깨비 신부의 낙인이 이전보다 흐려져 있었다.

자신을 데리러 온 도깨비의 차에 올라타서도 은탁은 망설이고 있었다. 어쩐지 그의 분위기가 차분하게 가라앉아 있어 조금 눈치가 보였다. 가라앉아 있긴 했지만 기분이 나쁜 것 같지는 않았다. 운전하는 그를 힐끔힐끔 곁눈질로 바라봤다.

"나도."

"네?"

"내가 너 학교까지 데리러 가서 신난다고 나도."

"아. 김신 씨가 학교까지 데리러 와서 저도 너무 신나요."

"됐거든?"

"생각할 게 좀 있어가지고. 근데 뭐 좋은 일 있어요? 아까부터 좀 그런데?"

"일찍도 물어본다. 누이가, 우리 선이가, 날 기억해냈어."

"진짜요? 정말? 와, 잘됐다. 근데 어떻게요?"

은탁의 목소리가 높아졌다. 도깨비도 누이가 자신을 기억해낸 일을 떠올리면 절로 미소가 그려졌다.

"아. 그걸 안 물어봤네. 그러네. 어떻게 전생이 떠올랐지?"

잠시 멍청하게 중얼거리는 도깨비를 보던 은탁의 표정이 다시금 어두워졌다. 도깨비는 그런 은탁을 걱정스러운 눈으로 살폈다. 운전 중에 할 얘기는 아닌 것 같아 은탁은 잠시 차를 세워달라고 부탁했다.

도깨비는 갓길에 차를 세우고 은탁의 말을 기다렸다. 대체 무슨 이야기를 하려고 이렇게 뜸을 들이는지 짐작이 가지 않았다. 차 안의 공기가 갑갑하게 느껴져 은탁은 마른침을 삼키고 있었다. 때로 성급하고 불같은 구석이 있는 도깨비를 알아 은탁은 더 걱정이 됐다. 아저씨가 화내지 않았으면.

"아저씨가 제가 생각하는 것보다 더 큰사람인 거, 저 믿어요. 진짜로."

"무슨 일인데."

"제가 어떤 망자와 마주쳤는데, 아무래도 박중헌인 것 같아요."

"네가 박중헌을, 어떻게 알아."

"죄송한데, 그때 저승 아저씨랑 하시는 얘기 들었거든요."

들어서 별로 좋을 이야기는 아니었다. 그의 슬픔과 한에 관한 것이었으니까. 도깨비의 눈이 가늘어졌다. 은탁이 그런 일들은 몰랐으면 더 좋았을 것 같았고, 이미 알았다 해도 가능한 그런 사실들로부터 멀리 떨어져 있었으면 했다.

"처음엔 그냥 악귀인가 했는데… 뭐가 목적인지 잘 모르겠어서요. 괜히 주변에 이상한 일이 다 연관이 있나 싶고. 사장님 전생 기억난 것도 그건가 싶어서…."

"얘기 잘했어. 고마워. 일단 집에 데려다줄 테니까 집에 꼼짝 말고 있어. 도깨비 집터가 제일 안전하니까."

화를 내지는 않아 다행이었다. 그래도 끝까지 저승이 왕여라는 사실만은 말하기 힘든 은탁은, 그저 고개만 가만히 끄덕였다. 도깨비는 운전대를 꽉 쥐고 다시 차를 출발시켰다.

어두운 밤, 으슥한 골목에 박중헌이 검은 혀를 낼름거리며 남자 행인에게 다가서고 있었다. 그런 그의 뒤편으로 기다란 그림자가 내려앉았다. 갑자기 나타난 무시무시한 기운의 그림자에 행인은 기겁하여 달아났다. 무엇을 보고 놀란 것인지, 박중헌이 뒤돌아서자 서슬 퍼런 눈으로 자신을 노려보고 있는 도깨비와 마주쳤다.

도깨비는 곧바로 염력으로 그를 당겨 단숨에 목을 턱 하니 잡았다. 도깨비가 되어 다시 찾은 궁, 박중헌의 목을 한순간에 쥐던 그때와 같았다.

“900년을 피해 다녔는데 이리 마주치다니…. 허망하구나.”
“괘념치 마라. 바로 없애버릴 것이니. 허나, 900년을 피해 다녔는데 이제 와 내 눈에 띈 이유는 답해야 할 것이다.”
“역시 천한 무신 출신이라 900년의 세월에도 혜안은 못 가졌구나. 원수를 지척에 두고도 못 알아보는 꼴이 우스워서 내 친히 알려주려 함이다.”
박중헌의 목을 쥔 손에 악력이 거세어졌다. 목을 졸리고도 박중헌의 검은 혀는 쉼 없이 움직였다.
“역시 네놈의 혀는 900년이 지나도 망령되구나. 제일 먼저 혀를 뽑을 것이다. 그 다음엔 몸뚱이를 갈기갈기 찢을 것이다. 그것들을 지금 할 것이다.”
바닥에 박중헌을 던져버린 뒤 도깨비는 물의 검을 손에 만들어 들었다. 그리고 그의 몸뚱이를 망설임 없이 베었다. 그러나 물의 검이 지난 자리엔 검은 연기만 잠시 피어올랐을 뿐, 박중헌은 아무런 타격도 입지 않았다.
박중헌은 자리에서 서 히죽이며 도깨비를 조롱했다.
“너나 나나 900년의 세월이다. 그깟 물의 검으론 나를 못 벤다. 수호신 노릇이나 하며 살더니 진짜 천상의 신이라도 된 줄 알았더냐.”
“네놈 하나는 어떻게든 죽일 테니 개의치 말아라.”
다시 한 번 물의 검으로 그 몸을 베려는 찰나, 박중헌이 근처를 지나던 행인의 몸으로 들어갔다. 박중헌의 영이 들어갔다 한들 아무 죄 없는 인간을 벨 수는 없었다. 도깨비가 물의 검을 손에서 놓자 박중헌이 다시 행인의 몸 밖으로 모습을 드러냈다.

"그리 우매하니 그리 하찮게 목숨을 잃는 것이다. 네가 썩어 문드러지던 동안 알아보지 못할 만큼 컸지, 여는."

"여의 이름을 한 번만 더 들먹이면…."

도깨비의 눈에 불꽃이 일었다. 눈앞의 원수를 어떻게든 찢어발기고 싶었다.

"네놈 곁에 있는 그 저승사자가 누군 줄 아느냐. 검을 내리고 그 검을 네놈 가슴에 꽂은 자가 바로 그자다. 그자가 바로 왕여다."

"…미친 소리!"

"네 우매한 누이는 이 생에서도 그자에게 빠졌더구나. 가엾게도 넌 끝끝내 복수를 못 하겠구나."

당황하여 멈춰 선 틈을 타 박중헌이 인간들 사이로 섞여 들었다. 인간들의 몸에 빙의해 건너가며 도깨비의 포획망으로부터 사라졌다. 뒤쫓던 도깨비는 일순 세상이 무너져내리는 느낌이었다. 더는 맛보고 싶지 않았던 감각이었다. 족자 속 그림을 보고 울던 저승, 저승의 얼굴에서 순간 스쳤던 왕여, 그리고 반지. 반지! 어째서 기억하지 못했던 것일까. 선이 죽어가던 순간, 희고 고운 손에 끼워져 있던 반지였다. 그가 밟고 선 땅이 무너지고 있었다.

잠재웠다 생각했던 분노가 격렬하게 들끓고 있었다. 도깨비가 푸른 불꽃으로 화하였다.

살아남지 못한 죄

이따금 가슴의 통증이 일었었다. 저승사자는 가슴에 느껴지는 통증이 도깨비와 그 누이에 관련된 것은 아닐까 생각했다. 처음 극심한 통증이 찾아온 것은 써니와 함께 있었을 때였다. 저승은 우연히 덕화를 통해 그날이 도깨비가 절에 등불을 올리는 날이었다는 것을 듣게 되었다. 마음에 빚이 있는 이들을 기리기 위해 매년 등불을 올린다고.

그래서 홀로 그 절을 찾은 길이었다. 향이 피워진 경내에 촛불이 타오르고 있었다. 촛불 뒤 일렬로 세워진 위패에서 저승은 그들의 이름을 발견하였다. 그중 왕여의 이름을 본 저승사자의 눈매가 떨렸다. 묘한 기분이었다.

경내를 나와 절 밖의 계단에 서 저승은 고뇌에 빠졌다.

'내가… 왕여였던가. 기억 없이 남은 감정은… 내가 왕여인 걸 잊지 말라는, 스스로 주는 벌이었던 걸까. 역시 나는 가장 나쁜 기억인 모양이다. 당신에게도, 김신 그자에게도.'

저승의 고뇌를 들으며 계단 위를 터벅, 터벅 오르는 걸음이 있었다. 그날도 왕여는 계단 위에서 김신을 내려다보았고, 김신은 그 계단을 향해 한 발씩 내디뎠다. 그러다 미처 가닿지도 못한 채 죽음에 이르렀다.

정말 저승이 왕여였는지 마지막 확인을 위해 도깨비는 써니를 찾았다. 찻집에도, 저택에도 없는 저승을 찾아 헤맨 끝이었다. 전생이 전부 기억났다면, 그 속에 왕여도 있었을 것이다. 왕여가 저승이 맞느냐 묻는 도깨비의 질문에 써니는 끝내 대답하지 못했다. 이번 생에서도 결국 왕여를 지키려는 김선이었다. 그러니 이번에도 김신은 계단을 올랐다.

'내 목소리 들리지.'

깊이 고뇌에 빠졌던 저승의 머릿속으로 도깨비의 생각이 밀려들어, 놀라 아래를 내려다보았다. 서늘한 얼굴을 한 도깨비가 자신을 향해 오르고 있었다.

오래전 그날에는 오르지 못했던 계단의 끝까지 김신이 올라섰다. 그때, 그날에 이렇게 올랐어야 했다. 그렇게 쉽게 목숨을 내주어서는 안 되었다.

"나도 네 목소리 다 들리거든. 아주 선연히."

저벅저벅 저승에게 다가간 도깨비가 이번엔 저승의 목을 와락 움켜쥐었다.

"상장군 김신, 폐하를 뵙습니다."

낮은 소리가 마치 짐승이 우는 듯하였다.

자신이 왕여라는 사실에 목을 순순히 내어준 채, 저승은 도깨비를 바라보았다. 모든 것을 기억해 괴로운 남자가 모든 것을 잊어 괴로운 남자의 목을 쥐고 있었다.

"900년 만에, 폐하를, 뵙습니다."

왕여였던 자다. 매일 보았던 얼굴이지만 이렇게 보니 또 다른 것 같았다. 눈 깜박임 하나 놓치지 않을 기세로 도깨비는 그를 노려보았다. 그의 손에 힘이 들어가 숨 쉬기가 점점 곤란했으나, 도깨비의 끓다 못해 흘러넘치는 분노를 저승은 그저 받아냈다.

"내 눈을 가린 것이, 900년의 세월인지, 신의 미움인지. 너를 지척에 두고도 못 알아보았구나. 네가, 왕여구나."

"결국… 내가 그인가. 내가, 왕여인가. 어리고 어리석던 그 얼굴이, 결국, 나인가."

기억에는 없으나 감정이 남아 저승의 눈에서 눈물이 떨어졌다. 눈물에 회한이 가득하였다. 핏발 선 도깨비의 눈이 더더욱 무섭게 붉어졌다.

"전장은 늘 지옥이었다. 그곳에서 우린 돌아왔다. 적들도 우리를 죽이지 못했다. 그런 내 부하들이, 내 어린 누이가, 죄 없는 내 일가친척이, 내 앞에서 칼을 맞고 활을 맞았다. 어명으로. 어리고 어리석은 왕이 내뱉은 그 한마디로!"

"내가… 그자란 말이지. 내가… 내가 정말 왕여란 말이지…."

"나는 여전히 매일매일 그 생지옥 속 1분 1초를 기억하는데, 기억이 없으니 넌, 편하겠구나."

흐느끼는 왕여의 목에서 손이 떨어져 나갔다. 반동으로 저승의 몸이 휘청였다. 전생의 왕여는 이미 죽어 있어 자신의 손으로 해하지 못했다. 드디어 그 목을 손에 쥐었으나, 그는 왕여이되 왕여가 아니었다. 아무것도 기억하지 못하는 저승사자였다.

'하늘이 언제 네놈들 편을 들겠다더냐.'

높은 곳에서 왕여가 그리 말했었다. 하늘이 두렵지 않느냐는 신하의 울부짖음에 왕여는 그리 말했었다. 하늘은 늘 왕여의 편이었다.

"900년이 지나도 하늘은 여전히, 네 편이구나."

혼란에 빠진 저승을 내버려둔 채, 도깨비는 뒤돌아섰다. 뒤도 돌아보지 않고 멀어져 산속으로 사라지는 도깨비를 보며 저승은 자리에 무너져 사무치는 가슴을 내리쳤다.

"대체 내가… 무슨 짓을 한 겁니까. 무슨 기억을 지운 겁니까. 무슨 선택을 한 겁니까. 난 대체, 어디까지 비겁했던 겁니까…."

저택 거실을 불안하게 왔다 갔다 하며 도깨비를 기다리던 은탁은 현관으로 들어서는 도깨비를 보자마자 바싹 다가가 섰다.

"어떻게 됐어요? 박중헌 만났어요?"

"만났어. 박중헌도, 왕여도. 간단히 짐 챙겨 나와. 나가자. 본가로 갈 거야."

잠시 말뜻을 이해하지 못하다 이내 은탁은 고개를 끄덕였다. 저승이 왕여인 이상, 한 집에 살 수는 없을 터였다.

"지은탁."

짐을 챙기려 계단으로 올라가던 은탁이 도깨비의 부름에 뒤를 돌았다.

"너 왜 아무것도 안 물어. 알고 있었어? 그자가 왕여인 거?"

"…망자가 한 말이었어요. 의도를 모르겠어서 섣불리 전하는 건 아니라고 생각했어요. 그렇지만 내가 전하든 전하지 않든, 비껴갈 운명이면 비껴가고 만나야 할 운명이면 만나질 거라고 생각했어요. 죄송해요."

은탁에게 무어라 할 일이 아니었다. 누구에게든 화를 내고 싶었으나 누구에게도 낼 수 없었다. 마음이 사방으로 흩어져 있었다. 길이 여러 갈래로 나뉘어져 있었다. 그는 어느 곳으로도 향할 수 없이 멈춰 붙박여 서 있었다.

은탁은 덕화가 있는 본가 대신 써니 집에 잠시 머무르기로 했다. 갑작스러운 주변 변화에 당황스러운 일투성이일 써니가 걱정되었다. 도깨비도 걱정되기는 마찬가지였으나, 혼자 생각할 시간이 필요해 보였다.

"오라버니는, 어딨어?"

"집을 나왔어요. 저랑 같이."

"그럼 그 사람은."

"집에 있을 것 같아요."

도깨비의 집에서 저승을 내쫓지 않고, 제 발로 나와 본가로 짐을 옮긴 건 아마 저승을 위해 도깨비가 할 수 있는 최선의, 일말의 배려였을 것이다.

"살아는 있단 소리네."

"애초에 산 사람은 아닐 텐데."

무겁기만 한 분위기를 풀려는 은탁의 노력에 써니가 쓸쓸히 웃었다. 침대 맡에 모여 앉은 둘의 모습이 마치 자매같이 다정했다. 자신에게 오늘부터 1일 하자던 유쾌한 사장님이었는데, 풀 죽어 있는 게 은탁은 마음이 쓰였다.

"근데 사장님 전생 기억나신 거요…. 어떻게 기억나신 거예요?"

은탁의 질문에 써니는 늦은 밤 골목길에서의 키스를 떠올렸다. 입술 위로 열기가 도는 듯했다.

"야하게."

"네?"

"술 한잔하자는 뜻이야. 소주? 맥주?"

써니의 제안으로 두 사람 앞에는 작은 상이 놓였다. 상 위의 소주를 잔에 쪼르르 따라 나눠 마셨다.

"…생각해봤는데 난 네 번째 생인 것 같아."

"왜요?"

"적어도 난 두 번의 생을 알고 있고, 이번 생에 오라버니도 만났고, 정인도 만났으니까. 너는?"

과연 자신은 몇 번째 생일까, 알 수는 없었으나 이 생이 첫 번째였으면 좋겠다는 생각을 은탁은 가만히 했다.

"저는 지금이 첫 번째 생이었으면 좋겠어요."

두 번째 생에도 세 번째 생에도 네 번째 생에도 만나고 싶었다. 지금 많이 슬프고 괴로워하고 있을 도깨비를, 또 만나 온전히 행복하고 싶었다.

치킨집 안, 분주히 움직이며 일하는 써니를 향해 박중헌이 눈을 홉떴다. 김선의 환생, 이번 생에도 제 손으로 죽일 작정이었다. 악한 기운 가득한 눈으로 노려보고 있는데 그의 시야에 다른 존재가 끼어들었다. 검은 페도라를 깊게 눌러 쓴 저승이었다. 그의 주변으로 검은 연기가 피어올랐다. 저승의 눈이 전에 없이 어둡고 차가웠다.

"기타누락자."

순간이동해 거리를 좁힌 저승사자가 그를 불렀다. 딱 한 번, 마주쳤으나 놓쳐 기타누락자 처리된 망자였다. 저승사자가 그의 목을 콱 잡아 벽에 밀어붙였다.

"구면이군. 20년 전에도 느꼈지만, 넌 악귀로구나. 인간의 어두운 마음, 악한 기운을 빼앗아 살아남는구나."

"나야 그저 그들의 검은 욕망에 손을 들어줬을 뿐."

검은 혀는 인간의 악한 마음이 있는 곳마다 찾아가 속삭였다. 은탁의 엄마를 들이받은 차의 운전자, 소매치기를 하던 자전거 사내, 바람을 피우고 아내를 죽였던 자. 박중헌은 그들의 악함을 노렸고, 박중헌이 오랜 시간 도심 한복판을 떠돌기에 모자라지 않았다. 오히려 넘쳤다.

"내가 눈을 가린 것인지. 그들이 눈을 감은 것인지."

"선문답 집어치워라. 이름이 무엇이냐."

"헛수고 말아라. 내 이름을 안다고 해도 너는 나를 어쩌지 못한다. 그러니 내가 900년을 살아온 것 아니겠느냐."

"수작 부리지 말고 이름을 대라."

박중헌을 벽에 좀 더 밀어붙이며 저승은 이를 악물었다. 순식간에 박중헌은 검은 연기가 되어 저승의 손아귀에서 빠져나갔다. 보통이 아닌 악귀에 저승이 당황하여 뒤를 도니, 박중헌과 함께 여전히 아무것 모른 채 일하고 있는 써니가 보였다.

"네 이름이 무엇인진 알고 묻는 것인가. 내 알려주랴."

흐흐, 그의 검은 혀가 또 입술을 한번 날름거리며, 써니를 두고 눈알을 부라리더니 말을 이었다.

"너는 여전히 미천한 것을 쥐고 있구나. 소중해 꼭 쥔 걸 보니 이 생에서도… 반드시 죽겠구나!"

전생의 자신을 아는 자인 것인가, 이 악귀는. 저승이 흔들리는 사이 박중헌은 또 검은 연기가 되어 가게 밖으로 빠져나갔다. 그리고 인간들 사이를 헤집으며 도망쳤다.

본가의 저택에서 도깨비는 지난날을 떠올렸다. 도깨비에게 지난날은 너무 무수하여서 어디서부터 어디까지만을 남겨두어야 할지 가리기 힘들었다. 저승과 맥주를 함께 마셨던 일, 은탁과 덕화까지 넷이 모여 케이크 파티를 했던 일, 웃으며 사진 찍던 일들이 차례로 지나쳤다. 그리고 저에게 죽지 말라던 저승의 목소리가 남았다.

죽여라, 명령하던 왕여의 목소리 또한 남았다.

그 모두 도깨비의 지난날이었다. 머리가 복잡했다. 아주 오랜 원한이었으며, 도깨비만의 원한이 아니어서 더 쉽게 용서할 수 없었다. 등불에 태워 보낸 이름만 수십이었다. 그럼에도 도깨비는 자꾸만 주저하고 있었다. 무엇 때문인지, 쓸데없이 생겨난 얄팍한 우정 때문인지.

그렇게 침잠하고 있는 도깨비를 써니가 찾았다. 테이블 위에 차가 놓이자 써니가 저승은 만났느냐고 물었다. 저승이 왕여냐 물었을 때 대답하지 못했던 써니지만, 이제는 오라비에게 대답해주어야 할 때였다.

"지난 일입니다. 지나도 한참 지났죠. 생을 넘어 지난 일이니…."

"넌 전생이지만 난 여전히 현생이다. 그 생을 살고 있거든. 나는 물러설 데가 없으니 나아가는 것밖에 할 수 없다. 그자는 널 죽였고."

"날 죽인 게 아니라 김선을 죽였죠. 내가 아니라. 난 써니예요. 나의 생은 이 생이에요."

마치 전생까지도 지금 생에 포함되어버린 듯 생생히 기억 속에 존재하였어도, 그래도 전생에 불과했다. 써니에게는 그랬으나 도깨비에게는 아닐 것임을 써니도 이해했다.

"하지만 오라버니께서 나아가시겠다면… 생을 건너서도 여전히 제 대답은 그때와 같습니다. 가세요, 오라버니."

김선의 슬픔인지, 지금 이 시점에 선 써니의 슬픔인지 이따금씩 심장의 고통이 호됐다. 써니의 답이 그러할 줄 몰라, 도깨비는 동요했다.

"이번엔, 이번엔 내가 나아가면 여에게 닿을 것이다. 내가 여에게 하려는 것이, 용서는 아닐 것이다."

"제 걱정은 마세요. 이번 생에선, 정말로 행복해질게요, 오라버니."

왕을 사랑한 그 여인은 대역죄인의 누이였다. 여전히 그랬다.

그 시각 저승은 찻집으로 들이닥친 저승부 감사팀의 관리들 앞에 앉아 있었다. 저승의 죄는 명명백백했다. 인간의 기억을 지운 것, 명부를 발설한 것, 존재를 들키고도 조치하지 않은 것, 인간에게 전생을 돌려준 것 모두 저승이 스스로 의지를 가지고 한 일들이었다.

"모두 인정하는가."

감사팀 관리의 목소리가 판결자와 같이 엄격하였다.

"…인정합니다."

"본인도 인정한 바, 이에 중징계를 내리니 사안의 엄중함을 직시하라."

"달게… 받겠습니다."

"결코 달지 않을 것이다. 저승사자는 생에 큰 죄를 지은 자들로, 기백 년의 지옥을 거치며 스스로 기억을 지우는 선택을 한 자들이다. 허니, 다시 너의 죄와 대면하라. 그것이 이 모든 규율 위반의, 엄중한 벌이다."

머리가 깨질 듯하게 아파오기 시작했다. 저승의 전생이 마구잡이로 엉켜들며 그의 머릿속으로 밀어 넣어졌다. 저승이 신음하며 머리를 손으로 감쌌다. 물리적인 아픔보다 더 강력한 것은 전생 그 자체였다. 왕여, 어리석은 자신의 전생이 자신을 짓눌렀다. 저승의 심경과 같이 찻집 안의 찻잔들이 부들부들 괴괴하게 떨리며 흔들렸다. 김신에게 전해 듣고, 김선을 통해 스치듯 본 장면들에 왕여가 느꼈던 감정들이 덧입혀졌다. 그보다 어리석고 비통할 수는 없었다.

'내가 왕여였구나, 내가 저들을 다 죽였구나.'

마지막 장면에서 그 비통함은 극에 달하였다. 탕약을, 죽음을 들이켜고 있었다.

'내가 나를 죽였구나…!'

심장이 짓이겨지는 듯한 고통에 호흡이 불안정했다. 숨도 제대로 못 쉬고 헉헉거렸다. 눈물이 쉴 새 없이 흘러나왔다.

"그대는 지금 이승에서의 죄와, 그 죄 속에 가장 큰 죄인 스스로 목숨을 끊은 죄와, 사후 600년의 지옥을 다 돌려받았다. 하여, 차사직 수행은 정지되며, 추후 지시가 있을 때까지 대기한다."

가슴을 부여잡은 채 신음하는 저승을 두고 관리는 냉엄하게 돌아서 홀연히 사라졌다.

저승은 도깨비의 방에 들어가 족자를 꺼내 펼쳤다. 자신이 그린 그림, 마지막까지 그립던 이. 눈물이 다시 한 번 뚝뚝 턱 끝까지 떨어졌다. 매서운 기세로 방 안으로 들어온 도깨비가 족자를 낚아챘다.

"두 번 다시 손대지 마. 넌 이 그림을 보고 울 자격 없어."

"내가… 그 검을 내렸어, 너에게. 내가 죽였어. 내가, 다 죽였어."

눈물과 함께 뱉어내는 건 깊은 슬픔이었다. 한 마디, 한 마디가 숨이 찼다. 도깨비는 그저 냉혹한 얼굴로 저승을 보았다. 전생의 기억을 모두 찾았으니 이제 저승과 왕여가 완전히 다른 인물이라 보기 힘들었다.

"그래. 너라니까! 네가 그랬어. 네가 다 죽였어. 죽이다 죽이다 너는! 너까지 죽였어!"

저승의 멱살을 틀어쥐고 도깨비가 절규에 가깝게 외쳤다.

"넌 네 여인도, 네 충신도, 네 고려도, 너조차도, 단 하나도 지키지 못했어. 선이가, 그 어린 내 누이가 죽음으로 지킨 너였어. 너는 살았어야 했어. 끝까지 살아남아서 내 칼에 죽었어야 했어. 그래서 네가 내게 씌운 역모라는 그 죄를 죽음으로 증명했어야 했어."

"……."

"누이는 알았을 거야. 박중헌의 입에서 김신이 나왔을 때, 그다음은 김선이 나올 거라는 걸. 그게 널 옥죌 빌미를 줄 거라는 걸. 그래서 그 못난이는 너의 약점이 되느니 그 자리에서 역적의 누이로 죽어간 거야. 널 살리려고!"

"그러니까, 나를 좀. 제발 반지… 그 반지를 내가… 그렇게 못되게 끼웠어. 그녀의 손에. 그 반지가 이번 생에서도 오갔어…. 부탁이야. 나 좀 죽여줘…!"

역시나 어리석고 나약하여 모두를 애끓는 슬픔의 구렁텅이로 넣으려 하고 있었다. 도깨비는 힘없이 저승의 멱살을 놔버렸다.

"역시 그래? 이번에도 널 버리게? 너를 죽이는 죄는 네가 지은 걸로 충분한 것 같다."

냉랭하게 일갈한 도깨비가 떠난 후, 저승은 통한의 눈물을 흘리며 무너져 내렸다. 1분 1초가 후회고 슬픔이었다.

검의 진실

가게 정리를 마무리한 은탁이 써니가 앉아 있는 테이블 위에 반지를 올려놓았다. 옥반지였다. 자신이 왕여라는 것을 알게 된 저승이 써니에게 돌려주라며 은탁에게 부탁한 반지였다.

저는 잊고 행복한 기억만 남겨두라고 했으니 전부 잊었을 것이라고 저승은 생각하고 있었다. 그래서 써니를 만날 핑계라면 더더욱 조금이라도 남겨두고 싶지 않은 게 저승의 마음이었다. 그만큼 죄스러웠다.

"많이 고민해봤어요. 이걸 전해드리는 게 맞는지. 그래서 며칠 갖고 있었어요. 죄송합니다."

써니는 물끄러미 반지를 보았다. 어떤 마음으로 저승이 이 반지를 전했을지 알 수 있었다. 그 희게 질린 얼굴이 선명히 그려졌다. 결국에는 누군가의 한, 죄, 그리움까지 모두 써니의 몫이 되었다.

"근데 너는 무슨 죄니."

"네?"

"네가 도깨비 오라버니 신부라며. 나랑 그 사람이야 전생의 연에 얽혔다 쳐. 넌 왜 오라버니와 얽힌 거야?"

은탁의 미소가 한겨울의 봄바람 같이 부드러웠고, 애잔했다.

"그럴 운명이어서요."

"너도 뭐 이상한 거 해? 혹시 너도 막 날아, 새처럼?"

도깨비의 불멸을 끝낼 소멸의 도구. 그를 먼지로, 바람으로 흩어지게 만들….

"전 그냥 비를 좀 덜 오게 할 수 있어요. 시민들 불편하지 않게. 첫눈이 일찍 내리게도 할 수 있어요. 세상 사람들 신나게."

"제일 중요한 일 하네. 근데 오라버니는 왜 도깨비가 된 거야?"

"세상엔 기적이 필요하니까요. 이상하고 아름다운."

"누가 그래."

"제가요."

써니가 픽, 웃었다. 그의 오라버니는 은탁에게 이상하고 아름다운 기적인 모양이었다.

"그래. 그럼 저승사자는? 사람은 누구나 죽으니까?"

"죽음이 있어서… 삶은 더 찬란하니까요."

말을 참 예쁘게 잘한다고 칭찬하는 써니의 뒤편 유리창으로 박중헌이 모습을 드러냈다. 은탁은 피어오르는 검은 기운에 본능적인 두려움을 느끼고 멈칫했다. 써니에게는 보이지 않을 테니 내색해서는 안 되었다. 은탁은 애써 표정을 가다듬었다. 밖을 보고 멈칫한 은탁을 보고 써니도 뒤를 돌아보았다. 매일 보는 평범한 풍경이었다.

"오랜만이구나. 천한 무신의 누이, 미천한 무신 가문의 왕비."

박중헌이 음산하게 웃으며 가게 안으로 들어와 써니를 보며 말했다. 하지만 써니에게는 들리지 않을 목소리였다. 은탁은 얼른 써니를 제 몸 뒤로 잡아끌었다.

은탁의 뒤에 선 써니가 영문 모른 채 두 눈을 크게 뜨고 주변을 살폈다. 은탁의 분위기가 심상치 않다는 것만 느껴졌다. 써니의 눈에 은탁은 허공만을 노려보고 있었으나, 꼿꼿하게서 박중헌에 대항하는 중이었다.

"넌 빠지거라. 아직 순서가 안 됐다. 넌 저년 다음이다."

은탁을 향한 박중헌의 음성에 노기가 어렸다.

"가까이 오지 마. 사장님, 제 코트 주머니에서 라이터 좀요. 빨리요."

“라이터? 라이터는 왜?”

허공을 노려보며 라이터를 찾는 은탁의 모습이 써니에겐 낯설었다.

“여는 나의 아들이나 진배없었다. 저년이 다 망쳤다. 죽일 것이다!”

박중헌의 목소리가 높아졌다. 온몸에 소름이 돋는 것을 간신히 참으며 은탁은 써니를 재촉했다. 써니가 얼른 코트 속에서 라이터를 꺼내려는데 박중헌이 귀가 찢어질 듯한 귀기와 함께 ‘네 이년!’ 하고 노성을 질렀다. 그리고 검은 연기가 되어 써니의 몸속으로 들어가려 하였다. 은탁이 한 발 빠르게 써니를 감싸 안았다. 검은 연기가 은탁과 부딪치는 순간, 은탁의 목 뒤에 있던 흐릿해진 푸른 낙인이 강하게 빛났다. 푸른 기운이 솟구치며 은탁과 써니 주변을 보호하듯 감쌌다.

푸른 기운이 닿자 박중헌이 튕겨져 나가며, 검은 연기로 부서졌다. 푸르디푸른 도깨비의 기운을 피해 도망친 것이다. 박중헌이 사라지자 푸른 기운도 잠잠히 스며들었다. 은탁은 정신을 잃고 바닥으로 쓰러졌다.

겨우 정신은 차린 은탁이 써니의 부축을 받아 집 앞에 도착했다. 집 앞에서 써니를 먼저 들여보내고 성냥에 불을 붙여 후 불었다. 불이 꺼지는 걸 확인한 뒤 도깨비가 어디쯤 있을

지 고개를 돌려 찾았다. 은탁이 부르면 언제나 오는 그, 그는 가로등 아래 서 있었다.

오랜만이었다. 도깨비도 은탁이 보고 싶었고 그리웠지만 지난날들이 자꾸 그의 발목을 붙잡고 있었다.

"잘 지냈어?"

가로등 아래에서 한 발짝 은탁에게로 다가서려는데 은탁이 빠르게 달려가 와락 그의 품에 안겼다.

"보고 싶었어요."

언제나 자신보다 빠르게, 자신의 마음을 말해주는 연인이 사랑스러워 그는 은탁을 꼭 안았다.

"나도."

"잘 지냈어요?"

"…미안해. 금방 데리러 올게."

은탁이 도깨비의 말에 폭 안긴 채로 고개만 내밀고 웃으며 끄덕였다. 그리고 다시 그의 가슴에 고개를 파묻었다. 따뜻하고 넓은 어른의 품에서 놀란 마음을 진정시키고 싶었다.

도깨비는 그런 은탁을 더 바싹 끌어안다가 은탁의 목 뒤 낙인이 흐려져 있다는 것을 발견했다. 도깨비가 은탁을 조금 떼어냈다.

"왜요?"

"목에 낙인이 거의 안 보여."

"그래요? 왜지? 근데… 이거 없어지면 진짜로 검이 안 보이거나 하는 건 아니겠죠? 내가 아저씨 검 못 빼면 영영 기회 없을지도 모르는데…."

"네가 지금 그거 걱정할 때야? 이게 이만큼 흐려졌다는 건 내가 그만큼 널 위험하게 했다는 거고, 앞으론 내가 못 느낄지도 모른단 거고."

"걱정 마세요. 더 주의하고 더 조심할게요."

은탁이 안심시키듯 말해도 걱정부터 앞섰다. 죽을 위기가 계속해서 닥쳐올 거라고 했다. 은탁만 챙겨도 긴장을 늦출 수 없는 때에 일은 점점 복잡하게 꼬여들고 있었다.

"너 혹시 또 그자와 마주쳤어? 박중헌?"

"그렇긴 한데… 제가 목적이 아니었어요. 사장님이 목적이었어요."

"그것도 네가 걱정할 거 아니야. 너는 네 걱정만 해. 누이는 다른 자가 지킬 거니까."

은탁이 웃는 표정을 보여 도깨비를 다시금 안심시켰다. 진지한 눈빛으로 도깨비는 은탁을 훑어보았다. 아이를 오래 혼자 두고 싶지 않았다.

"딱 이틀만. 질문을 받았고, 나와 저승 그자는… 그 답을 찾아야 해."

신의 질문이었다. 운명은 신이 던지는 질문이니, 답은 그대들이 찾으라 하였다. 어떻게든 답을 찾아낼 생각이었다. 저와 은탁의 운명을 아픈 운명으로 내버려둘 생각은 추호도 없었다. 발걸음을 떼기 어려운 밤이었다.

저승은 한 장 남아 있던 기타누락자 서류를 꺼내 박중헌의 이름을 한 자 한 자 눌러 썼다. 오래 떠돈 망령이었고, 인간들의 어둠에 기생해 산 탓에 다른 저승사자를 부른다 하더라도 그들만의 힘으로는 역부족이었다. 상부에서라도, 신이라도 그 악한 자를 불러가기를 바라는 마음으로 그는 서류를 후배 저승사자에게 맡겼다. 직무를 정지당해 직접 처리할 수가 없었다.

저승이 본래 관할하던 구역을 도맡아 일하고 있던 후배가 지은탁의 명부가 내려왔음을 저승에게 알려주었다. 발설한다면 후배 또한 벌을 받게 될 터여서, 저승은 제 손으로 명부를 열어 보았다.

[池听晫. 二十歲. 丁酉年 癸卯月 庚子日 二十時 三十五分 心臟痲痺]

(지은탁. 20세. 2017년 3월 14일 20시 35분 심장마비)

일주일 뒤였다.

이번 은탁의 사망은 박중헌과 관련될 가능성이 높았다. 저승은 도깨비가 머무는 천우그룹 본가로 향했다. 그 문 앞을 서성이자 곧 도깨비가 인상을 쓴 채 나타났다.

은탁의 사망 시각을 말해도 도깨비는 냉랭할 따름이었다. 도깨비로서는 어차피 박중헌과 연결되어 있는 문제고, 자신이 계속해서 은탁을 지키는 이상 그 날짜는 그다지 의미가 없다는 걸 이미 몇 차례 위기를 통해 알고 있었다. 그래도 저승은 은탁의 죽음을 막기 위해서라면 무엇이라도 알리고 싶었다.

"박중헌이 누이 주변을 맴돌아. 지켜. 단 한 번이라도 내 누이를 지켜. 내 누이가 널 지켰듯."

돌아서려던 저승이 도깨비의 말에 우뚝 멈춰 섰다. 김신은 그 죽음의 날, 나아가는 것밖에 할 수가 없었다. 누이가 그를 지키고 있었기 때문이었다. 저승이 애처롭게 물었다.

"그날 넌, 무엇을 위해 나아간 거야? 그 자리가 무덤이 될 걸 다 알았으면서."

"…전하지 못했던 말을 전하러."

전생의 기억에도 없던 이야기였다. 김신이 무언가 말을 전하기 위해 그 자리를 오르려 한 것이라곤 생각지 못하였다.

"검을 받고 수없이 뵙기를 청하였으나, 왕이자 매제인 네놈은 변방으로 떠나란 교지만 전해왔지. 내가 죽는 걸 확신한 그날에서야 너는 얼굴을 보였어."

"그래서. 그렇게까지 해서 무슨 말을…."

도깨비의 눈이 검게 가라앉았다.

"선왕께선 널, 돌보지 않음으로 돌보았다고. 너의 이복형인 선왕에게, 너의 정인이었던 내 누이에게, 너의 고려를 지켰던 나에게, 넌 사랑받았다고."

백성들도, 신하들도, 내 여인도, 자신조차도. 그 누구도 자신을 사랑하지 않는다 여겼다. 그래서 목숨을 버리는 데 스스럼없었다.

"그러니, 한 말씀만 내리라고. '분노와 염려를 담아 검을 내렸으니, 박중헌을 베어라.' 그 한 말씀만 내리라고."

생각지 못한 말에 왕여의 눈이 휘둥그레졌다.

"그 검이, 내 가슴에 꽂힐지 몰랐던 거지."

차갑게 중얼거리는 도깨비의 말에 눈이 시렸다.

쿵, 마른하늘에 번개가 내리고 그 순간 가슴에 꽂힌 검이 선연히 드러났다. 도깨비의 머릿속에 그깟 물의 검으로는 자신을 베지 못한다던 박중헌의 말이 떠올랐다. 그래 결국, 이 검을 다시 쥐어야 하는 것이다. 가슴에 꽂힌 검 자루를 쥔 채 인상을 쓰는 도깨비에게 저승이 다가왔다.

"무슨 일이야. 또 검이, 아파?"

"…이 검의 효용가치는 결국 그거였어. 박중헌을 베는 것."

다시 한 번 번개가 강하게 내리쳤다. 가슴에 꽂힌 검이 푸른빛을 뿜었다. 운명이 가혹하여 도깨비는 눈을 감았다. 눈물이 한 줄기 떨어졌다.

가게 문을 나서다 은탁은 동네 학생들이 꼬마를 괴롭히고 있는 모습을 보았다. 꼬마의 손에 쥐어진 피자를 보고 너희 할머니가 구걸해서 받은 거냐고 비꼬며 놀리고 있었다.

"우리 할머니 욕하지 마! 장풍!"

"미친, 애 또 이러네."

"야, 장풍은 그렇게 하는 거 아냐. 이렇게 하는 거지. 장풍!"

꼬마가 하는 '장풍'을 흉내 내며 학생들이 꼬마를 밀쳤다. 꼬마는 힘없이 나동그라졌다. 그렁그렁한 눈으로 바닥에 주저앉은 꼬마를 때마침 발견한 은탁이 소리쳤다.

"야, 이놈들이 또!"

"장풍!"

바닥에 주저앉은 꼬마가 남은 기운을 모아 저를 괴롭히는 학생들을 향해 손을 뻗으며 장풍을 외쳤다. 그런데 정말로 그들의 몸이 바람에 휩쓸리듯 뒤로 밀려나 나가떨어졌다. 바닥에 내쳐진 학생들은 내쳐진 아픔보다 방금 일어난 일을 믿지 못해 얼떨떨했다. 막상 장풍을 쏜 꼬마도 놀라 자신의 손을 보았다.

"너…, 너 뭐야! 진짜였어?"

학생들이 뒷걸음질로 재빨리 도망쳤다. 은탁조차 무슨 일인가 싶어 바람이 불어온 쪽으로 뒤돌았다. 도깨비가 환한 얼굴로 서 있었다. 도깨비를 보고 은탁은 씩 웃고는 꼬마를 향해 엄지를 척 하니 들어 보였다. 꼬마는 아픈 것도 잊고 방금 일어난 일에 흥분해 있었다.

"괜찮아?"

은탁이 꼬마에게로 다가가 외투에 묻은 먼지를 털어주었다.

"누나! 어떻게 알았어요? 진짜 장풍 쏠 거라고, 전에 나한테…. 나 진짜 쐈어요, 장풍!"

"누나도 네 나이 때 크면 꼭 도깨비 신부 돼야지? 했는데 진짜 도깨비 신부 됐거든. 그치만 비밀이야. 장풍은 위험하니까 아무 때나 막 쓰면 안 된다?"

꼬마의 눈이 꿈을 꾸듯 반짝반짝거렸다. 꼬마는 세차게 고개를 끄덕이며, 할머니한테만 말하겠다 은탁과 꼭꼭 약속했다. 그리고는 얼른 할머니에게 자랑하러 신이 나서 뛰어가기 시작했다. 멀어지는 꼬마를 보다 은탁은 도깨비를 향해 뒤를 돌았다. 언제나 멋지지만, 오늘따라 더 멋진 도깨비가 자신을 바라보고 있다가 어깨를 으쓱했다. 그가 한 회색 머플러처럼 따스하고 부드러운 웃음이 자리했다.

"오, 좀 멋진데."

"멋지면 우리 여행 갈까?"

갑작스러웠지만, 기분 전환 겸 훌쩍 떠나는 것도 나쁘지 않을 것 같았다.

찾은 곳은 한적한 펜션이었다. 마트에서 장봐온 재료들로 밥을 지어 먹고, 서로에게 기대 책도 읽고, 산책도 했다. 그리고는 해가 지는 풍경을 오래 바라보았다. 펜션 테라스에 서서 팔짱을 낀 채 밤하늘에 별이 뜨는 것 또한 함께 볼 수 있어서 은탁은 내내 밝게 웃었다. 행복이 그림으로 그려진다면 지금 이 순간의 풍경이 될 것 같았다.

밤이 깊어질수록 도깨비의 마음은 추를 달아놓은 듯 깊은 곳으로, 더 깊은 곳으로 가라앉았다. 높이 올랐던 만큼 더 깊숙이 아래로 내려가고 있었다. 마지막을 앞두고 떠나온 여행이었다. 여태 하지 못했던 것들, 백 년 동안 함께 하려고 했던 것들을 하루 안에 다 하려니 시간이 반으로 접어놓은 듯 짧게만 느껴졌다. 여행을 오기까지 도깨비는 아프지 않기로 수없이 다짐했으나, 은탁이 자꾸 사랑스러워 도깨비의 마음을 수없이 아프게 하였다.

'을은 매년 첫눈 오는 날에 갑의 소환에 응한다. 갑이 기다

릴 것이기 때문이다.'

기다리지 않기를 바랐다.

창백한 달 아래에서 도깨비는 울었다. 죽기 싫었다. 어느 곳으로도 돌아가기 싫었다. 그가 돌아갈 곳은 오직 은탁이기를 바랐다.

"선물이 있어."

그러나 결국, 그들의 운명은, 답은, 이별이어야 했다. 도깨비의 죽음이어야 했다.

"난 충분한데. 지금도 넘치게 완벽한데."

"아닐걸."

그래서 도깨비는 서약서를 꺼냈다. 마지막으로 이것 한 장 정도 허락되기를 그는 또 간절히 바랐다. 바라는 것들은 하나도 이루어진 게 없는데 또 바라보았다.

"어, 이거!"

"이제 어른 됐으니까 기억해둬. 이런 건 원래 하나씩 나눠 갖는 거야."

"그래서 제가 딱 위조를 했던 거죠. 근데 그때 들켜가지구, 흐흐. 근데 뭐가 원본이에요?"

도깨비 손에 들린 서약서를 본 은탁이 바로 눈치챘다. 도깨비의 것이 원본이었다. 원본을 달라고 은탁이 손을 뻗는데 도깨비가 팔을 높이 들었다.

"싫은데?"

장난스럽게 거절하자 은탁이 빼앗으러 달려들었다. 도깨비가 은탁을 피해 달렸다. 뒤쫓는 은탁의 얼굴에 메밀꽃 같이 하얗게 웃음이 피었다. 마음껏 웃을 수 있어서, 웃음이 넘쳐흘러서 슬픈 밤이었다. 도깨비 혼자 준비한 이별이었다. 늦겨울이 끝나고 봄이, 도깨비만 남겨둔 채 혼자서 오고 있었다.

그것까지 이미 하였다

도깨비는 회사에서 일하는 덕화를 한 번, 치킨집에서 일하는 써니를 찾아 또 한 번, 그들의 얼굴을 눈에 새겼다. 모두 평안하게, 건강하게 이 생을 잘 살아나가길 소원했다. 그다음 캠퍼스에서 은탁의 수업이 끝나기를 기다렸다.

수업을 마치고 나온 은탁이 또 기분 좋게 웃었다.

"이젠 생각만 해도 막 앞에 있어. 나 방금 김신 씨 생각했는데."

이미 셀 수 없이 가슴에 새기고 새긴 얼굴인데도 눈만 깜박여도 기억이 나지 않을 것처럼 희미해져서 도깨비는 간절한 마음으로 은탁을 깊이 응시했다. 어쩐 일이냐고 묻는 은탁은 두꺼운 전공책을 가슴에 안고 있어, 제법 대학생 태가 났다.

"보고 싶었고, 부탁도 있고."

"하세요."

"박중헌과 관련된 일이야."

"아… 안 그래도 저도 생각을 해봤는데, 궁금하더라고요. 왜 하필 지금일까. 900년을 떠돌았는데 왜 지금 나타났을까, 하고."

도깨비는 은탁의 손을 잡고 근처의 문을 열었다. 사람이 오지 않는 건물 옥상 위는 바람이 세차게 불고 있었다. 도깨비가 은탁의 손을 한 번 꼭 잡았다 놓아주었다.

"아주 잠깐 용감해져야 해. 할 수 있겠어?"

은탁이 고개를 끄덕였다.

"난 도깨비 신부니까."

용감해져야 하는 일이 무엇일지 모르지만 은탁은 할 수 있었다. 씩씩하고 당찬 도깨비 신부니까. 도깨비가 곁에 있을 테니까.

야무지게 답하는 은탁을 보며 도깨비도 칭찬처럼 웃었다. 모두의 평안을 위한 일이었는데, 모두의 슬픔과 닿아 있었다. 매일 그 평안을 위해 굳게 쌓아 올리고, 쌓아 올리는 다짐의 탑이 또 한 번 와르르 무너지고 있었다.

"잘 들어. 잠시 후에 내가 전화를 할 거야. 그러면 너는 나를 즉시 소환해."

은탁이 주머니에서 라이터를 꺼내 보였다.

이 정도면 됐다. 도깨비는 은탁을 두고 뒤돌아 가려다 마지막까지 은탁이 눈에 밟혀서, 다시 뒤돌아 자신의 뒷모습을 바라보던 그 소녀를 힘껏 끌어당겼다.

마지막 입맞춤이 될 것이다. 도깨비는 은탁의 양볼을 감싼 채 깊게 입을 맞추었다. 아랫입술이 맞물렸다. 얼마 남지 않은 숨이었다. 할 수만 있다면 그는 은탁에게 마지막 숨을 다 불어 넣고 싶었다. 그리하여 은탁이 도깨비의 염원으로 이루어진 삶을 살 수 있기를. 오래 행복하고, 오래 아름답기를 바라는 그의 염원. 그는 이제 남지 못할 테니 은탁에게 마지막 숨으로라도 남고 싶었다.

뜨거운 숨이 오갔다. 다른 이들은 모르는 서로의 내밀한 생을 알았던 것처럼, 깊이 안쪽 깊숙한 곳까지 서로를 찾았다.

마지막은 간절하고, 뜨거웠다.

도깨비가 간신히 입술을 떼어내고 은탁을 보았다. 갑작스러운 진한 입맞춤에 은탁의 볼이 상기되어 있었다.

"갔다 올게."

빠르게 몇 발짝 걷던 도깨비가 푸른 불꽃이 되어 건물 아래로 사라졌다.

혼자 남자 꾹 눌러왔던 불안이 일렁였다. 박중헌과 관련된 일이라 하니 괜히 불안한 것이리라 은탁은 스스로를 달래며 옥상 구석에 앉아 책을 꺼냈다. 도깨비에 대해 알아보기 위해 샀던 책이었다. 책장을 펼쳐 넘기자 책장 사이에 끼워 납작하게 눌려 있던 메밀꽃이 보였다.

'메밀꽃은 꽃말이 뭘까요?'

'연인.'

도깨비의 입에서 연인이라는 목소리가 흘러나오던 그 순간, 은탁은 이미 그의 연인이 되고 싶었던 것 같았다. 가슴에 검을 꽂은 채 푸른 바다를 배경으로 서 있던 쓸쓸한 남자의 연인이.

가슴 한편이 간지러워져 빙긋 웃으며 꽃줄기를 집어 들려는데 세찬 바람이 불어 꽃잎이 날았다. 은탁이 손을 뻗기도 전에 마른 꽃잎들이 밤하늘 위에서 바스라졌다. 검은 재처럼 흩날리는 꽃잎을 보며 은탁은 다시 한 번 불길한 기운에 어깨를 움츠렸다.

은탁이 바라보고 있는 꽃잎들 사이로 검은 기운이 나타나 있었다. 박중헌이었다. 그러나 은탁의 눈에는 박중헌이 보이지 않았다.

"역시 넌 이제 내가 보이지 않는구나."

비릿한 웃음을 흘리며 박중헌이 은탁의 곁으로 다가섰다.

물의 검으로는 박중헌을 벨 수 없는 걸 알면서도 도깨비가 자신을 찾아온 터였다. 그를 비웃으며 박중헌은 이렇게 은탁의 곁으로 온 것이다. 자식과 같던 왕여가 망가진 것도, 자신의 목을 졸라 죽음에 이르게 한 것도 김신이었다. 박중헌은 자신이 느낀 고통을 김신에게 수백 배로 갚아주고자 하였다.

그 순간 은탁이 라이터와 휴대전화를 손에 쥔 채로 자리에서 일어섰다.

"나 때문이구나, 내 낙인이 흐려지기를 기다린 거구나…. 나를 이용해 아저씨 검을 뽑을 생각이구나."

은탁은 박중헌이 왜 은탁보다 써니가 먼저라고 했는지, 은탁은 다음이니 기다리라 했는지 깨달았다. 그러나 이미 박중헌은 은탁의 몸에 들어갈 준비를 마친 상태였다. 휴대전화가 울렸다. 도깨비가 시킨대로 은탁이 얼른 라이터를 켰다. 동시에 박중헌이 은탁의 목덜미를 움켜잡았다.

"원망 마라. 이게 네 운명이니."

목을 졸린 채 은탁이 컥컥댔다. 흐려지는 시야 사이로 박중헌의 실체가 보였다 사라지기를 반복했다. 숨이 막혀 시야가 점점 멀어지려던 찰나, 은탁은 마지막 힘을 다해 라이터 불을 불었다. 푸른 불꽃이 일며 은탁을 쥔 손목이 떨어져나갔다.

도깨비가 재빨리 은탁을 끌어안았다.

"괜찮아? 지은탁!"

은탁은 넋이 나간 채 울며 다급하게 말했다.

"나, 알았어요. 지금 나타난 이유 알았어요. 나 베요, 빨리! 내 몸에 들어오면 끝이에요. 내 손을 빌려 아저씨 검을 빼려는 거예요. 나는 어차피 아저씨 아니었으면 죽었을 운명이었어요. 빨리 나 베요! 얼른요!"

은탁의 깨달음 위로 도깨비의 참담한 얼굴이 스쳤다. 깨닫지 못했으면 더 좋았을 것이다. 끝까지 은탁은 아무것도 모르기를 바랐다. 찰나에 은탁에게 검은 연기가 덮쳐와 은탁의 등이 꺾였다.

"이 아이 말이 옳았다. 베었어야지. 이제 네가 죽거나 내가 죽거나인데 넌 자꾸 뒤돌아보느라 내 손에 죽겠구나…!"

은탁의 몸을 빌려 박중헌이 말을 했다. 도깨비의 검을 잡으려 은탁의 몸이 가까이 다가섰다.

"박중헌."

뒤에서 들려온 엄한 목소리는 저승의 것이었다. 페도라를 눌러 쓴 검은 옷차림의 저승사자 주위로 차가운 분노가 넘실댔다. 은탁의 명부 속 날짜와 시간이 오늘로 바뀌어 있어 저승은 근신 중이라는 사실도 아랑곳 않고 이곳으로 왔다. 은탁의 몸을 빼앗아 도깨비에게 다가가는 박중헌의 이름을 불렀다. 이 모든 일의 원흉. 이름을 불러 그의 혼을 당장에라도 찢어놓을 수 있다면 저승은 주저 없이 그리 할 것이었다.

"망자는 사자의 부름에 답하라."

저승사자의 부름이 시작되었다.

"박중헌."

"네놈이!"

"박중헌!"

밤을 집어 삼킬 듯한 소리였다. 저승사자에게 이름을 세 번 불린 박중헌이 은탁의 몸에서 튕겨져 나왔다. 충격으로 늘어지는 은탁의 몸을 도깨비가 받아 안았다. 그리고 은탁의 손을 제 가슴께로 가져갔다.

은탁의 손이 도깨비의 가슴 부근으로 다가오자 가슴에 꽂힌 검이 푸르게 형태를 드러내었다. 도깨비는 결연한 표정으로 은탁의 손을 쥐고 그대로 가슴의 검을 뽑았다. 오랜 시간 슬픔과 한을 품고 있던 검이 붉게 화하였다. 가슴이 고통으로 일렁였다. 그 순간, 은탁 목 뒤의 낙인이 새하얗게 빛나다 사라지고 은탁이 눈을 떴다.

그러나 지체할 수 없어 도깨비는 그대로 검을 들어 박중헌을 단칼에 베었다. 지켜보던 저승사자조차 말릴 수 없을 만큼 굳은 결심은 빠르게 실행되었다. 붉은 검이 박중헌의 몸을 단번에 갈랐다. 사라져가는 박중헌의 영혼은 끝까지도 악하게 그들을 향해 저주를 내렸다.

"이리 가는구나. 허나, 허망하지 않다. 나는 네 놈을 또 죽였으니. 보아라. 결국 파국이다!"

악한 영혼이 짙게 웃으며 재로 흩날렸다.

마지막 힘을 다한 도깨비의 무릎이 푹 꺾였다. 김신의 마지막 순간이었다. 도깨비는 자신을 바라보며 허망하게 눈물 흘리고 있는 저승에게 고하였다.

“용서하십시오. 장렬히 죽는다, 이제야 기별합니다.”

이곳이 그의 마지막 전장이 되었다. 차마 고개를 들지 못하고 저승은 고개를 숙였다. 도깨비 주변으로 붉은 재가 흩날렸다. 검이 사라진 자리부터 재가 되며 육체가 사라져갔다.

그 뒷모습을 바라보던 은탁의 얼굴이 엉망으로 구겨졌다. 은탁이 비명을 지르며 달려와 그 등을 꽉 부여잡았다.

“…안 돼요! 안 돼요!”

흐느끼며 무너지는 은탁에 도깨비는 애써 슬픔을 삼켰다. 너무 뜨거워 가슴 안에서 더는 삼켜지지 않은 슬픔들이 눈가에 남았다. 미안했다. 그러나 다른 문이 없었다. 은탁과 눈을 맞추며 손을 들어 은탁의 눈물을 닦아주었다. 아직 손끝으로 은탁의 온기를 느낄 수 있어, 뜨겁게 젖은 볼을 닦아줄 수 있어 다행이었다. 마지막까지.

“널 만나 내 생은, 상이었다.”

“싫어요! 제발요… 내 손 안 놓겠다고 했잖아요. 약속했잖아요.”

은탁의 오열이 더 거세어졌다. 천 년 가까이 기다려온 순간이 이렇게 아플 거라곤, 그렇게 오래 살았는데도 몰랐다. 아무것도 몰랐다. 사랑스러운 연인이 가슴 찢어지게 울고 있어서, 도깨비는 존재가 사라지고 있는 순간이 두렵기보다 그저 눈앞의 은탁이 더는 울지 않기만을 바랐다. 오늘까지만 울고 내일부터는 행복하기를, 더 사랑스럽기를, 우는 너를 달래줄 수 없어 안타까울 일이 없기를. 그리하면 자신도 행복할 것이다.

"비로 올게. 첫눈으로 올게. 그것만 할 수 있게 해달라고, 신께 빌어볼게."

그렇게 행복하다가, 한 번은 더 연인을 볼 수 있기를.

"그러지 마요, 그렇게 가지 마요. …나 당신 사랑해요! 사랑한다고요!"

마지막 고백은 울음이고 비명이었다. 점차 은탁이 붙잡을 곳 없이 그의 몸이 사라져갔다. 아주 슬픈 눈으로 도깨비도 마지막 고백을 돌려주었다.

"나도. 사랑한다. 그것까지, 이미 하였다."

도깨비의 눈물이 떨어졌다.

먼지가 되어, 바람이 되어, 도깨비는 사라졌다. 비가 내리기 시작했다. 은탁은 아무도 남지 않은 자리에 쓰러져 땅을 치며 울었다. 가슴이 찢겨 나가는 듯 고통스러웠다. 가버렸다. 정말로 사라져버렸다. 초를 불어도 올 수 없는 곳으로. 주머니에 남아 있는 라이터도 성냥도 이제 소용없었다. 따라 죽고라도 싶었다. 그가 간 곳으로 따라갈 수만 있다면. 이승이든 저승이든 어딘지 알 수만 있다면 은탁은 쫓아갈 것이다.

공기가 진동하고 있었다. 도깨비와 닿았던 모든 이들의 기억 속에서 그가 사라지고 있었다. 기억들은 모두 비에 씻겨 나가기 시작했다. 도깨비를 기억할 만한 모든 흔적들이 불꽃으로 변하여 타들어갔다.

분수대 앞에 앉아 있던, 자신을 보고 웃어주던 남자가 사라지고 있었다. 따뜻하게 웃던 남자가 사라지고 있었다. 은탁은 가방을 향해 기듯 뛰듯 달려갔다. 사라지지 마, 사라지지 마. 눈물이 멈추지 않았지만, 그럼에도 잊어서는 안 된다는 집념이 은탁을 움직이게 했다. 미친 사람처럼 가방을 헤집어 노트를 꺼냈다. 펜을 쥔 손을 부들부들 떨며 은탁은 글씨를 적어 나갔다.

기억해, 기억해야 해. 그 사람 이름은 김신이야.

키가 크고 웃을 때 슬퍼.

비로 올 거야. 첫눈으로 올 거야. 약속을 지킬 거야.

기억해. 기억해야 해. 넌 그 사람의 신부야.

첫눈으로

학생 시절부터 꿈꿔왔던 라디오 PD의 꿈을 이루었다. 꿈을 이뤘다고 마냥 신나는 일만 생기는 것은 아닌 게, 하루가 멀다 하고 사건이고 사고였다. 찢어지게 화창하다는 일기예보에 맞춰 대본이며 구성이며 다 짜놨는데 생방송 10분 전부터 창밖으로 비가 내리기 시작했다. 어떻게든 수습하긴 했지만, 혼이 다 빠지는 줄 알았다. 그 와중에 30만 원만 당장 입금해 달라는 기막힌 경미의 문자까지.

잔뜩 지친 어깨를 하고 은탁은 로비에 섰다. 정말 비가 제법 많이 오고 있었다. 우산을 쓴 사람들 사이로 은탁은 고개를 들어 흐린 하늘을 하염없이 보았다. 누군가를 찾고 싶어도 찾을 수 없을 것처럼 어두운 하늘이었다.

비가 싫었다. 학생 때는 우산 하나 나누어주지 않는 이모와 사촌들 때문에 서러웠고, 어느 날부터는 빗방울이 벌어진 상처 위로 떨어지는 것처럼 따끔거렸고 우울했다. 이유 모를 공허가 은탁의 삶에 파고들어 있었다.

은탁은 목에 걸린 목걸이를 만지작거리며 기분을 달랬다. 언제부턴가 목에 걸고 있던 목걸이였다. 무슨 의미가 있는 건지, 엄마의 유품이었던 건지 잘 기억나지 않지만 불안이 엄습할 때 매만지면 그나마 조금 나아졌다.

한숨을 가볍게 한 번 내리쉬고 은탁은 써니의 가게로 향했다. 어서오세요, 하는 써니의 목소리가 언제나처럼 경쾌했다. 써니는 은탁이 스물넷에 구한 자취방 아랫집에 사는 사람이었다. 근처에서 치킨집을 해 종종 들르다 보니 친해졌다. 처음 만났을 때부터 친언니라도 만난 듯 친근하고 좋았다.

지쳐 보이는 은탁을 달래며 써니가 은탁이 주문한 치킨을 내왔다. 소주는 은탁이 알아서 꺼내 마셨다. 소주잔을 홀짝이고 있는데 또 다른 손님이 들어왔다. 은탁의 유일한 친구, 지금은 '김 변호사'가 된 고3 때 반장이었다. 비오는 날이면 이렇게 치킨집에 모이는 것이 일상처럼 자연스러웠다. 비 오는 날마다 괴로워하는 은탁을 잘 알고 있기 때문이었다.

은탁의 옆에 자리 잡은 반장이 남자를 소개시켜주겠다며

성화였다. 외로워하면서도 계속 혼자인 은탁이 반장은 안타까웠다. 써니도 거들었다.

"팔아줄 때 팔려 가. 나 봐라. 누군가의 첫사랑이 되는 게 세상에서 제일 쉬웠던 난데. 이젠 그 흔한 커피 한잔하자는 남자도 없잖아."

"그래 이렇게 되지 말고."

본인 입으로 그렇게 말했다 쳐도 남이 '이렇게'라고 받아치니 써니가 기분이 나빠 눈을 치켜떴다.

"지 PD, 친구 얘밖에 없니?"

"넌 술 마실 데가 여기밖에 없니?"

투덕거리는 두 사람을 보고 희미하게 웃으며 은탁이 소주를 한 잔 들이켰다. 입이 쓰고도 달았다. 창밖으로는 여전히 비가 내렸다. 비 오는 날 중요한 약속이 있었던 것 같은데, 아마 그 약속은 이들과의 약속이었을까. 은탁은 씁쓸히 웃었다.

"비는 오고, 술은 쓰고, 내 걱정해주는 벗이 둘이나 있고,"

날이 참 좋다. 중얼거리며 은탁이 턱을 괴었다. 그런 은탁을 두 사람 모두 걱정 어린 눈빛으로 바라보았다.

조금 취기가 오른 채 은탁은 골목을 걸어 자취방으로 향했다. 슬픈 노래가 입에서 흥얼거려졌다. 은탁이 지나는 길목 슈퍼 앞에는 귀신들 몇몇이 모여 있었다. 나이 든 여자 귀신과 처녀귀신이 은탁을 보며 수군거렸다. 도깨비 신부라더니, 자기들을 보지도 못하고 지나치고 있었다. 스물아홉이 다 되도록 도깨비가 나타나지 않으니 도깨비 신부가 아닌 모양이었다. 처녀귀신은 은탁을 보며 혀를 찼다. 이전에는 저를 봤던 것도 같은데, 이상했다.

"나 왜 이러는 거야…. 뭐가 슬픈 거야."

침대에 쓰러지듯 누워 은탁은 사무치는 슬픔을 애써 견뎠다. 창밖의 빗소리가 바닥없는 우울로 한없이 떠밀고 있었다.

슬펐다. 무엇이? 보고 싶었다. 누가?

답은 주어지지 않고 사정없이 밀려드는 감정들뿐이었다. 복받치는 울음을 견디지 못하고 울던 은탁은 새벽이 되어서야 지쳐 쓰러지듯 겨우 잠들 수 있었다.

검이 뽑힌 자리가 휑했다.

이승도 저승도 아닌 지상과 천상의 가운데, 중천에 도깨비는 쓸쓸히 서 있었다. 고려 시대의 무신 김신으로 죽어가던 그 모습, 긴 머리에 갑옷을 입은 모습이었다.

— 너는 너를 아는 모든 이들의 기억에서 지워졌다. 그건 그들의 평안이고, 나의 배려다.

다행이었다. 은탁이 저를 잊었으니, 슬프지도 않을 것이다. 그걸로 되었다. 냉엄한 신의 목소리를 묵묵히 들었다.

— 너의 벌은 끝났다. 이제, 모든 것을 잊고 잠들어 평안하라.

뜨겁던 눈에서 눈물이 떨어졌다. 그가 했던 선택이 무엇이었는지 도깨비는 그제야 진실로 깨달았다. 신 앞에 무릎 꿇은 채 말했다.

"…이제야 알겠습니다. 제가 어떤 선택을 했는지. 이곳에 남겠습니다. 이곳에 남아서 비로 가겠습니다. 바람으로 가겠습니다. 첫눈으로 가겠습니다. 그거 하나만. 하늘의 허락을 구합니다."

— 너의 생에 항상 함께였다. 허나, 이제 이곳엔, 나도 없다.

굵은 눈물을 흘리는 도깨비의 선택은 변하지 않았다. 어리석은 선택이었다. 나비는 거대한 그림자가 되어 그의 곁에서 떠나갔다. 신조차 떠난 그곳에 김신은 홀로 남았다. 끝없이 '혼자'였다.

빛과 어둠 사이에 존재한 그곳은 걸어도 걸어도 똑같은 풍경만이 펼쳐졌다. 낮이 되고 밤이 되어도 같았다. 바람이 계속해서 불어왔다. 그 바람의 방향조차 바뀌지 않은 채 늘 같았다. 김신은 계속해서 앞으로 나아갔다. 남겨지는 발자국은 오직 김신의 것뿐이었다. 그곳에서 김신은 너무도 외로워 때로는 뒷걸음으로 걸었다. 자신의 앞에 찍힌 발자국을 보려고.

나아가고 있는 곳이 앞인지 뒤인지 알 수 없었으나, 그 걸음의 끝이 은탁이 사는 세계이기만을 바랐다. 그것 하나 신이 허락하기를. 그의 입술은 갈라지고, 피부는 벗겨져 있었다. 상처 가득한 손에는 너덜너덜한 종이 한 장이 들려 있었다.

눈발이 몰아쳤다. 힘겹게 내딛던 걸음이 더는 앞으로 나아가지 못한 채 멈췄다. 힘이 다 빠진 손에서 종이가 날아갔다.

'을은 매년 첫눈 오는 날에 갑의 소환에 응한다. 갑이 기다릴 것이기 때문이다.'

서약서를 잡으려 걷다가 그는 힘없이 쓰러졌다. 몸을 일으켜 다시 걷지만 서약서는 저 멀리 있고, 그는 더 이상 힘이 없었다. 또 한 번 쓰러졌다. 감기는 눈 사이로 멀리 날아가는 서약서가 보였다.

눈꽃들이 날아올라 반짝이며 흩어졌다. 그의 눈에서 고통의 눈물들이 뜨겁게 떨어졌다.

이른 첫눈이 내렸다. 방송국 건물 위 옥상 정원으로 나온 은탁은 하늘을 또 한 번 올려보았다. 하늘을 올려보는 건 습관과도 같았다. 무언가 잊은 것만 같은 약속, 늘 가슴 한편을 불편하게 만드는 약속이 있었다. 그것이 하늘과 한 약속이었을까. 떨어지는 눈발에 눈이 찔려 따끔했다. 손등으로 눈을 비비고 벤치에 앉아 들고온 케이크 상자를 열었다. 라디오 DJ의 팬들이 보내준 케이크였다. 작은 조각 케이크에 촛불을 꽂았다.

'무엇을 잊은 걸까요. 누구를 잊은 걸까요.'

케이크 위로 눈송이가 떨어졌다. 촛불에 불을 붙이며 은탁은 계속해서 생각했다.

'어떤 얼굴을 잊고 무슨 약속을 잊어, 이렇게 깊이 모를 슬픔만 남은 걸까요.'

한 방울, 두 방울. 눈물 같은 눈송이가 떨어지고 있었다. 눈발에 쓰러진 도깨비가 흘리는 눈물이었다. 그의 귓가로 은탁의 목소리가 들리고 있었다.

'누가 저 좀, 아무나, 제발 저 좀… 살려주세요.'

눈을 질끈 감은 채로 은탁은 "누가 저 좀, 아무나, 제발 저 좀… 살려주세요." 하고 간절히 빌었다. 이 슬픔 속에서 헤어나고 싶었다. 은탁이 촛불을 끄는 순간 도깨비에게 한 줄기 빛이 날아들었다. 여기저기 상처로 뒤덮였던 몸이 찬란하게 빛나며 중천에서 사라졌다.

촛불을 불고 눈을 떴을 때 누군가의 그림자가 다가와 있었다. 앉아 있는 은탁을 그림자로 다 덮을 만큼 큰 남자는 머리를 길게 늘어뜨리고 무신 복장을 하고 있었다. 맑은 눈만이 타오르듯 뜨겁게 은탁을 보고 있었다. 은탁은 저를 뚫어져라 보는 남자를 잠시 바라보다 케이크를 내려놓고 천천히 일어섰다. 그 순간 남자가 은탁을 와락 품에 안았다.

이곳은 손을 아무리 뻗어도 잡히는 것 없는 허무가 아니었고, 자신이 안은 것은 은탁이었다. 온기였다. 도깨비의 눈에서 눈물이 툭 툭 천천히 떨어져 내렸다.

은탁은 너무나 자연스럽게 그의 품에 안겼다. 얼굴이 보이지 않았으나 남자가 울고 있다는 게 느껴졌고, 은탁의 눈에서도 눈물이 흘러내렸다. 슬픔이 일었다. 여태까지 슬펐던 것이 모두 이 남자 때문인 것 같다는 착각이 들 정도여서 당황스러웠다. 눈물을 닦아내며 은탁이 남자의 품에서 떨어져 나왔다.

"죄송해요. 제가 감정기복이 좀 심해서. 죄송합…. 나 지금 뭐하는 거야…. 왜 사과를 내가 해. 지금 뭐하시는 거예요? 저 왜 안으셨어요? 저 아세요? 누구세요?"

"을이다."

젖은 눈으로 도깨비는 은탁을 찬찬히 살폈다. 자신을 다 잊은 스물아홉의 은탁이었다. 영원불멸에 갇혀 억겁의 시간을 견뎌내야만 할 줄 알았다. 그러나 그조차도 은탁을 위해 비로, 눈으로 한 번이라도 내릴 수 있다면 견뎌낼 참이었다. 그런데 이렇게 첫눈 오는 날, 은탁은 다시 한 번 도깨비를 불러주었다. 여전히 사랑스러웠고 고마웠다. 한때 연인이자, 신부였던 은탁을 바라보는 도깨비의 눈이 처연했다.

은탁은 자신을 슬프게 바라보는 남자 때문에 기분이 퍽 이상했다. 그의 차림은 더 이상해 보였다.

"혹시 배우세요? 드라마국은, 저기…."

"꿈을… 이룬 것이냐."

은탁의 목에 걸린 사원증이 눈에 들어왔다.

"그 와중에 기특해서."

"네, 뭐 감사하네요. 근데 아까 저 왜 안으셨냐구요. 그리고 왜 계속 반말이세요?"

기억에서 자신이 지워진 것은 신의 배려였고, 은탁의 평안이었다. 그러니 너무 슬프지 말아야 했다. 기쁜 마음으로 도깨비는 눈물을 참으며 유유히 미소 지었다.

"평안하면, 되었다. 그러면, 되었다."

"연기야 뭐야. 드라마국은 이 건물이 아니구요, 뒤에 별관으로 가셔야 해요."

자꾸만 몰려오는 이상한 기분을 떨쳐내고자 이상한 사람으로부터 멀어지려 돌아서던 은탁은 저를 하염없이 보고 선 남자를 향해 물었다.

"근데 여기 어떻게 들어오셨어요? 출입증도 없이?"

"누가 불러서."

역시 이상했다. 기분이, 너무. 은탁은 얼른 뒤돌아 문으로 향했다.

이승에 다시 발 디디게 된 도깨비는 그를 기억하지 못할, 하지만 그의 기억 속에서는 영원할 이들을 찾았다. 덕화와 김 사장이 그를 스쳤고, 역시나 이상한 복장을 한 도깨비를 보고 의아한 표정을 지었다. 그 다음 써니의 가게를 찾았다. 오래도록 써니를 보다 발걸음 옮긴 곳은 저승의 찻집이었다.

인간의 눈으로는 볼 수 없는 찻집의 창을 통해 그 안을 오래도록 보았다. 저승은 다기를 정리하고 있었다. 왕여도, 저승도 어차피 다 잊었을 것이다. 길고 질긴 악연이었으며 인연이었다. 지난하고 고단한 세월은 잊히는 게 나았다.

찻집 안의 저승과 도깨비의 눈이 마주쳤다.

"매우 상스러운 갓을 썼군, 여전히."

저승은 기억하지 못할, 도깨비만 기억할 그들의 첫 만남이었다. 조금 서글프게 첫 말을 중얼거리는데 저승의 눈이 커졌다.

"무로 돌아갔다고 소문 무성한 그 도깨비인가?"

"내 소문엔 거품이 많아서…."

"먼지나 바람이나 비로 흩어지는 게 아니었나 봐? 물론 먹는 무가 되지도 않았고."

기억에 있었다. 그가 저승의 기억에 살아 있었다.

모두의 기억 속에서 잊힌 그는 영영 죽은 것과 마찬가지여서, 아니 그보다 더하게 아예 태어나지조차 않았던 것과 같아서, 도깨비는 내내 그 사실을 기뻐해야 한다, 신의 이 배려만은 원망해서는 안 된다, 하며 자신을 달래고 있었다. 그에 대한 기억을 담고 사는 것이 이들에게 행복일 리 없으므로. 그럼에도 저승이 자신을 기억한다는 사실이 도깨비는 또 우습게도 다행스러웠다.

저승의 기억에 도깨비가 남아 있는 것은 신이 그 문을 꽉 닫지 않아서였다. 신의 배려가 여기 하나 더 남아 있었다. 저승은 미안함과 안타까움, 반가움… 온갖 감정에 휘말려 눈물을 흘렸다. 찻집 문이 오랜만에 도깨비의 손에 의해 열렸다.

"넌 어떻게 다시 온 거야?"

"갑의 횡포로."

도깨비가 옅게 미소 지었다. 잘 왔다고 저승은 몇 번이나 그를 반겼다.

“반겨주니 좋네. 속도 없이.”

도깨비의 말뜻을 알아차린 저승이, 왕여가 온 진심을 다해 사죄를 청했다. 눈물 젖은 사죄였다.

“너무 늦었지만, 많이 늦었지만… 9년 전에 했어야 했지만, 900년 전에 했어야 했지만… 이제야 하는 이 말을 용서해주기 바라. 나의 정인을, 나의 고려를 지킨 너를, 지키지 못한 죄를 용서해줘. 사랑받았으나 그 누구도 사랑하지 않은 죄를 용서해줘.”

900년 전에 들었어야 했고, 9년 전에 들었어야 했지만 듣지 못했다. 허나 이제라도 들었으니 되었다. 결코 가볍지 않은 미움이었으나 모든 것은 허무 속에 날아가 버렸다. 박중헌은 끝이 났고, 왕여는 가해자였지만 피해자이기도 했음을 도깨비는 인정했다. 그가 허무 속을 끝없이 걷는 동안 저승도 모든 기억을 혼자 짊어진 채 생을 이어나가야 했다. 그쯤이면 된 것이 아닐지. 도깨비는 아프게 우는 그를 보며 고개를 끄덕였다.

길마다, 나뭇가지마다 눈이 소복이 쌓여 있었다. 창밖의 하얀 풍경을 바라보며 은탁이 사인을 내렸다. 마지막 엔딩 멘트가 나갈 차례였다. DJ가 나긋한 목소리로 대본을 읽어나갔다.

'날씨가 영상 22도까지 떨어져서 많이 쌀쌀해졌죠? 마지막 곡 띄워드릴게요. 감기 조심하시구요.'

멘트를 마침과 동시에 잔잔한 노래가 흐르기 시작했다.

부스의 분위기는 암담하게 얼어 있었다. 눈 쌓인 날씨에 '영상 22도'라니, 말이 되지를 않았다. 하필이면 하루 쉬는 작가를 대신해 은탁이 쓴 멘트였다. 난리가 난 부스 한가운데서 은탁은 머리를 짚었다.

첫눈과 함께 나타난 그의 모습, 옛 사람 차림에 긴 머리, 그렁그렁한 눈. 그 어느 하나 눈에서 지워지지 않은 채 그날 이후 은탁을 따라다니고 있었다. 밀어내려고 해도 밀려나지 않고 가슴 한가운데 버티고 서 있었다. 그 때문이다. 이런 말도 안 되는 실수를 저질러버린 것은.

CP가 오고 있다는 스태프의 말이 떨어지기 무섭게 부스 문이 벌컥 열리며 남자 CP가 고래고래 소리를 질렀다.

"영상 22도? '날씨가 영상 22도까지 떨어져서 많이 쌀쌀해졌죠? 감기 조심하시구요?' 이게 앞뒤가 맞냐, 어?"

"죄송합니다."

"연애하니? 마음이 아주 봄날이야? 이러다 꽃도 피겠다, 어? 정신 안 차려!"

죄송하다 그저 고개를 숙이고 사과하는 은탁을 보며 더 기가 산 CP가 되는 대로 고함을 쳤다. 손에 쥐이는 대로 대본을 들고 흔드는 그에게 은탁은 아무 말도 못 하고 계속 사과밖에 할 수 없었다. 시말서는 당연히 각오해야겠구나, 은탁은 앞일이 어두워 질끈 눈을 감았다 떴다. 그 와중에 옆에 서 있던 다른 스태프 하나가 휴대전화를 흔들며 호들갑을 떨었다.

"PD님 무슨 마법사세요? 방금 SNS에 떴는데, 우리 방송국 앞이 지금 딱 영상 22도구요, 이 겨울에… 꽃이 활짝 폈대요. 이거 뭐죠?"

9년 만의 이상기온이라고 했다. 말도 안 되는 일이었다. 은탁은 창밖을 보다 급히 외투를 걸치고 건물 밖으로 뛰어나갔다.

출근길에 쌓여 있던 눈들이 다 녹아 사라져 있었다. 앙상한 나뭇가지들 위에는 눈꽃 대신, 연분홍 벚꽃이 활짝 피어 있었다. 신기한 광경에 사람들이 모여들어 연신 사진을 찍어댔다. 바람결에 꽃잎들이 흩날렸다. 따스한 훈풍도 불었다.

무어라 표현할 수 없는 감정이 은탁에게로 찾아들었다. 이상하고, 신비로운 일이었다. 꽃잎 사이로 사람들이 움직였다. 그리고 그 사이로 멀리 떨어져 서 있는 남자와 눈이 마주쳤다. 옥상에서 만난 남자였다. 꽃잎이 그의 어깨 위로 떨어졌다. 그가 작게 미소 지은 순간 은탁은 그곳에만 유독 꽃잎이 여러 장 흩날리고 있다고 생각했다. 꽃나무 밑에 코트를 입고 선 남자는 은탁이 눈을 깜박이는 사이 사라지고 없었다.

—

은탁은 밀린 일도 하고 커피도 마실 겸 카페를 찾았다. 죄 없는 노트북 키보드를 거세게 두드리며 열 올리며 통화를 하고 있었다. 개편을 앞두고 신경 쓸 일이 많았다. 날이 어두워지자 종업원들이 테이블마다 향초를 가져다 놓았다. 전화를 하면서 은탁은 힐끔 초를 보았다.

옆 테이블에서는 오늘 핀 벚꽃에 대한 이야기가 한창이었다. 자기들 사랑 때문에 꽃이 피기라도 한 것처럼 알콩달콩 속삭이며 난리인 커플이 눈꼴시었다. 상대에게 일단 메일부터 확인하시라며 전화를 끊고 은탁은 괜히 심술이 나 촛불을 훅 껐다.

"대체 뭐야, 그 남자."

자꾸만 떠올랐다. 신경이 쓰였다. 메일 전송 버튼을 누르고 노트북 화면에 시선을 고정한 채 손을 더듬거려 커피 잔을 찾는데 누군가가 손으로 잔을 밀어주었다. 커피 잔을 손에 넣고 자연스럽게 입에 가져다대려던 은탁이 시선을 느끼고 고개를 들었다.

은탁 맞은편 자리에 방금까지 생각하던 남자가 앉아 있었다. 반듯한 이목구비가 바로 정면에 있었다. 은탁은 잠시 숨을 들이켰다.

이렇게 마주 앉아 은탁을 보는 것이 또 9년 만이었다. 숨을 크게 쉬면 사라질까 봐 도깨비는 마음을 가라앉히고 조심스럽게 은탁을 눈에 담았다. 도깨비의 눈이 축축해졌다. 낮과 밤을 가로질러 걸어 나가며, 혹 은탁이 선명하게 그려지지 않는 날이 올까 얼마나 조마조마했는지 모른다. 자신이 알고 있던 스무 살의 은탁에 스물아홉의 은탁을 덧입혔다. 그리고 눈 안에 깊이 새겨 넣었다. 언제든 떠올릴 수 있도록.

그의 먹먹한 눈빛에 은탁도 잠식당한 듯 잠시간 눈을 떼지 못했다. 은탁의 눈가 또한 금세 그렁그렁해졌다. 이유 모를 그리움이 은탁의 가슴속에 물감처럼 번져나가고 있었다.

"아, 왜 이래. 흠, 약을 먹는데 그때뿐이에요."

은탁이 눈가를 훔치며 변명했다. 행복하기만 했으면 좋겠는데, 스물아홉의 은탁은 열아홉 바닷가에서 생일 케이크를 불던 모습처럼 여전히 쓸쓸해 보여 도깨비의 가슴이 찌르르 울렸다.

"왜 거기 앉아 계세요?"

"누가… 불러서."

"그건 그쪽 사정이구요. 합석 안 할 건데요. 그분은 안 오셨어요?"

"왔어요. 왔는데, 절 못 알아보네요."

반사적으로 테이블을 둘러보던 은탁이 눈살을 찌푸렸다. 첫 만남부터 이상하다 했더니 내내 이상했다. 이해할 수 없는 남자였고, 이해해주기에는 은탁은 너무 피곤했다.

"네, 사연은 잘 들었구요. 저 근데 약속 있어서 좀 불편하네요. 남자친구 올 거거든요."

"남자친구 없는 것 같은데."

민망해진 은탁이 괜히 노트북 화면으로 시선을 돌리며 딴청을 피우다 도깨비를 다시 보았다.

"근데 이발하셨네요? 몰라볼 뻔."

"계속 몰라보고 있죠."

"알아봤는데요."

남자의 웃음이 공기 중에 흩어졌다. 쓸쓸한 웃음소리가 은탁의 마음을 무겁게 했다. 이 남자는 왜 이리 쓸쓸히 웃는 걸까. 이상한 기분에 휘말리고 싶지 않은데도 자꾸만 궁금해졌다. 남자를 마주하고 있는 순간들은 장애물 달리기라도 하는 것처럼 턱 턱 무언가에 자꾸 걸려 쉽사리 빠져나오기 힘들었다. 시간의 속력이 자꾸만 느려졌다.

"근데 아까요, 거기 있었죠?"

"제가 어디에나 있고 어디에도 없는 편이라."

"아까 거기, 영상 22도 방송국 앞."

“누구 좀 보려고요. 그리웠거든요. 아주 많이. 보고 있으면 내게 달려와 금방이라도 안길 것만 같고. 근데 그런 일들은 안 일어난다는 걸 알기에… 마음 아프고 그러네요.”

담담하게 늘어놓은 그의 심정이, 눈물 왈칵 쏟아내게 하는 라디오 사연만큼 절절했다. 그냥 거기 있었느냐 물었을 뿐이었는데 은탁은 마음이 잔뜩 불편해졌다. 잠시 입을 다물고 있다가 남자의 시선이 따갑기까지 해 화제를 돌렸다.

“…근데 뭐 안 시키세요?”

무엇을 시키려 해도 돈이 없었다. 텅 빈 주머니를 내보이는 남자에 은탁은 기가 막혔다. 멀쩡하게 생겨서는 정말로 황당한 남자였다. 생각지도 못했던 일이라 도깨비도 당황스럽긴 마찬가지였다.

헌책방의 책장 사이 은탁은 힘없이 앉아 있었다. 되는 일이 없었다. 전화를 걸어와 말도 안 되는 꼬투리를 잡으며 물고 늘어지는 청취자에게 바른대로 응대했을 뿐인데, 그의 화를 돋워 청취자 게시판이 난리가 났다. 덕분에 협찬사들이 광고를 다 빼버렸다. 성격 나쁜 CP는 은탁에게 전부 책임지라며 대기업 자료를 던지듯 넘겼다. 대기업 광고 못 따오면 해고라고 으름장을 놓으며. 은탁은 어이가 없었다. 이런 대기업 광고를 갑자기 어떻게 따와.

한숨을 내리쉬다 인기척에 옆을 돌아보았다. 반대편 코너 책장에서 두꺼운 책을 빼는 손이 보였다. 그리고 그 틈으로 눈이 마주친 건 그 사극 복장을 했던 남자였다. 눈 마주치길 기다렸던 듯 그가 방긋 웃어 보였다.

은탁의 미간이 찌푸려졌다. 스토커야, 뭐야. 시도 때도 없이 나타나는 남자가 의심스럽기 시작했다. 주머니에 5,000원도 없어 은탁에게 커피를 사게 한 남자였다.

그대로 책방을 빠져나와 은탁은 터덜터덜 걸었다. 그 옆으로 남자가 따로 떨어져 걷고 있었다. 같이 걷는 것도 아니고 함께하지 않는 것도 아니었다. 두 사람 사이로 고등학생들이 깔깔거리며 지나쳤다. 은탁은 티 없이 맑은 그들을 보며 좋을 때다, 중얼거렸다. 부러웠다.

은탁의 나이 든 사람 같은 말에 도깨비가 소리 내어 웃었다. 스무 살 은탁이 도깨비의 기억에 선명했다. 열두 시 땡, 방금 어른이 됐다 외치며 제 앞에서 춤을 추듯 빙글거리며 뛰던 은탁이었다. 그게 바로 어제 일 같았다.

"왜 웃어요?"

"귀여워서요."

고등학생들을 보며 은탁도 수긍했다. 그러나 남자는 은탁을 빤히 바라보고 있었다.

"말구요."

그 시선에 부끄러워져 헛기침을 하며 은탁은 잠시 고개를 돌렸다.

"근데요. 제 5,000원 안 주세요?"

며칠 전, 오랜만에 돌아온 이승에서 수중에 돈이 없다는 현실적인 문제에 부딪히고 도깨비는 퍽 당황스러웠다. 저승에게 얹혀사는 것에도 한계가 있었다. 결국 저를 모시던 유 씨 집안사람을, 천우그룹을 찾는 수밖에 없었다. 덕화는 도깨비 삼촌과의 일들은 잊었어도, 도깨비를 모셔온 집안의 자손답게 갑자기 들이닥친 그의 존재를 잘도 받아들였다. 선대 회장이었던 유 회장이 김 사장에게 남겼던 유언이 도움이 되었다.

'어느 날에 김가 성에 믿을 신을 쓰시는 분이 찾아와 내 것을 찾으러 왔다 하시거든 드려라. 내가 남긴 모든 것이 그분의 것이다. 그분은 빗속을 걸어와 푸른 불꽃으로 갈 것이다. 그럼 김신인 줄 알아라.'

그리하여 김신은 다시 천우그룹에 이름을 올려놓게 되었다. 이제 커피 값 5,000원 정도 갚는 건 문제도 아니라 도깨비는 되물었다.

"주면 혹시 또 만나나요? 받으러 오실래요?"

"받으러 가야죠. 쥣값. 내 말 무슨 뜻인지 알죠."

"모르겠는데."

"이 다음이 또 있으면 그땐 신고할 거란 얘기죠. 왜 자꾸 동선이 겹치는지 알다가도 모르겠거든요."

은탁의 말투가 예전 자신의 말투와 닮아 있었다. 그렇게 자신의 흔적이 남아 있었다. 은탁의 곁에. 도깨비가 피식 웃자 은탁의 미간이 찌푸려졌다. 그리고 이번에는 또 왜 웃느냐 따져 물었다.

"몹시 좋아서. 이런 순간이, 믿기지 않아서. 모든 게, 완벽해서."

무슨 말인지 하나도 모르겠는데, 또 알 것도 같아 은탁은 일단 피하기로 했다. 더한 혼란스러움이 찾아오기 전에 피하는 게 답 같았다. 아무리 겉모습이 멀쩡하고, 은탁 듣기에 다정한 말만 한다고 해도 신원불명의 남자에게는 더 신경 쓰고 싶지 않았다. 뒤돌아서는 은탁을 향해 '가네' 하고 혼잣말처럼 남자가 중얼거렸다. 그게 또 장애물처럼 은탁의 발에 걸렸다. 제 몸과 마음이 제 것 같지 않아 답답해졌다. 남자가 그런 은탁에게 인사를 했다.

"방송 잘 들을게요. 항상 잘 듣고 있어요."

"나 방송하는 건 어떻게 알아요? 이쯤 되면 너무 수상하신데? 그때는 배운가 했는데 배우 아니시죠? 죄송하지만 뭐하시는 분이세요?"

날카롭게 질문하는 은탁에 뭐라 대답할 수 없어 진땀을 뺐다. 도깨비가 우물쭈물하다 근처 건물을 가리켰다. 천우그룹 건물이었다. 저기서 일한다고, 반쯤은 맞는 말이니 우선 그렇게 대답했다.

"저기서 뭐하시는데요."

"저기서… 그… 제일 높은 사람…."

남자가 더듬더듬 대답하는 걸 듣고 있자니 은탁은 확 화가 치밀었다. 5,000원도 없어서 모르는 사람에게 커피도 얻어 마시면서 거짓말을 해도 정도가 있지, 사람을 바보로 아는 게 분명했다. 팔까지 걷어붙이며 남자에게 본격적으로 화를 내려는데 그가 은탁을 말렸다.

"아까 저 회사 서류 보고 있던데. 그거 줘봐요. 협찬 서류죠? 줘봐요. 증명해볼게요. 저기서 제일 높은 사람인 거."

일이 이상한 방향으로 흐르고 있었다.

남자의 말이 사실이었다는 게 더 놀라웠다. 남자 덕에 사장실까지 들어온 은탁은 입이 딱 벌어졌다. 김도영 사장은 두리번거리는 은탁을 두고 계약서를 살펴보지도 않고 그저 사인만 죽죽 반복하고 있었다.

"원래는 실무자가 사인하는데 대표이사님께서 특별히 부탁하셔서요."

"아, 그분이 대표이사님이시군요. 여기 본사로 출근하시는 건가요?"

"출근은 안 하십니다."

"그럼 제가 감사 인사를 어떻게 드려야 할지…. 사실 전화번호도 모르는 사이라."

은탁은 아직까지도 이게 무슨 상황인지 얼떨떨하기만 했다. 자주 마주치는 이상한 남자일 뿐이었는데, 어떻게 여기까지 이어진 것인지 이해할 수 없었다. 운이라곤 억지로 끼워맞추려 해도 찾아볼 수 없는 편이었는데 갑자기 운 좋은 사람이 되었다.

은탁의 말에 김 사장 역시 의문스러운 얼굴을 했다. 연락처도 모르는 사이인 여자를 위해 대표이사님이 회사 일을 각별히 부탁하다니. 그는 도깨비였다. 애초에 명확한 인과를 찾으려 하는 것이 더 우스울지 모르겠다고 의문을 털며 김 사장은 사인을 마무리 지었다.

"그럼 PD님 연락처 남겨주시겠어요? 제가 전달해드리죠."

"감사합니다. 근데 그분 성함이… 하하. 지금 되게 이상하시죠."

"그분과 얽히면 그렇게 되죠. 유가 성에 신자 재자를 쓰십니다."

유신재. 조용히 불러본다. 처음 접한 이름이 은탁의 입 안에서 생경했다. 사장실을 나오며 여전히 얼떨떨하고 긴장한 채로 은탁은 숨을 깊이 들이마셨다. 신기하고 이상한 일 투성이였다. 어려울 때 생겨나는 기적, 뭐 그런 것 같았다.

당분간 은탁이 맡은 프로그램은 광고 걱정이 없게 되었다. 작가며, 스태프들이 환호하며 은탁을 연호했다. 개편안도 은탁 뜻대로 진행되었다. 새로운 아이템으로는, 오래 전 헤어졌던 사람을 찾아주는 코너가 채택됐다. 잊어버렸던 얼굴과 잊어버렸던 추억을 찾아준다는 취지였다. 청취자들이 보내주는 사연과 사진을 받아 즉석에서 사연을 소개하고 전화를 연결해주는 새로운 코너를 준비하며 스태프들도 제각각 핸드폰 속 오랜 사진을 들춰보곤 했다.

은탁도 찾고 싶은 사람이 있었다. 첫사랑. 찢겨진 책장처럼 그 어느 것 하나 기억나지 않는 첫사랑이 은탁에게도 있었다. 오랜만에 서랍에서 노트를 꺼냈다. 학생 때 쓰던 노트였다. 비에 젖었던지 노트는 울퉁불퉁했다. 노트를 넘기면 은탁의 글씨가 분명한 메모가 나왔다. 언제 썼는지 모를 메모. 불에 그슬린 자국만 남은 은탁의 시집 한 페이지처럼 그 메모도 은탁의 가슴에 자국으로만 남은 채였다. 마치 이렇게 기억이 찢겨나갈 것을 예상이라도 한 듯한 메모였다.

기억해. 기억해야 해.

기억해야 한다는 의지가 강박적으로까지 느껴졌다. 은탁은 그 글씨 위를 훑었다.

그 사람의 이름은 김신이야. 키가 크고 웃을 때 슬퍼.
비로 올 거야, 첫눈으로 올 거야, 약속을 지킬 거야.

김신. 이름을 읽어 내리는 것만으로 가슴이 울렁였다. 첫사랑의 이름이겠지. 은탁은 가슴을 쥐었다. 비가 내릴 때, 눈이 내릴 때면 더욱 깊어지는 슬픔의 소용돌이는 이 메모와 관련되어 있을 것 같았다.

넌 그 사람의 신부야.

"당신 뭐야, 대체…. 내가 왜 당신 신부인데. 당신 누구냐고."
누구인데 이렇게 자신을 아프게 하느냐고. 은탁은 누군지 모를 그를 원망하며 가슴을 끌어안은 채 웅크렸다. 너무 아팠다.

덕화 소유의 건물 1층으로 낡은 편지가 한 통 도착했다. 예전에는 치킨집이었다가 지금은 다른 가게가 되어 있는 곳이었다. 받는 사람은 지연희, 보내는 사람은 지은탁이라고 쓰여 있었고, 캐나다의 한 호텔에서 보내온 편지였다. 이유는 명확히 모르겠지만 버리기엔 찜찜해 도깨비삼촌과 끝방삼촌이 함께 사는 집까지 가지고 왔다.

요즘 덕화에게는 아리송한 일들이 많았다. 끝방삼촌이라고 부르고 있는 끝방삼촌이 왜 끝방삼촌이 된 건지, 자기가 끝방삼촌과 어떻게 아는 사이가 된 건지, 도깨비삼촌이 나타나고서야 문득 그런 의문이 들었다. 별안간 등장한 도깨비삼촌과 끝방삼촌이 퍽 친해 보이기까지 해 자신이 자꾸 뭔가 중요한 것들을 놓치고 있는 기분이 들었다.

덕화가 테이블 위에 내려놓은 편지를 본 도깨비는 처음에는 의아했지만 편지봉투를 확인한 뒤 깨달았다. 캐나다에 갔을 때, 잠시만 기다리라며 홀연히 사라졌던 은탁. 그리고는 햇빛 사이로 횡단보도를 뛰듯 건너 제게 오던 첫사랑. 자신의 첫사랑은 호텔에 가 편지를 남긴 모양이었다. 열아홉 은탁의 사랑스러움은 도깨비가 모르는 곳에도 쌓여 있었다. 이미 하늘로 떠난 엄마에게 열아홉의 은탁은 무슨 편지를 남겼을지 궁금하였으나 열어볼 수 없는 노릇이었다. 잠시 추억에 잠겨 있다가 도깨비는 저승에게 편지를 건넸다.

기억이 모두 지워진 상태에서도 은탁과 써니는 다시 만나 새로운 인연을 쌓고 있었다. 인연이라는 것이 참으로 무서웠다. 1층 가게의 전 주인이었던 써니에게 편지를 전해주면 좋을 것 같았다. 누가 가도 이상하니 이왕이면 아주 초면인 저승이 가는 게 좋겠다고 도깨비가 말했다. 저승은 편지의 끝부분은 쥔 채 말끄러미 도깨비를 보았다. 망설여졌고, 그럼에도 고마웠다. 9년 만에 다시 생긴 핑계였다.

카페에 앉아 저승은 써니를 기다렸다. 가게에 몇 번이나 찾아갔지만, 써니가 도통 출근하지 않아 만남은 몇 번이나 무산됐다. 결국 아르바이트생에게 연락처만 전해주고 돌아나올 수밖에 없었다. 그렇게 9년 만에 써니에게 전화가 걸려온 것이었다.

통화만 했을 뿐 저승이 누구인지 모를 텐데 써니는 카페에 들어서자마자 곧장 저승에게 다가와 앞자리에 마주앉았다. 저승의 가슴은 카페 문을 열고 들어오는 써니를 본 순간부터 잔잔하던 호숫가에 돌이 던져진 듯 일렁였다. 순식간에 눈물이 흘러 내렸다. 써니가 테이블에 앉기 전 얼른 소매로 눈물을 닦아내었으나 이미 보았을지도 모르겠다고 생각했다. 더는 울지 않으려 애쓰며 저승은 마주 앉은 써니를 바라보았다. 인사부터 해야 하는데, 9년 만의 만남이어서 말문이 막혔다.

"왜 안 놀라요?"

"네?"

"나 다짜고짜 여기 앉았는데, 왜 안 놀라냐구요. 나 누군지 알아요? 꼭 아는 눈빛인데?"

저승이 당황하며 고개를 저었다. 써니가 전화하신 분 맞죠, 물으며 편지를 달라고 손을 내밀어서 저승은 얼른 편지를 꺼내 건넸다.

"왜 울어요? 다 큰 남자가 카페에서. 혹시 나 보고 운 건가? 놀라는 사람은 많아도 우는 사람은 잘 없는데."

"…어떤 여인과 닮아서."

"그렇게 흔한 얼굴 아닌데, 나. 통성명이나 하죠, 성함이."

여전히 당차게 물어오는 써니에게 저승은 이제 알려줄 이름이 있었다. 그 이름이 뼈아프게 사무쳐 헤어져야 했지만. 저승은 눈물을 들킨 것보다 써니에게 이름을 말하는 이 시간이 더 힘겹게 느껴졌다.

"왕여."

"무슨 왕 이름 같네요? 저는 써니예요."

끄덕 힘겹게 저승이 고개를 끄덕였다. 어차피 써니는 아무 기억도 하지 못하고 있었다. 왕여라는 이름이 아픈 것은 자신뿐이었다. 아프지만 다행이었다. 씁쓸하게 미소를 짓는 저승의 하얀 얼굴을 보며 써니가 말했다.

"보고 싶었어요."

써니의 짧은 한마디가 무겁게 저승을 눌렀다. 혹시, 하는 마음에 눈이 다시 그렁그렁해졌다.

"가게 CCTV 봤거든요. 너무 잘생기셔서 실물은 어떻게 생겼나 엄청 궁금했거든요. 근데 화면이 낫네요."

저승이 힘없이 피식 웃었다. 써니도 산뜻하게 웃었다.

편지를 가방에 챙기며 써니가 자리에서 일어섰다. 만나서 반가웠다고 저승이 인사를 건넸다. 한 마디 한 마디가 목에 걸렸다. 인사하고 뒤돌아 가는 써니를 바라보며 저승은 참고 있던 눈물을 쏟았다. 이렇게 또 헤어짐이었다. 9년의 기다림 그리고 끝. 다음 9년을 기다리면 또 볼 수 있을까. 저승은 하염없이 써니의 뒷모습을 지켜보았다.

힘찬 구두 굽 소리가 잦아들었다. 써니는 몇 걸음 더 걷지 못하고 멈춰 섰다. 슬픔이 차올라 더 걷기가 힘들었다. 저승의 얼굴을 더 오래 보고 싶었으나, 더 보고 있다가는 울컥 눈물을 쏟아버리고 말 것 같았다.

"나도, 반가웠어요. 김우빈 씨."

써니의 작은 목소리가 한없이 슬프게 울렸다.

도깨비가 무로 돌아가던 날, 모두의 기억이 씻겨 내려가던 9년 전 밤. 한 번도 말없이 아르바이트를 빠진 적 없던 은탁은 연락도 닿지 않았고 비가 억세게 내려 스산한 날이었다. 가게 뒤편으로 쓰레기를 버리러 나갔던 써니는 은탁이 종종 챙겨 주던 꼬마가 차가운 빗속에서 떨고 있는 것을 보고 가게로 데리고 들어왔다. 온몸이 언 꼬마에게 모포를 덮어주고 따뜻한 차를 건넸다.

차가운 빗속에서 떨며 할머니를 기다리는 아이를 보니, 써니는 돈 버느라 추위에 떨고 있을 할머니가 안타까웠고, 관대하지 않아 수많은 사람 고생시키는 신이란 존재가 얄미웠다. 속마음을 숨기지 못하는 써니인지라 꼬마를 상대로 푸념을 늘어놓았다.

전생을 기억나게 했다가, 지우려고도 했다가 제멋대로인 점도 마음에 안 든다고 써니가 말했을 때, 꼬마가 망각은 신의 배려 아니겠느냐고 대답했다. 그제야 조금 묘한 기분이 들긴 했지만 써니는 내 기억이고 인생인데 허튼 배려는 필요 없다고 강하게 못 박았다. 아이의 주변을 돌던 나비가 격렬히 날개를 파닥이며 가게를 떠났다.

그렇게 써니의 기억은 그대로 남았다.

그런데 오늘 본 저승도 기억이 지워지지 않았다. 눈이 마주치는 순간 저승도 기억을 그대로 가지고 있다는 것을 알았다. 그것이 또 다른 종류의 배려인지, 벌인지 써니로선 신의 뜻을 헤아리기 어려웠다. 그러나 왕여와 김선도, 김우빈과 써니도 서로의 모든 걸 기억하는 둘은 또 이렇게 헤어져야 한다는 사실만은 명확히 알고 있었다.

부디 다음 생에서는 기다림은 짧고, 만남은 긴 인연으로, 핑계 없이도 만날 수 있는 얼굴로, 이 세상 단 하나뿐인 간절한 이름으로, 우연이 마주치면 달려가 인사하는 사이로, 언제나 정답인 사랑으로. 그렇게 만날 수 있길 바랐다.

불규칙한 호흡과 함께 잘 참고 있던 울음이 터졌다. 어디에도 말할 수 없는 슬픔이 파고들었다.

써니의 전 가게가 어디인지도 몰랐고, 외국은 가본 적도 없었다. 그런데 자신이 외국에서 부친 편지가 건너 건너 도착했다. 기가 막힌 우연이라 치부하고 넘어가기에는 너무 뜬금없고 이상했다. 기억이 잘려나간 은탁이 느끼기에 이 모든 일이 기이했다. 은탁은 사람들이 모두 퇴근하고 돌아간 라디오 스튜디오에서 조용히 편지를 뜯었다. 동글동글한 글씨는 분명 자신의 필체였다.

엄마 안녕, 내 걱정만 하고 있을 우리 예쁜 엄마.

천국은 어때요? 꼭 이곳 같을까요? 나는 지금 캐나다에서 엄마에게 편지를 쓰고 있어요.

문 하나만 건너면 이렇게 천국 같은 곳이 펼쳐져요. 아저씨와 함께면요.

내 안부를 물어주는 사람이 생겼거든요.

엄마는 내가 보지 말아야 할 것들을 보는 걸 걱정하고 미안해했지만 이제 그러지 말아요.

덕분에 나는 이렇게 누군가에게 특별해졌으니까요.

언젠가 다시 만나요. 사랑해요 엄마.

캐나다에서,
엄마딸 은탁이가

편지의 마지막 줄 위로 은탁의 눈물이 후두둑 떨어졌다. 여권도 없는 제가 캐나다에서 보내온 편지에는 이해 못할 말들만 잔뜩 쓰여 있었다. 편지를 보낸 지은탁은 행복했던 것 같았다. 엄마에게 자랑하고 싶을 만큼. 아저씨는 누구일까. 은탁은 노트를 꺼내 기억해야 한다 강박적으로 적어놓은 메모를 펼쳤다. 편지에 등장하는 아저씨가 김신이라는 사람일까. 9년 전에 대체 어떤 일이 있었던 것인지, 기억이 사라진 자리에 뚫린 것처럼 허한 마음만 남아 은탁은 손톱을 깨물었다.

이런저런 생각들로 복잡한 순간 은탁의 휴대전화가 울렸

다. 저장되어 있지 않은 번호였다.

"여보세요?"

— 유신재입니다.

기다리고 있었다. 은탁은 자꾸만 나타나 마음을 어지럽히더니 큰 도움을 준 남자의 연락을 기다리고 있었다.

"예, 안녕하세요."

생각지 못한 시점, 때마침 걸려온 전화. 전화기 너머 부드러운 목소리에 은탁은 어쩐지 설렜다. 자리에서 벌떡 일어나 괜히 주변을 배회하며 풍선처럼 부풀어 오르기 시작하는 설렘을 진정시키려 애썼다. 설렘을 꾹 누르고 서성이며 통화하다 책상 위 향초를 건드렸다. 넘어지기라도 해 불이 붙을까 걱정돼 후 불어 불을 껐다.

덕분에 도깨비는 통화중에 소환이 되었다. 낯선 풍경에 주위를 둘러보다 부스 밖 은탁을 발견했다. 잠시 소리가 끊긴 탓에 여보세요를 반복하는 은탁의 음성이 공기 중으로도 전화기 속에서도 여러번 들렸다. 부스 너머의 은탁이 반가워 도깨비가 미소를 지었다.

"혹시 제 전화 기다리셨을까요?"

"아, 제가 바빠서 전화번호 드리고 온 것도 깜빡했네요."

딱딱한 대답과는 달리 은탁은 연신 손부채질을 하며 열기를 식히고 있었다. 그래놓고는 목소리를 낮게 깔며 바빠서 신경 안 쓴 척을 하고 있었다. 은탁의 감정들이 훤히 보여서, 여전히 맑은 은탁이어서 도깨비는 웃음을 참았다.

"감사하단 인사가 늦긴 했는데, 그땐 너무 감사했어요."

"그럼 저랑 산책 어떠세요? 지 PD님 어디 사신댔죠?"

"저요? 저 어디 사는지 말 안 했는데요."

은탁이 빠르게 뒤를 도는 바람에 도깨비는 책상 밑으로 얼른 몸을 숨겼다.

은탁이 사는 동네를 말하자, 남자가 30분 뒤에는 마침 자기도 그 근처일 것 같다고 답했다. 원래부터 그 근처에 있을 리 없어 그저 은탁을 보러 오겠다는 의미였고, 뻔한 수법이라 은탁은 픽 웃었다. 뻔했는데 은탁은 가슴이 또 두근댔다.

"지금 데이트 신청하시는 거예요?"

"네, 제가 맘먹었거든요. 지 PD님이랑 데이트하기로."

기억도 나지 않는 누군가의 신부라는 사실에 얽매였었고, 우울증을 앓던 날들이었다. 이성과의 데이트는 처음이라 해도 좋았다. 이렇게 은탁을 들뜨게 하는 감정들도 아주 어렴풋한 옛날을 제외하면 처음인 것 같았다. 전화를 끊고 은탁은 가방에서 향수를 꺼냈다. 스무 살 무렵부터 쓰던 향수였다. 손목에 향수를 뿌린 은탁에게서 설렘이 가득 묻어났다.

은탁과 도깨비는 함께 걸었다. 조금 가까이, 어색하지 않게 걷는 발걸음이, 순간들이 도깨비는 좋았다. 이렇게 발맞추어 걷게 되었으므로 혼자 걸었던 9년이 모두 괜찮았다. 은탁에게선 익숙하고 달달한 향기가 났다. 도깨비가 선물해주었던 그 향수를 은탁이 아직도 사용하고 있었다. 기억 없는 은탁에게서 옛 추억을 발견할 때마다 도깨비는 조용히 웃었다. 혼자만의 추억이었다.

"저도 그 향 좋아해요."

"아, 이거 여자들이 좋아하는 향인데. 여자 향수 잘 아시나 봐요."

"여자 향수 잘 알아서 별론가요?"

"제가 뭐라구요."

금세 시무룩해져서 중얼거리는 은탁에게 도깨비가 말했다.

"전화번호 아는 유일한 여자신데."

은탁이 믿지 않는 눈치라 도깨비는 설명을 덧붙였다. 휴대전화 쓸 일도 없었고, 휴대전화가 되지 않고 눈만 많은 곳에 있었다고.

평범한 사람들과는 조금 다른 말투나 사람을 대하는 방식은 그 때문인가 하고 은탁은 생각했다. 휴대전화 알람이 울려 얼른 가방에서 약통과 생수병을 꺼냈다. 이렇게 알람을 맞춰 놓지 않으면 그때그때 약을 챙겨 먹기 힘들었고, 약 먹는 걸 까먹으면 고생은 오롯이 제 몫이었다. 약을 꼬박꼬박 먹어야 보통 사람의 기분을 겨우 따라잡을 수 있었다.

알약을 삼키는 은탁을 보는 도깨비의 눈에 걱정이 가득했다. 자신이 없는 동안의 은탁을 짐작할 수 없었다. 그저 라디오 PD라는 꿈을 이루었으니 기특했고, 여전히 사랑스러워 잘 지냈으리라 짐작했지만 이따금 보이는 은탁의 우울은 도깨비가 모르는 공백이었다. 그가 무슨 약인지 조심스럽게 물었다.

"마음의 병에 드는 약?"

"언제부터요? 이유… 물어도 될까요?

"음. 사실 잘 모르겠어요. 뭐가 시작이었는지. 도망가셔도 돼요. 그럴 기회 드리려고 솔직한 거구요. 저야말로 좀 이상하죠."

"그럼 내가 더 이상해져 볼게요."

그 말이 고마워 은탁은 하하, 소리 내 웃었다.

웃어버리는 은탁이 도깨비는 여전히 마음 아팠다. 은탁의 마음에 병이 든 게 저 때문인 것 같았다. 아픈 곳 하나 없이 행복하기를 바랐는데 그조차 잘 되지 않았던 모양이었다.

깊어지는 남자의 눈빛에 은탁은 머리를 긁적였다. 그의 눈빛이 너무 깊어 은탁은 빠져들 것만 같아 늘 한 발짝 거리를 두게 되었다.

"아, 저 휴가 가요. 이렇게 불쑥불쑥 근처이실까 봐 미리 말씀드리는 거예요."

"어디로 가요?"

"외국이요. 외국 처음 나가보는 거라서 너무너무 떨려요. 촌스럽죠. 저."

편지를 부쳐온 곳을 확인하러 갈 생각이었다. 그곳에 가면 자신이 잊은 일들을 알게 될 수 있을지도 모른다는 희망이 들었다. '어느 날부턴가' 자신에게 생겨난 우울도, 목걸이도, 메모도, 편지도 모든 걸 알아내고 싶었다.

처음이 아닌데 처음이라 말하는 은탁을 보며 도깨비는 은탁이 처음 외국에 갔던 순간을 떠올렸다. 아주 당차고 활발한 여고생이었다.

"처음이라도 안 떨 겁니다. 되게 자연스럽고 처음 온 거 안 같이, 거기 사는 사람처럼 굴 테니까 걱정 말아요."

"저 잘 모르시잖아요."

"믿어봐요."

그가 그렇게 다정한 목소리로 속삭이면 은탁은 믿고 싶어졌다. 괜찮을까? 몇 번 만난 적도 없는데 그 목소리가 다정해서인지 은탁은 저도 모르게 고개를 끄덕일 뻔했다.

동기야 어찌되었든 첫 해외여행이었다. 비행기를 타기 전부터 두근대던 마음은 퀘백 땅을 밟자 주체할 수 없을 지경이 되었다. 긴 코트자락을 휘날리며 은탁은 주변 풍경을 둘러보았다. 짙은 색으로 덧입혀진 단풍이 시원한 바람에 흔들리며 은탁을 환영하는 것 같았다. 오랜만에 약 기운 때문이 아니라 진심으로 기분이 좋았다. 공기가 맑은 덕인지 머리가 맑아지는 기분이었다. 무언가를 알아낼 수 있다는 기대 또한 걸음마다 생겨났다.

편지를 부쳐온 호텔을 어렵지 않게 찾을 수 있었다. 어디서든 훤히 보일 만큼 커다란 성 같은 호텔이었다. 안 되는 영어로 더듬더듬 물을 생각이었는데 다행스럽게도 한국인 직원이 있었다. 은탁이 편지를 보여주자 봉투의 모양을 확인한 직원이 10년 전쯤에 쓰여진 것 같다고 확인해주었다. 우편함에 편지가 걸려서 10년 전 편지를 얼마 전에야 발견했고, 그래서 발송이 늦어진 거라고 직원은 경위를 설명하며 미안해했다.

보낸지도 모르고 있던 편지여서 은탁은 괜찮았다. 오히려 편지가 그때 바로 왔다면 은탁은 지금쯤 노트에 적힌 메모처럼 이 편지 또한 무슨 의미인지 몰라 오래 고민해왔을 것이다.

상냥하게 미소 짓던 직원이 편지 건에 대한 사과와 함께 서비스 차원에서 호텔 숙박을 제안했다. 로비부터 번쩍번쩍한 특급호텔이었다. 비즈니스호텔을 대충 잡아놓은 은탁으로서는 반가운 제안이었다.

배정받은 방은 지나치게 좋았다. 커다랗고 푹신한 침대, 테이블 위에 준비된 비스킷들, 세면도구까지도 무엇 하나 고급스럽지 않은 게 없었다. 창문을 열면 호텔의 푸른 정원이 내려다보였다.

편지가 10년 전, 열아홉 살 무렵 이 호텔에서 부쳐진 걸 확인했으니 주변을 조금 더 둘러보는 게 좋을 것 같았다. 보다 보면 기억이 떠오를지도 모르고, 모처럼의 휴식이었다. 비행기만 반나절을 타고 멀리까지 나왔으니 관광도 하면 좋을 것 같았다.

거리로 다시 나선 은탁은 지나가는 사람들을 구경하며 스치는 바람을 만끽했다. 한눈에 보아도 잘생긴 미남이 걸어오고 있었다. 외국이 좋긴 좋구나, 생각을 하는데 미남이 은탁을 지나며 인사했다.

"또 보네."

"그러네요."

자연스럽게 답하고 앞으로 한 걸음 내딛다 은탁은 급히 뒤를 돌았다. 사람들 사이로 청년이 보이다 순식간에 사라져 있었다. 자신도 모르게 '그러네요' 하고 답했다. 마치 그를 알고 있던 것처럼. 혼란스러운 가운데 은탁은 우선 그를 뒤쫓았다. 자기를 어떻게 아느냐고 물을 참이었다. 청년이 사라진 방향 쪽을 쫓아 달렸으나 한참을 헤매도 청년은 그림자도 보이지 않았다. 귀신에 씌인 것 같았다.

급하게 움직이느라 가빠진 숨을 고르며 주위를 두리번거렸다. 무엇일까, 자꾸만 잡힐 듯 잡히지 않는 장면들이 은탁의 주변을 맴돌고 있었다. 두리번거리는 은탁을 노점상의 여인이 불렀다. 여인은 은탁의 목에 걸린 목걸이를 보고 있었다.

"또 보니 반갑네요."

이건 또 무슨 소리인지. 눈만 깜빡이는 은탁에 여인이 설명을 덧붙였다.

"아, 아가씨가 하고 있는 그 목걸이 말이에요. 그거 내가 만든 거예요."

하나하나 손수 제작한 액세서리라 여인은 한눈에 자신이 만든 목걸이를 알아보았다. 은탁의 목걸이에 새겨진 'Destin'이라는 글자를 가리키며 여인이 말했다.

"불어로 하늘이 정해준 운명이란 뜻이에요. 인간의 영역을 벗어난 절대적인 운명."

운명. 은탁은 목걸이를 만지작거리며 조용히 말했다. 누군가 이곳에서 목걸이를 사서 자신에게 준 것인지, 아니면 직접 와서 산 것인지, 아무것도 짐작하기 힘들었다. 무언가 알아낼 수 있을 것 같았는데 혼란만 더 깊어졌다.

"목걸이를 선물해준 사람과 행복하게 잘 살고 있나요?"

여인의 마지막 질문이 뇌리에 박혔다.

은탁은 멍하니 걸었다. 도대체 어떻게 맞춰야 이 퍼즐들이 완성될지 알 수가 없었다. 여전히 끝이 보이지 않는 터널을 걷는 기분이었다. 그 터널은 이런 속도로 걸어서는 끝까지 가 보지도 못할 것 같았다.

계속 걷다 보니 낯설었던 주변 풍경들도 어느덧 익숙해져 갔다. 터벅터벅 고개를 숙이고 걷던 은탁은 뒷걸음질 쳐 어느 문 앞에 멈춰 섰다. 평범한 빨간 문이었다. 언제가 저 문을 연 적이 있었던 것만 같고, 저 문이 금방이라도 열릴 것만 같았다. 저 문을 방금 처음 본 주제에, 문이 열리기를 오래 기다린 사람 같은 기분이 들었다.

생경한 기분에 느릿하게 눈을 깜박이는데 마치 은탁의 생각을 들은 듯 문이 열렸다. 그리고 문 안에서 사람이 나왔다. 그 남자였다.

쿵, 심장이 잠깐 멈춘 듯도 했다. 그리고 헛웃음이 났다. 그를 여기에서도 마주치다니 우연도 이 정도면 신이 계획한 수준이었다. 한국도 아닌 캐나다였다. 캐나다 땅이 한국보다 수십 배는 넓을 텐데, 아니 세계에 나라가 몇 개인데, 그런 식으로 따지자면 끝도 없었다. 이쯤 되면 정말로 이상했다. 오늘, 아니 그를 만난 이후 매일이 이상했다.

말도 안 된다는 표정으로 멍하니 서 있는 은탁에게 도깨비가 쭈뼛이며 변명 아닌 변명을 했다.

"출장입니다. 가구 모서리에 참고할 품의가 필요해서…."

자기가 생각해도 횡설수설이었다. 도깨비는 변명하기를 관두었다. 외국으로 떠난다는 은탁을 찾아 문을 열었다 닫으며 안 가본 나라가 없었다. 은탁을 찾을 수 없을수록 이곳에 있을 것이라는 예감이 강해졌다. 이곳에 너무도 오고 싶었다. 행복했던 순간들을 한 번 더 함께하고 싶었다. 그러나 오면 안 될 것 같았다. 분명 은탁에게 그 만남은 억지스러울 테고, 은탁이 놀랄 것이었다. 또 함께하다 괜히 기억을 잃은 은탁에게 혼란만 주는 것은 아닌지 한참을 고민했다. 긴 고민이 부질없게도, 그럼에도 불구하고 결국엔 은탁의 앞이었다.

민망함에 쑥스러운 표정으로 도깨비가 물었다.

"잘 지냈어요?"

"혹시 저 따라 오신 거예요?"

"그렇다고 하면 잡혀갈까요?"

"어떻게 할까요."

"나쁜 사람 아닙니다."

"어떻게 알아요, 제가."

"같이 다니다 보면 알지 않을까요?"

입꼬리를 부드럽게 올린 그에게 은탁은 늘 마음이 흔들렸다. 신이 계획한 우연은 대체로 인연이라 불렸다. 은탁은 이 이상하고 신비한 남자가 자신의 인연일까, 이제는 그런 생각마저 들었다. 그래도 이상한 마음이 커서 강하게 거절하려는데, 그가 협찬 이야기를 꺼냈다. 그때 분명 밥도 사신다고 하지 않았나 하고 중얼거리는 남자의 말에 은탁은 바로 정신을 차리고 그를 불러 세웠다. 이 남자가 자기 라디오 프로그램에 협찬을 해준 대기업 대표임을 잊어서는 안 되었다.

자신이 안내하겠다며 앞장 서는 은탁의 뒷모습이 여전히 아이처럼 귀여워 도깨비는 웃음이 샜다. 앞서 걷던 은탁이 무언가 떠올랐는지 갑자기 미간을 찡그리며 물었다.

"근데 제가 캐나다 간다고 말을 했던가요? 그냥 외국이라고 하지 않았나요?"

"…했던, 거 같은데. 막 단풍국 뭐 그런 얘기 들은 거 같아가지고."

"아! 단풍국. 기억났어요. 이쪽이요."

익숙한 단어에 의심을 접고 은탁이 다시 걸어 나갔다. 은탁의 뒤를 쫓으며 도깨비는 한숨을 내쉬었다. 단풍국 이야기는 10년 전 이야기였다. 은탁이 더는 캐묻지 않아 천만다행이었다.

은탁과 도깨비는 샌드위치 하나씩을 들고 도심 전체가 내려다보이는 언덕 어귀에 섰다. 눈에 보이는 모든 것들이 아름다웠다. 왠지 샌드위치도 더 맛있는 것 같았다. 샌드위치를 한입 베어 문 도깨비가 한껏 집중해 샌드위치를 우물대며 허기를 달래는 은탁에게 이걸로 되겠느냐 물었다.

"괜찮아요. 소풍 온 거 같고 좋잖아요."

"PD님 말고 나요. 나 이걸로 되겠느냐구요. 협찬을 그렇게 해드렸는데."

은탁은 한 입 크게 베어 물려던 것을 그대로 멈췄다. 예상치 못한 말이었다. 더한 걸 사줘도 아무 말 없을 사람처럼 그저 좋다더니, 막상 샌드위치를 사니 눈치를 주고 있다. 이래서 재벌들은 안 되나 봐. 은탁은 민망함에 괜히 속으로 부자들을 욕했다.

"아, 제가 계획하고 온 여행이 아니라 갑자기 오는 바람에 환전을 조금밖에 못 해가지고. 뭐 좋아하세요?"

"소요."

은탁은 눈을 피하며 고기 안 좋아한다고 발을 빼려 했으나, 먹힐 리 없는 거짓말이었다. 순순히 넘어가줄 것 같지 않아 은탁은 대충 알았다고 대답했다. 나중에 사겠다고.

샌드위치를 다 먹고 언덕 위로 향하려는 은탁의 팔을 남자가 빠르게 잡았다. 잡힌 팔에 놀라 바라보자 남자는 조금 머쓱한 표정을 지었다.

"그쪽은… 별 게 없어요. 이쪽. 가이드 해드릴게요."

은탁의 걸음이 그대로 언덕 위로 이어졌다면 비석들이 늘어서 있는 곳, 그 쓸쓸한 풍경을 보게 될 것이었다. 도깨비는 그곳을 굳이 다시 보여주고 싶지 않았다.

남자의 말에 얼떨떨해하면서도 은탁은 새침하게 고개를 끄덕였다.

"그래도 돼요? 제가 너무 폐 끼치는 거 아니에요?"

"괜찮아요. 조금 폐 끼치더라도 너무 신나서 그랬을 거니까."

어디서 말하는 법을 배우기라도 한 것 같아 은탁은 픽 웃으며 남자를 따라나섰다. 남자가 보여주는 거리는 은탁이 방금까지 걸었던 거리들과는 또 다른 매력이 있었다. 훨씬 더 반짝였고, 예뻤고, 은탁의 눈을 사로잡았다. 누군가와 함께 걷고 있어서인지도 모르겠다. 바닥에 깔린 단풍잎들을 눌러 밟으며 은탁은 문득 궁금해졌다.

"퀘벡 잘 아시나 봐요. 와보셨어요?"

"첫사랑과 왔었죠. …같이는, 네 번째네요."

둘의 걸음이 느려졌다. 도깨비의 표정은 쓸쓸해졌고, 은탁은 조금 실망한 표정을 지었다.

"아… 여자친구 있으시구나."

"지금은, 헤어졌어요."

"왜 헤어지셨어요?"

"제가 되게 오래, 되게 멀리 떠나 있었거든요. 많이 힘들었는지 절 다 잊었더라구요."

도깨비는 가만히 은탁을 내려다보았다. 저를 잊고 은탁이 평안하기만을 바랐는데도 못내 안타까웠다. 별수 없이. 노을 지는 오후의 풍경처럼 짙어진 도깨비의 쓸쓸함을 은탁은 감지했다.

"첫사랑은 안 이루어지는 법이니까…. 많이 사랑하셨나 봐요."

"그런가 봐요. 이렇게 참기 힘든 걸 보면."

"뭘 참으시는데요?"

"손잡고 싶고, 안고 싶고, 그런 거요."

"여자 분은 다 잊었는데, 대표님은 아직 못 잊으셨구나."

어두워진 얼굴로 은탁이 입술을 우물거렸다. 자기까지 기분 안 좋아지라고 이런 얘기를 하나 생각했다. 실망한 기색이 역력한 은탁의 얼굴이 귀여워 도깨비는 작게 웃었다. 이렇게 귀엽고 사랑스러운 너를 잊지 않기 위해 매일매일 떠올렸다.

"네. 단 하루도. 단 한순간도."

"좋겠네요. 그분은."

바람이 불자 단풍잎이 두 사람 위로 우수수 떨어졌다. 은탁은 떨어지는 단풍잎을 잡는 대신 괜히 손으로 쳐냈다.

"혹시 그거 알아요? 떨어지는 단풍잎을 잡으면 같이 걷던 사람과 사랑이 이루어지는 거?"

"네? 첫사랑 그분이 얘기해주셨나 봐요!"

"네. 단풍잎도 잡았구요."

더는 참을 수 없어 은탁은 목소리를 높였다. 듣자듣자 하니까 첫사랑 타령이 너무 길었다. 게다가 너무도 애틋했다. 애틋한 눈빛, 목소리, 걸음걸이, 모든 것이 너무도. 그래서 꼭 첫사랑과 다시 이뤄지길 바란다고 빌어줄 뻔했다.

"근데 그걸 믿어요? 잡아도 안 이루어졌네. 지금 저랑 걷고 계시잖아요. 안 이루어져서. 저한테 호감 있으시구요. 남자는 원래 호감 있는 여자한테 옛 여자 얘기하거든요. 바보같이."

빤히 바라보는 은탁에 도깨비는 희미하게 웃으며 물었다.

"그런가요?"

"아닌가요?"

호텔로 돌아온 은탁은 손을 씻으며 열을 냈다. 단풍잎 잡는다고 사랑이 이루어지는 걸 믿다니 바보가 따로 없었다. 그냥 여자가 작업 건 건데 그것도 모르고. 열을 내다 어이가 없었다. 저는 또 왜 이렇게 화를 내고 있는 걸까. 머릿속이 복잡했다. 기억이 안 나는 것도 괴로운데 만난 지 얼마 안 된 남자가 머리를 헤집어놓고 있었다.

멍하니 호텔 방 소파에 드러누워 천장만 노려보다 창밖을 바라보았다. 창밖으로 보이는 정원이 예뻤고, 그 예쁜 정원에 또 있었다. 그가. 은탁은 이제 놀랍지도 않았다.

목걸이를 준 사람과는 행복하냐고 묻던 여인, 김신이라는 이름, 그리고 10년 전 자신이 편지를 보낸 호텔, 그곳에 서 있는 저 남자.

은탁은 다시 외투를 걸치고 방문을 나섰다.

"왜 여기 계세요? 이 호텔 묵으세요?"

은탁의 갑작스러운 등장에도 놀라지 않고 그는 차분히 그렇다 대답했다. 이만큼 이상했으면 됐다. 은탁은 이제 묻고 싶었다.

"근데 저기 혹시요, 우리 혹시 만난 적 있어요? 한… 10년 전에?"

아저씨! 하며 그를 부르던 열아홉 은탁의 목소리가 들리는 듯했다. 도깨비는 철렁 가슴이 내려앉았다.

남자의 아련한 시선에 은탁은 머뭇거렸다.

"아, 멘트가 좀 그렇긴 한데 작업 거는 거 아니구요, 그냥 자꾸 이상한 기분이…."

"나 맘에 들어요?"

"아뇨, 진짜 작업 아니고… 네."

그가 말없이 바라만 볼 뿐이어서 은탁은 떨리는 마음을 진정시키며 구태여 설명을 덧붙였다. 이러려고 그의 앞에 선 건 아니었는데, 이렇게 되어버렸다. 말이 마음보다 빠르게 나서고 있었다.

"맘에 든다구요. 참고로 저 남자친구 없거든요. 이번 생엔 남자랑 연이 없나 봐요. 그렇다구요. 저는 이만. 산책 잘 하세요."

그는 여전히 말없이 바라만 보고 있었다. 고백을 했는데 상대가 입을 다물고만 있으니 은탁은 민망해졌다.

도깨비는 아무 말도 할 수가 없었다. 기억을 잃고도, 도깨비 신부의 낙인이 지워진 채로도 은탁이 자신에게 좋아한다고 고백을 하고 있었다. 이게 상일지 벌일지 벌써 두려웠고, 이미 설렜다. 그렇다고 돌아서 가려는 은탁을 그대로 보낼 순 없어 다급히 붙잡았다.

함께 레스토랑에 왔다. 먼저 자리를 잡은 은탁이 테이블에 앉아 통화를 하고 있었다. 이미 본 장면이었고, 수천 수만 번도 더 되뇌던 장면이었다. 짧은 단발머리, 희고 고운 목덜미. 목에 걸린 목걸이, 수줍게 상기된 볼. 통화를 마치고 이제 뒤돌아보며 손을 들고 부를 차례였다.

"대표님!"

'내가 본 미래가 맞았구나. 넌 기어이 대표님이란 자식을 만났구나. 웃음을 감출 수 없으니 퍽 난감하군.'

은탁이 메뉴와 가격을 훑고 있었다. 도깨비는 그런 은탁을 마주 보며 그저 너무 활짝 웃지 않으려 애써 참고 있었다. 스물아홉 은탁의 앞에 앉아 있다는 사실이 너무나 신기했다. 어떻게 돌아 이 미래까지 왔다는 게. 메뉴판을 쭉 훑은 은탁이 이곳도 혹시 첫사랑이랑 왔느냐고 물었다. 물론이었다. 한때는 그 첫사랑 은탁이 단골집 삼았던 곳이었다. 은탁이 뚱한 표정으로 구시렁댔다.

"되게 비싼 거 먹이셨네요."

"근데 아무 소용없더라고요. 다 까먹고."

"…헤어진 다음에도 보신 거예요?"

"네."

단단히 기분 상한 표정으로 다시 메뉴판으로 고개를 돌리는 은탁을 보고 도깨비는 입술을 깨물고 애써 웃음을 참았다. 은탁의 하나하나가 기분이 좋았다. 가만히 메뉴를 보는 척하던 은탁이 고개를 번쩍 들었다.

"첫사랑이란 본디 추억 속에서 미화되고 보정돼서 다시 보면 별로라던데."

"안 그래요. 여전히 예뻐요."

더 듣기도 싫다는 듯 은탁은 삐쳐 큰 소리로 웨이터를 불렀다. 그러다 또 울컥 화가 치밀어서는 물었다.

"여전히 예쁜 거 말고 이제 막 예쁜 건 싫으세요? 저 요새 이제 막 예쁜데. 물론 제 생각이구요."

한순간이 이렇게 깊이 행복해도 되는 것일까, 의문이 들 정도로 도깨비는 지금 행복했다. 열아홉에도, 스물아홉에도 여전히 예뻤고, 늘 새롭게 예쁜 은탁을 바라보는 일이 행복했다. 웃음이 입가에 오래 머물렀다. 은탁을 가만 바라보다 물었다.

"우리 내일도 볼까요?"

"…저 내일 오후 비행기라."

"가기 전에요. 가서도."

그 말에 은탁이 웃으며 고개를 끄덕였다. 그가 한아름 웃음을 안아 올리고 자신을 바라보는 게 좋았다.

가볼 곳이 있다던 도깨비와 헤어져 호텔로 가던 은탁은 근처 비치된 관광 안내 팸플릿을 집어 들었다. 가기 전에 데이트하기 좋은 곳이 없을까 설레는 마음으로 페이지를 넘기던 은탁은 맑은 날의 언덕 사진에서 손을 멈췄다. 그쪽은 별거 없다며 은탁을 막아서던 그가 떠올랐다. 그곳에 앉아 있던 그의 외로운 뒷모습도…. 뒷모습? 연이어 민들레 홀씨들이 눈처럼 흩날리던 순간이, 그리고 묘비에 있던 흐릿한 흑백사진. 흑백사진 속 얼굴은 분명 그였다. 머릿속을 연달아 스쳐 지나는 잔상들에 은탁은 팸플릿을 손에 꾹 쥔 채 빠른 걸음을 움직였다.

잡을 수 없을 것 같던 것들이 잡히기 시작했다. 너른 평원에 이르자 머릿속에 남았던 장면과 똑같이 비석들이 서 있었다. 그리고 하나의 비석 안에는 분명히 그의 사진이 있었다. 낡았지만 그가 분명했다. 이게 대체 뭐지, 놀라 기절이라도 하고 싶은 은탁의 위로 길게 그림자가 드리웠다. 그가 은탁의 뒤에 있었다. 은탁은 멍하니 그를 보다가 간신히 입을 뗐다.

"이 사람, 대표님이에요? 대표님 혹시, 귀신이에요?"

입을 꾹 다문 그의 앞에서 은탁의 말이 더 빨라졌다.

"이때 죽은 거고? 그래서 내 눈에 계속 보였던 거고?"

"…아직도 죽은 자들을 보는 거야?"

"아직도…? 나 귀신 보던 거 어떻게 알아요? 당신 뭐야. 진짜 귀신이야? 내가 귀신 봤던 거 어떻게 아냐고!"

입이 있어도 말할 수 없었다. 어떻게 설명해야 할지, 설명을 해도 되는 건지. 도깨비는 벌써 후회하고 있었다.

은탁은 어지러울 만큼 혼란스러웠다. 거의 10년을 메모만

들여다보며 짚어왔는데 그 이름을 발음하려니 가슴 깊은 곳에서 이름 모를 감정이 치솟았다. 울먹거리며 은탁이 간신히 그 이름을 끄집어내었다.

"혹시 이름이, 김신이에요?"

은탁이 그 이름을 알아서는 안 되었다. 어떻게 알고 있는지도 모른 채 도깨비는 그저 놀라 은탁을 보았다.

"10년 전에 나랑 여기 왔었고? 맞아요? 근데 난 왜 기억이 하나도 안 나요? 대답 좀 해봐요, 누구냐고 당신! 나는 왜 당신을 잊지 말라고 써놓은 건데. 내가 왜 당신 신부라고 써놓은 거냐구요. 당신 김신이죠. 맞죠!"

무언가가 도려내진 듯한 가슴이 시렸고, 그 시린 가슴을 그의 이름으로 채운다면 다시 온전해질 수 있을 것 같았다. 그래서 더 은탁은 절규했다. 이유도 모른 채 비 오는 날마다, 눈 오는 날마다, 아니 매일을 반복했던, 허무 속을 걷는 일을 은탁은 멈추고 싶었다.

"아니야."

도깨비의 눈이 가늘게 떨렸다. 괴로워하는 은탁을 보는 일은 늘 괴로웠다.

"늦었어. 호텔로 돌아가."

도깨비의 짧은 대답을 들은 은탁의 표정이 엉망으로 일그러졌다. 그 말만 남긴 채 그는 빠르게, 은탁이 잡을 틈도 없이 멀리 달아났다. 이제는 가슴에서 사라진 검이 또 한 번 우는 것처럼 강한 통증이 일었다. 잘못되었다. 마음이 아팠다. 생각이 너무 짧았다.

잊었으면, 잊어도 되는 사람이다.

그가 사라진 곳에 황망히 서 있던 은탁은 정처 없이 걸었다. 날이 어둑해지자 상점마다 반짝이는 조명으로 불을 밝혔다. 머릿속에 숨겨져 있을 기억을 찾아내려 구석구석을 뒤져보아도 깜깜하기만 했다. 공원에 다다라 길에 떨어진 단풍잎 하나를 손에 쥐고 분수대에 기댔다. 가을이 무르익어 낙엽이 바람에 흩날리고 있었다. 천천히 분수대로부터 멀어지다 은탁은 기억에 붙잡혔다. 찾으려고 그렇게 애쓰던 기억들이었다.

'천년만년 가는 슬픔이 어디 있겠어. 천년만년 가는 사랑이 어디 있고.'

'어디에 한 표던데. 슬픔이야, 사랑이야.'

기억 속 음성이 묻자 은탁의 입에서 익숙한 대답이 흘러나왔다.

"…슬픈 사랑."

눈물이 쏟아져 내렸다. 뜨거운 눈물이 심장으로 흘러 심장에 화상 자국을 남기는 것 같았다. 너무 뜨거웠다. 첫눈이 내렸고, 신께 빌었고, 서로를 단단히 안았다. 메밀꽃밭에 내리던 눈을 은탁은 기억해냈다. 가슴을 부여잡은 채 은탁은 머리를 감쌌다. 쏟아지는 기억 중 하나라도 놓치고 싶지 않았다.

'나 몇 번째 신부예요?'

'처음이자 마지막.'

눈물을 떨어뜨리며 은탁은 달렸다.

'근데 메밀꽃은 꽃말이 뭘까요?'

'연인.'

그의 연인이자 첫사랑, 은탁 자신이었다. 숨차게 달리던 은탁은 크리스마스 상점 앞을 장식한 초를 발견했다. 숨을 길게 내쉬어 초를 껐다. 당장 눈앞에 나타나지 않을까 숨이 막혀 미쳐버릴 것 같았다. 9년의 그리움이 기억과 함께 한순간 파도처럼 밀려들어와 지금 당장 너무 보고 싶어 죽을 것만 같았다. 곧 주저앉을 듯 가슴을 두드리며 우는 은탁의 손을 커다란 손이 붙잡아 돌렸다. 은탁이 다시 도깨비를 만났다. 9년 동안 단 한순간도 첫사랑을 잊은 적 없다던 그를 은탁은 9년 만에 기억해냈다.

찾았다. 둘의 기억이 드디어 맞닿았다. 맞닿은 입술이 뜨거웠다. 눈물이 입술 사이로 스몄다. 은탁이 떨리는 손으로 그의 옷깃을 붙잡았다. 그가 은탁의 허리를 감싸 바짝 끌어당기며 다시 한 번 입술을 맞댔다. 다시는 헤어지고 싶지 않은 염원이 담긴 간절한 키스였다.

아늑한 호텔 방의 푹신한 소파 위에 두 사람이 몸을 맞댄 채 앉아 있었다. 은탁은 계속해서 신기한 듯 손끝으로 도깨비의 이곳저곳을 매만졌다. 부드러운 눈꺼풀, 날 선 콧대, 따뜻한 입술, 자신을 끌어안던 팔. 바로 앞에 두고도 믿기지 않았다. 너무 많이 울어 조금 쉰 듯한 목소리로 은탁이 재잘댔다.

"생각해보니까 너무 신기하다. 비로 온댔잖아요. 눈으로 온댔잖아요. 진짜 눈으로 왔네. 첫눈 오는 날."

"을은 매년 첫눈 오는 날에 갑의 소환에 응한다. 갑이 기다릴 것이기 때문이다."

"진짜 그 서약서 때문이었을까요?"

자신을 더듬는 은탁을 사랑스럽게 바라보며 도깨비는 고개를 끄덕였다. 아무 기억 없던 은탁도 저 혼자 사랑할 수 있을 것 같았는데, 모든 걸 아는 은탁을 다시 만나니 또 다른 기분이었다. 이렇게 다 드러낸 채 오래 묵은 사랑을 감추지 않고, 마음껏 바라볼 수 있으니 좋았다. 은탁의 눈에 또 눈물이 고였다.

"내가 그렇게 가지 말랬는데, 어떻게 갈 수가 있어. 그게 암만 최선이었어도, 어떻게 내 손으로.”

“미안해.”

“괜찮아요. 약속 지켰으니까. 무로 돌아간다는 건 뭐였어요?”

“너를 못 보는 거.”

낮게 울리는 도깨비의 목소리에 은탁은 가슴이 미어졌다. 더 힘들었겠지. 저는 잊고 살았는데도 힘들었는데 모두 다 품고 살았을 그가 얼마나 힘들었을지는 짐작도 가지 않았다. 기다림 끝에 저를 만났지만 알아보지 못했을 때는 얼마나 슬펐을지.

“…이유도 모르게, 비만 오면 미친년 같았어요. 아프고, 울고, 혼자 중얼거리고, 약 먹어도 안 듣고. 받은 사랑에 대한 예의로 씩씩하게 잘 살았어야 했는데, 미안해요.”

“이제부터 계속 행복하게 해줄게.”

은탁은 크게 고개를 끄덕이며 도깨비의 볼을 쓰다듬었다. 조금 마른 것도 같았다. 은탁도 이제부터 그를 행복하게 해줄 것이다.

“자각이 없는 것 같아 하는 말인데 왜 자꾸 만지는 것인지. 몹시 곤란하군.”

“확인하려고. 얼떨떨해서. 꿈 아닌가 해서.”

“꿈 아니야.”

"…이런 꿈 너무 많이 꿔봐서."

은탁의 눈에서 울컥 눈물이 치솟았다. 도깨비가 그런 은탁을 끌어당겨 품에 안고 어깨를 토닥였다. 은탁의 훌쩍이는 소리에 도깨비의 눈가도 붉어졌다. 꿈이 아니라고, 은탁이 안심할 수만 있다면 수백 번이든 수천 번이든 말해줄 작정이었다.

도깨비가 달래주는 품이, 손길이 따뜻해서 은탁은 더 복받쳐 올랐다. 여전히 믿어지지 않았다. 눈 뜨면 꿈이라고 할까 봐 두려웠다. 심장은 진정되지 않고 계속해서 쿵쾅거리고 있었다. 도깨비는 은탁을 더 깊이 안으며 하얀 목덜미에 입술을 꾹 눌러 묻었다.

"보고 싶었어. 아주 많이."

울음이 진정된 은탁이 그의 눈을 물끄러미 보았다. 그의 눈에 담긴 자신을 확인했다. 꿈이 아니었다. 현실이 된 그에게 은탁도 답했다.

"사랑해요. 아주 많이."

밤새 도란도란 못 다한 이야기를 나누며 하얗게 밤을 새웠다. 날이 밝아 은탁은 한국으로 돌아갈 채비를 했다. 어디든 문만 열면 함께 돌아갈 수 있었지만, 은탁의 출입국 기록 문제가 남아 있었다. 9년도 넘게 떨어져 있었으니 17시간이면 참을 만할 것 같았는데, 그게 또 아쉬워 둘은 손을 놓았다가도 다시 붙잡고 여러 번 입을 맞추었다.

장시간 비행을 하고도 캐리어를 끄는 은탁의 몸이 그다지 무겁지 않았다. 게이트 바로 앞 입국장에 도깨비가 주머니에 손을 꽂은 채 은탁을 향해 웃으며 서 있었다. 은탁은 곧바로 달려가 도깨비에게 안겼다.

"많이 기다렸어요?"

"죽는 줄 알았어. 게이트 문 열리고 너 딱 보이는데, 와."

"천사가 따로 없죠?"

"천사는 따로 있지."

간결한 대답에 은탁이 도깨비 손을 뿌리치려 했다. 뾰루퉁한 얼굴에 도깨비는 씩 미소 지었다. 삐친 것도 예뻐서.

"절대 안 돼."

되레 손을 더 꽉 잡으며 도깨비는 은탁을 이끌었다. 공항 출구를 통과하자 다시 호텔이었다. 빙글빙글 도는 하루였다. 널따란 호텔 방이 반나절 전과 같이 포근해 보였다. 멍하니 선 은탁을 향해 도깨비가 찡긋 눈을 깜박였다

"남친이 도깨비인 거 잊었어?"

"와, 이건 반칙이죠! 나 지금 너무 신나는데? 아저씨 문 뒤엔 항상 멋진 곳이 있다는 걸 깜빡했네요, 내가?"

신이 나 빙그르르 방 안을 도는 은탁의 볼을 도깨비가 강하게 감쌌다. 툭, 입술을 건드리듯 입을 맞추었다.

손 안에 들어오는 작은 얼굴을 잠시 간격을 두고 지그시 바라보았다. 은탁의 눈이 기쁨으로 빛나고 있었다. 그 안의 별을 삼키고 싶은 열망이 도깨비에게 생겨났다. 이내 다시 맞닿은 입술은 좀 더 격렬했다. 길게 호흡하며 은탁의 아랫입술을 머금었다. 그 입맞춤에 호응하며 은탁은 도깨비의 목에 팔을 감았다. 틈 없이 밀착한 채 도깨비는 은탁을 감싸 안은 팔을 단단히 힘주어 들어 올렸다. 은탁의 다리가 도깨비의 허리에 감겼다. 그대로 은탁을 안고 도깨비가 침대 쪽으로 걸음했다. 외투도 벗지 않고 사랑을 속삭이는 두 사람의 숨결이 뜨거워지고 있었다.

비극적인 운명이 한때 갈라놓았던 연인은 이제 한 몸처럼 서로를 안았다.

다시 일상으로 돌아온 은탁은 보고 싶은 얼굴이 있었고, 해야 할 일도 있었다.

저택으로 찾아와 기억을 찾았다며 반갑게 인사하는 은탁에게 저승은 인간이 저승사자를 만나는 일이 뭐 그리 반가운 일이겠느냐 말했지만 반가움을 감추지는 않았다. 벌써 은탁의 나이가 스물아홉이었다. 저승사자의 예상대로 은탁은 아홉에도, 열아홉에도, 그리고 스물아홉에도 저승사자 앞에 있었다.

은탁은 써니와는 위아래 집에서 늘 가까이 지냈지만, 새삼 기억을 찾으니 그 인연이 신기하고 든든해 다시 보고 싶었다.

하지만 써니는 가게도 집도 비우는 때가 많아 만나기가 어려웠다.

마지막으로 은탁은 다니던 정신과 의사를 만났다. 더는 진료를 받지 않아도 될 것 같다고, 그동안 살게 해주어 감사했다고 작별 인사를 전하기 위해서였다. 갑자기 밝아진 은탁을 보고 의사는 무슨 일이 생긴 거냐고 물었다. 은탁은 행복해지는 방법이 기억났다고 대답하며 밝게 웃었다.

후, 은탁이 촛불을 불었다. 행복해지는 방법은 매우 간단했다. 촛불을 불고 눈을 깜박하면 은탁의 앞에는 행복이 배달되어 있었다. 라디오국 사무실에 홀로 야근을 하다 촛불을 후 불자, 앞치마를 두르고 주걱을 쥐고 있는 도깨비가 나타났다. 도깨비에게서는 고기 냄새가 났다. 식성이 그대로라며 은탁이 킥킥 웃었다.

일하다가도 비상계단에 숨어들어 라이터를 켰다가 입으로 후 불어 껐다. 언제든지 불려나올 채비를 단단히 하고, 책을 들고 있는 모습이 귀여웠다. 은탁이 웃자 도깨비도 마주 웃었다.

예전처럼 같이 살지는 않았으나 별 문제는 없었다. 은탁이 이불 속에서 스마트폰 어플리케이션 속 초를 후 불어 껐다. 이불 안으로 도깨비가 나타났다. 은탁의 좁은 침대 위, 답답할 만한 이불 속에서 두 사람이 부시럭댔다. 어딘지 몰라 당황하던 도깨비가 이내 이불 속인 것을 알고 눈썹을 올렸다.

"너 아주, 어? 야해가지고."

혼자 부끄러워하며 괜히 핀잔을 주는 도깨비의 가슴으로 은탁이 와락 안겼다. 그의 팔 밑으로 팔을 끼워 넣어 끌어안고 도깨비의 가슴에서 전해지는 심장 뛰는 소리를 들었다.

"아, 따뜻하다. 싫으면 가시든가."

"싫지도, 가지지도 않으니 퍽 난감하군."

자신의 품을 파고드는 은탁을 도깨비는 마주 안았다. 이렇게 껴안고 있으면 도깨비가 능력을 쓰지 않아도 시간이 알아서 멈추는 것 같았다. 집 밖 도로의 시끄러운 차 소리도, 옆집 텔레비전 소리도 들리지 않고, 서로의 심장 소리만이 들렸다. 내쉬는 숨결만이 느껴졌다.

눈을 감아도, 눈을 떠도 사랑만이 존재하여 평안했다.

매 순간이 평안하기에는 9년의 상처는 너무 컸다. 새벽녘 은탁은 비명을 지르며 깨어났다. 등이 온통 식은땀으로 젖어 있었다. 혼자였다. 벌벌 떨며 손을 짚어 침대 맡의 라이터를 쥐었다. 탁, 탁, 두어 번의 시도 끝에 라이터를 불어 끄는 것에 성공했다. 울먹거리며 은탁은 이불을 뒤집어 쓴 채 빠르게 숫자를 셌다.

하나, 둘, 셋, 넷….

잠옷 위에 나이트가운을 걸친 도깨비가 휘둥그런 눈을 하고 나타났다. 잠이 덜 깨 조금 멍한 표정이었지만 젖은 얼굴의 은탁을 보니 정신이 확 들었다. 무슨 일이냐고 제대로 묻기도 전에 은탁이 그의 목을 와락 껴안았다. 반사적으로 은탁을 안아 등을 다독였다.

"너무 무서웠어요. 이게 다 꿈일까 봐. 아직도 꿈속일까 봐."

토닥이는 손길에 은탁의 흐느낌이 잦아들었다. 시간이 남긴 상처들이 따끔거렸다. 흐트러진 은탁의 머리카락을 손으로 쓸어 넘겨주며 도깨비는 최대한 다정한 표정을 지었다. 은탁이 믿고 안심할 수 있기를 바랐다. 은탁에게 흔들리지 않는 존재가 되고 싶었다.

"다음부터는 셋만에 나타나요, 알았죠? 어디 가지 말고, 알았죠?"

"그래. 어디 안 갈게."

"갔으면서…."

"미안해."

그때는 그 방법뿐이었다. 하지만 미안했다. 그 선택 덕에 우리가 결국 이렇게 만난 것이라 해도, 지금 은탁의 슬픔이 저로 인한 것이라면 미안해서 도깨비는 은탁을 더 따뜻하게 품에 안았다. 불규칙하던 숨소리가 색색거리는 규칙적인 소리로 바뀌었다. 도깨비가 조금만 움직여도 은탁은 금세 인상을 찌푸리며 뒤척였다. 얕은 잠이었다. 더 깊이, 푹 잤으면 좋겠는 마음을 담아 도깨비는 밤새 팔을 내어주었다.

세상이 파국에 이른다 하더라도 다시는 은탁을 혼자 두고는 어디로도 가지 않겠다고 도깨비는 다짐하였다.

이른 아침 은탁의 집에서 나와 계단을 내려오던 도깨비는 아래층 문을 한참 보았다. 은탁의 아랫집에 써니가 산다고 했다. 가게 앞으로 한 번 찾아갔으나 써니는 역시나 저를 알아보지 못하였다. 얼굴이라도 한 번 더 보고 싶은 마음으로 문 앞을 기웃거리는 도깨비의 귓가로 '거기, 오라버니' 하고 날카롭게 부르는 목소리가 들렸다. 놀라 고개를 돌리니 계단 아래로 운동복 차림의 써니가 서 있었다.

"왜 지 PD 집에서 나와서 내 집을 뚫어져라 보고 있죠? 혹시 그 레스토랑?"

노골적으로 도깨비의 아래위를 훑으며 써니가 물었다. 레스토랑이 무슨 말인가 싶다가, 이내 캐나다 레스토랑에서 은탁이 통화하던 상대가 써니였음을 깨달았다. 웃음이 새어나와 피식 웃는데, 한 발짝 가까이로 다가온 써니의 미래가 순간적으로 스쳤다. 밝은 햇살이 비추는 카페, 화려한 차림의 써니, 그리고 잘 차려 입은 저승. 둘이 마주앉아 즐거운 한때를 보내고 있는 모습이었다. 밝게 웃는 써니의 모습에 도깨비는 비로소 한시름을 놓았다. 도깨비가 편안한 얼굴로 이야기했다.

"그렇게 되는구나. 결국 너는, 그 길을 가는구나. 웃고 있으니, 그럼 되었다."

"누가 웃어요. 나 지금 웃어요?"

"어찌 이리 성품이 꾸준히. 지금이 아니어도, 결국 웃으니 되었단 뜻이다."

되기는 뭐가 됐단 말인지, 써니가 되물을 새도 없이 잠옷 차림을 한 도깨비가 대문을 나서고 있었다. 대체 그 꼴로 어디 가냐고 써니가 소리쳐도 도깨비는 이미 사라지고 없었다.

한참 그가 떠난 문을 바라보던 써니가 슬프게 미소 지었다. 9년 전 그날이 마지막 만남이 아니라 다행이었다. 오늘이, 오라비가 저를 보며 짐을 덜고 편안히 웃은 오늘이 마지막이라 참으로 다행이었다.

"우리 알바생 행복하게 해주세요, 오라버니. 이 못난 누이도… 행복해질게요."

도깨비가 사라진 곳을 향해 들리지 않을 부탁을 하고 써니는 집으로 들어갔다. 준비할 게 많았다.

멀리 유리창을 통해 치킨집 안에서 써니가 모르는 사람과 마주 앉아 이야기 나누는 모습이 보였다. 마침 손님이 자리를 정리하고 문을 나서려던 참이었다. 그와 스치며 은탁이 가게 안으로 들어서서 곧바로 써니의 품에 와락 안겼다. 오랜만이었다. 근래 못 보기도 했고, 더 오래 기억 속에서 잊고 있기도 했던 써니였다. 허리에 두른 은탁의 팔을 풀며 써니가 새삼스럽다는 표정으로 은탁을 보았다.

"왜 이래? 외국 한 번 다녀오더니 다짜고짜 외국식 인사야?"

"사장님. 보고 싶었단 말이에요. 가게 와도 없고, 집에도 없고. 뭐했어요. 그동안."

"이사 준비."

은탁이 놀란 눈으로 써니를 보았다. 집도, 가게도 이사를 한다는 말이 무척이나 갑작스러웠다. 워낙 오래 한집에 살아서 돈도 많이 벌었는데 왜 이사 안 가느냐고 은탁이 물을 때마다 새집증후군 있어서 싫다는 말도 안 되는 핑계를 대며 웃던 써니여서 더욱 그랬다. 그래도 더 좋은 곳으로 가는 거겠지 싶어 은탁은 큰 걱정 안 하기로 했다. 써니는 혼자서도 뭐든 잘하는 멋진 사람이었다. 예전이나 지금이나. 은탁이 써니에게 주려고 캐나다에서 사온 선물을 꺼냈다. 만나면 주려고 늘 챙겨 다니던 거였다. 그 마음이 소중해 메이플 시럽 병을 잠시 보다 써니가 물었다.

"그래서, 찾으러 간 건 찾았어?"

"완전. 다요. 전부 다. 말해도 못 믿으실 걸요. 찾다 못 해 남친까지 찾아온 거 있죠. 무려 퀘벡에서요. 운명인 거죠."

기억을 다 찾았구나. 은탁의 방에서 도깨비가 나올 때부터 써니는 어렴풋이 짐작할 수 있었다. 다행이었다. 둘은 꼭 행복하기를 바랐다. 아무 죄 없는 영혼인 은탁은 더 많이 행복하기를.

"…그 운명 잘생겼어?"

"심하게요. 눈이 맑고, 크고, 나랏일 했었고요."

"똥고집이겠네."

"네. 네?"

어떻게 알았지, 하는 표정으로 눈을 동그랗게 뜬 은탁을 보며 써니가 희미하게 웃었다. 얼른 그 레스토랑 그 사람이냐고 화제를 돌리자 바로 그렇다고 답하는 은탁의 표정은 완전한 사랑에 빠진 사람의 얼굴이었다. 비극적인 운명이 걷히고 두 번째 다시 하는 첫사랑은 이전보다 더 완벽히 은탁에게 행복을 전해주는 듯했다.

"나중에 그 레스토랑분 소개할게요 꼭 보여드리고 싶어요. 사장님한테."

"됐어. 나 봤어. 옥탑에서 내려오는 거. 너 알아서 해."

어쩐지 힘없어 보이는 써니였다. 은탁 저 혼자만 신이 난 것 같았다. 창밖을 살피는 써니의 옆모습에서 은탁은 늘 가게 테이블에 앉아 누군가를 기다리던 써니의 옛 모습을 떠올렸다.

"왜."

"그냥요. 옛날 생각나서요."

"그래, 그 생각도 너 알아서 해. 건강하게 잘 지내고."

"왜 그래요. 영영 안 볼 사람처럼."

괜히 섭섭해진 은탁이 볼멘소리를 하자 써니는 별 말 없이 웃었다. 은탁은 약속이 있다고 손을 흔들며 바삐 사라졌다. 써니만 남은 가게 안이 적막했다.

카페 구석 자리에 앉아 도깨비를 기다리던 은탁은 문득 캐나다에서 봤던 귀신을 떠올렸다. 기억을 전부 찾고 나니 그 미남이 열아홉에도 스쳤던 귀신이었음을 문득 깨달을 수 있었다. 낙인이 흐려지면서 귀신이 아주 보이지 않았다. 도깨비가 무로 돌아가던 날 이후로는 아예 본 적 없었다. 왜 다시 보이게 된 걸까. 손가락으로 테이블을 두드리며 은탁은 골똘히 생각에 잠겼다.

"무슨 생각을 그렇게 해."

도깨비가 코앞에 앉아 있었다. 생각에 빠져 그가 오는 줄도 모르고 있었다. 캐나다 생각을 하고 있다고 했더니 도깨비가 섭섭한 듯한 표정을 꾸미며 내 생각은 안 하냐고 하였다. 은탁은 그를 지그시 바라보았다.

"캐나다 생각을 하다 보니까 김신 씨 생각이 당연하게 나서…. 첫사랑이랑 네 번 갔고, 첫사랑한테 소도 먹였고, 첫사랑이 여전히 예쁘다고 했는데…. 그럼 그 첫사랑이 내가 아닌가? 그런 생각으로 이어진 건데."

말하다 보니 정말 자신이 김신의 첫사랑 같기도 해서, 은탁은 더 의아한 표정이 되었다. 고개를 갸웃하며 한껏 진지하게 고민하는 은탁이 귀여워 도깨비는 코끝을 찡긋거렸다.

"근데 좀 이상한 거죠. 그럼 조선 후기 철종 때 만났다던 그 첫사랑은 뭐지?"

"너지."

"거짓말."

도깨비도 거짓말 같았다. 이 운명적인 사랑이. 은탁과 만나기도 전, 도깨비조차 몰랐던 그때, 은탁이 태어나기도 훨씬 오래 전인 옛날 어느 겨울에 도깨비는 은탁을 이미 봤었다. 미래의 은탁을. 도깨비의 설명에도 은탁은 믿지 못하겠다는 듯 눈을 휘둥그렇게 떴다.

"거짓말…!"

"진짜 거짓말처럼…. 그 모든 첫사랑이 너였어."

낮고 부드러운 목소리가 거짓말 같은 사랑을 속삭였다.

카페에서 나와 거리를 걸었다. 예전에 자주 지나던 책방 앞을 함께 걸으며 은탁은 부푼 마음을 감추지 않았다.

"아 신기해. 아 신나. 진짜 거짓말 같다. 그 모든 첫사랑이 나였다니. 아 맞다. 그럼 그때요. 첫눈 오는 날 소환됐을 때요. 그 모습이 혹시 무신 김신의 모습이에요?"

"응."

"아. 그랬구나. 진짜 궁금했는데. 내가 모르던 시간 속의 당신. 그렇게 봤네요."

현재와는 많이 다른 모습이라 도깨비는 멋쩍었다. 늘 멋있는 모습만 보여주고 싶었는데 이상하지 않았을까.

"이상했어?"

"아뇨? 멋있었어요. 고려 남자."

"그래. 그래서 말인데."

"네?"

"오늘 날이 좀 적당해서 하는 말인데."

"……."

"네가 계속 눈부셔서 하는 말인데."

"……."

“그 모든 첫사랑이, 너였어서 하는 말인데.”

의아한 눈을 하던 은탁이 살포시 아랫입술을 물었다. 오래 준비해온 말이었는데, 언젠가는 꼭 하고 싶은 말이었는데 도깨비는 긴장이 되어 입 안이 말랐다.

“또 날이 적당한 어느 날, 이 고려 남자의 신부가 되어줄래?”

감격에 겨워 은탁의 눈에 눈물이 고였다. 단 하나의 거짓 없는 진실로, 은탁은 천 년을 넘게 산 남자의 처음이자 마지막 신부가 되어달란 청을 받아들였다.

“그럴게요. 쓸쓸한 이 남자의 신부가 될게요. 찬란한 이 남자의 처음이자 마지막 신부가 될게요. 꼭, 그럴게요.”

너무 오래 기다려 슬픈 청혼이고 화답이었다. 끄덕이는 은탁이 흘리는 투명한 눈물이 아깝고 안타까워 도깨비는 볼을 쓰다듬으며 반듯한 이마 위에 입술을 포개었다. 한없이 깊은 눈으로 서로를 보았다.

하늘을 바라보며 은탁은 이 인연의 시작이었을, 세상에 홀로 남겨질 딸을 위해 도깨비를 보내준 엄마를 향해서도 인사했다.

‘엄마, 저 결혼해요. 잘 살게요.’

간절한 이름으로

남편 될 사람이 성격 급한 도깨비라, 결혼 준비는 빠르게 진행되었다. 사실 둘만의 결혼식을 치룰 예정이라 준비랄 것도 없었다. 그저 지인들에게 소식을 알리는 것이 준비의 반이었는데, 그가 방송국에 불쑥 찾아와 동료들을 향해 결혼할 사이라고 무턱대고 말해버려 은탁을 당황시켰다. 덕화도 곧바로 소개받았다. 자신을 전혀 기억하지 못하는 덕화가 안타깝기도 웃기기도 했다. 그래도 그때나 지금이나 덕화는 여전해서 은탁은 즐거웠다. 사실 무엇을 해도 즐거웠다. 도깨비가 멋대로 결혼 소식을 공표하고 다녀도 아무렇지 않을 만큼.

웨딩드레스를 입어보던 날 도깨비가 보여준 홀린 듯한 표정은 은탁의 기분을 더 행복하게 만들었다. 하루하루가 사랑스러웠다. 도깨비가 많은 것들을 뚝딱 준비해버려 은탁도 발빠르게 움직였다. 예물 시계만큼은 은탁이 골라주고 싶었다. 도깨비는 이미 은탁이 스무 살 되던 해에 향수와 가방, 그 안에 사랑까지 담아 선물해주었으니까. 은탁은 시계 케이스에 사랑도 곱게 접어 넣었다.

도깨비가 은탁이 방 책상 위에 몰래 두고 간 시계 케이스를 열었다. 시계와 함께 곱게 접힌 편지가 들어 있었다.

함께 걸어갈 모든 길과, 함께 바라볼 모든 풍경과,
수줍게, 설레게, 묻고 답할 모든 질문과 대답들과,
그 모든 순간의 당신을, 사랑합니다.
당신의 신부가요

은탁의 글씨는 늘 소중했다. 비가 오지 않고 행복했으면 좋겠다는 호소문이 그랬고, 첫눈이 오면 부름에 응하라는 서약서가 그랬고, 이제는 자신을 사랑한다는 이 편지가 모두 소중했다. 뭉클한 가슴으로 도깨비는 미소를 지었다. 라디오에서는 도깨비가 늘 틀어놓는 은탁의 라디오 방송이 막 시작되고 있었다.

음악 한 곡이 끝나면, 청취자 사연 코너 시작이었다. 사연을 고르느라 인터넷 게시판을 살펴보던 작가가 중얼거리며 사연을 읽었다.

"나의 망각이 나의 평안이라고 생각할 당신에게."

주어도 없이 불분명하고 감상적이라 밤에 쓴 연애편지 같아서 사연으로 쓰기는 어려울 것 같다는 작가의 말에 의자를 당겨 모니터를 들여다본 은탁은 작성자 이름을 보고 몸을 벌떡 일으켜 세웠다.

'눈 마주친 순간 알았죠. 당신도 모든 기억을 간직하고 있다는 걸. 부디 다음 생에선 우리….'

PD 권한이니 반드시 사연 채택하라고 은탁이 소리를 지르며 가방에 짐을 챙겨 허겁지겁 문을 나섰다. 생방송 중에 어디 가느냐며 은탁을 부르는 스태프들의 소리가 들렸지만 무시했다. 써니였다. 모든 기억을 갖고 있었던 것 같았다. 불안감이 엄습했다.

불안한 예감은 틀린 적이 없어 은탁이 써니의 집 문을 두드렸을 때, 써니가 살던 집에는 새 주인이 들어와 있었다. 주인은 써니가 이사만 간 게 아니라 아예 건물을 팔았노라고 했다. 은탁은 망연자실한 채로 계단을 내려왔다. 작정하고 떠난 게 분명했다. 어디로 가야 할지 몰라 대문 앞을 망설이는데 은탁의 집 우편함에 꽂힌 흰 봉투 하나가 눈에 띄었다. 봉투

귀퉁이에 정갈한 필체로 은탁의 이름이 쓰여 있었다. 은탁은 다급히 편지봉투를 열었다. 곱게 접힌 편지지를 펼치자 써니의 글씨가 나왔다.

알바생, 나 떠나.

잘 지내. 울지 말고. 뭐든 한 입 크게 퍼먹고.

사고무탁하고 혈혈단신이었던 네게 나는 잠시나마 위로였길 바라.

똥고집 오라버니 잘 부탁해.

함께 오래오래 행복하고. 안녕.

손에 쥔 편지지가 눈물에 젖어 들어갔다. 이삿날 은탁에게 먼저 다가와 인사를 걸던 써니가 떠올랐다. 늘 환하게 웃어주며 잘 챙겨주었다. 처음에 만났을 때도, 다음에 만났을 때도.

"다… 기억하고 계셨어."

혼자 많이 괴롭고 힘들었을 써니를 떠올리니 눈물이 멈추지 않았다.

써니의 사연이 라디오를 타고 흘렀다. 매일같이 은탁의 라디오를 듣던 도깨비도 단숨에 써니의 집으로 달려왔다. 그 앞에는 울먹이고 있는 은탁이 있었다. 이미 떠났구나. 도깨비는 깊이 한숨을 내리쉬었다. 곁에 선 도깨비에게 은탁이 몸을 기댔다.

"사장님, 떠나셨어요. 사장님은 다 기억하고 계셨어요. 홀로 그 기억을 지켰어요. 아무 기억 없는 저를 돌보고, 사라진 오라버니를 그리워하며, 그렇게 혼자 외롭게요."

이번 생에도 결국 누이는 누군가를 그리워하다 떠났다. 그는 또 누이의 행복을 지켜주지 못했다. 도깨비의 가슴이 크게 아렸다.

"왜 떠나신 걸까요?"

"용서할 수는… 없으니까. 이 생에선, 다신 안 보는 선택을 한 거야. 저승 그자에게 그보다 큰 벌은 없을 테니까."

외투를 걸쳐 입은 저승은 눈물을 삼키며 바삐 걸음을 옮겼다. 부디 오래 잘 가라는 써니의 인사를 받아들일 수 없었다. 언제나 잘 가는 것은 그 여인이었다. 다 알면서도, 다 기억하고 있으면서도 그를 모른 체 지나쳤다. 육교 위에서 찬바람을 맞으며 써니가 지는 해를 바라보고 있었다.

"딱 50만 세고 가야지."

앞을 지나는 사람들을 세며 써니가 쓸쓸히 '47, 48, 49….' 숫자를 세기 시작했다. 저승이 그 뒤로 그림자가 되어 섰다.

"1."

언제 보아도 곧 울 것만 같은 얼굴이 써니의 눈동자에 비쳤다. 지난 생에는 오해만 했고, 이번 생에는 울기만 하는 것 같았다. '1, 2, 3….' 다시 처음부터 숫자를 세는 소리를 따라 써니의 눈에서도 눈물이 떨어졌다. 그가 세는 숫자가 영원히 50이 되지 않기를 바라는 마음을 누르며 써니는 고개를 저었다.

"소식 안 전할 거예요. 이 생에서는… 다신 못 볼 거예요."

써니의 말에 저승은 그저 고개만 끄덕였다. 써니가 그러길 원한다면, 그저 그렇게 해주는 것이 제 몫이었다. 지은 죄가 너무 많았다. 슬픔이 켜켜이 쌓여 엉켜 있었다. 그저 지은 죄를 달게 받겠다는 듯, 모든 것을 감내하겠다는 듯한 저승이 써니의 마음에 아프게 박혔다. 마지막으로 한 번 저승을 안아 보고 싶었다. 안아주고 싶었다.

"한 번만 안아봐도 될까요?"

저승이 그녀를 먼저 끌어안았다. 처음이자 마지막으로 힘껏.

"잘 있어요…."

"잘 가요…."

영영 이별이었다. 이 생에서의 작별이었다.

긴 우 기

둘만의 결혼식을 하기 전 날, 저승이 은탁을 집으로 불렀다. 은탁이 저택을 찾았을 때 저승은 빨래를 개고 있었다. 혹시 명부가 나온 거냐고 은탁이 두려워하며 질문했다.

"걱정 돼? 명부 올까 봐?"

"걱정된다기보다는 궁금해요. 내 운명이 어떻게 바뀌었을지."

"네 운명엔 하도 변수가 많아서."

도깨비 신부의 운명은 매일이 달랐다. 지은탁이라는 인간의 의지가 운명을 매일 바꾸는 것은 아닐까 저승은 생각했다.

"그니까요. 낙인도 없어졌고, 검도 뽑았고, 그래서 9년을 이렇게 탈 없이 살았고, 그렇지만 내가 기타누락자라는 사실은 변함이 없고, 태어나지 못할 뻔도 했고, 사랑하는 사람을 죽음으로 잃어도 봤고, 심지어 지금 이렇게 내 앞에 있는 분은 저승사자고…. 무엇보다 인간은 언젠가 죽으니까요. 그래서 생이 더 아름다운 거고."

조용하게 털어놓는 은탁의 생각들이 저승의 가슴에 닿았다. 많은 일들이 있었고, 겪었고, 이겨냈다. 그럼에도 언젠가 인간이라는 이유로 죽게 될 것이다. 저를 쓸쓸히 바라보는 저승을 향해 은탁이 입꼬리를 올려 씩씩하게 웃었다.

"그래서 기억 돌아오고 나서 처음 든 생각이, 오늘이 마지막이라고 생각하고 살아야겠다. 오늘이 마지막이면 이 기억이 내 사랑하는 사람의 마지막 기억이다. 그러니 매순간 죽어라 살고 사랑해야겠다. 그랬어요."

"너의 생은 이미 아름다워. 알아둬."

진심으로. 저승의 말에 은탁이 희미하게 웃었다. 아프기도 많이 아팠지만, 은탁도 제 삶이 좋았다. 도깨비를 만날 수 있어 아름다운 생이었다. 저승이 준비해둔 상자를 내밀었다. 눈을 빛내며 은탁이 상자의 뚜껑을 열었다. 눈부실 만큼 희고 아름다운 꽃으로 만든 화환이 들어 있었다. 은탁의 입에서 저절로 감탄이 새어 나왔다.

"결혼 축하해, 도깨비 신부."

환하게 웃는 은탁은 이제 진짜 도깨비 신부였다. 메밀꽃들이 커다란 달 아래서 별처럼 빛났다. 그 달 아래, 정화수를 떠 놓고 도깨비와 신부인 은탁이 마주보고 섰다. 웨딩드레스가 아름다웠고, 또 도깨비가 차려 입은 예복이 근사했다. 둘은 서로에게 매순간 새롭게 반했고, 사랑에 빠졌다.

"죽음이 우리를 갈라놓을 때까지, 너의 모든 말에, 그게 뭐든, 나도."

"죽음이 우리를 갈라놓아도, 당신의 모든 말에, 그게 뭐든, 나도요."

사랑의 서약이 심장에 새겨졌다.

그런 둘을 축하해주러 사람들이 모였다. 저승이 샴페인을 터뜨렸다. 덕화와 김 사장도 기다란 테이블에 모여 앉아 함께 식사를 즐겼다. 행복한 밤이었다.

서약의 밤을 지나서도 도깨비와 그 신부는 매일 더 행복해졌다. 한때 은탁의 삶의 주제였던 불행도, 그들의 주제였던 비극적인 운명도 더는 그림자도 머리카락도 비치지 못할 만큼 행복했다.

그래서 모두 안심해버리고, 잊어버리고 말았다. 빛의 뒤에 숨은 어둠에 대하여.

명부가 총 열다섯 장인 대형사고가 예정되어 있었다. 저승과 저승의 후배는 명부를 들고 사고가 발생할 거리에 나왔다. 유치원 버스 사고인지 45세의 기사를 제외하고는 모두 어린 아이들이었다. 어린 망자를 데리고 가는 일은 늘 불편했다. 이럴 때마다 저승사자의 일이 '벌'인 것을 새삼 뼈저리게 느끼곤 하였다. 페도라를 눌러 쓴 저승과 후배의 표정이 어두웠다. 곧 사고가 날 노란색 유치원 버스 차량이 아이들을 내려주느라 도로에 붙어 섰다. 그때 후배의 휴대전화가 울렸다.

후배가 전화를 받는 사이 저승의 앞에 차 한 대가 멈췄다. 은탁의 차였다. 저승을 발견한 은탁이 밝게 웃으며 손을 흔들었다. 언젠가 한 번 또 이런 장면이 있었던 것 같았다. 그때는 버스정류장이었다. 저승은 갑작스러운 만남에 놀라면서도 은탁을 향해 손을 흔들었다. 은탁의 차가 다시 떠났다.

"선배님. 명부팀인데요, 오늘 받은 명부 파기하랍니다. 아이들의 명운이 바뀌었답니다."

"그래?"

그렇다면 다행이란 생각에 명부를 확인하려다 저승은 갑자기 고개를 들어 은탁의 차를 찾았다. 불길한 미래를 감지한 저승의 얼굴이 하얗게 질렸다. 명운이 바뀌는 경우가 있었다. 명부가 오지 않는 어떤 죽음이 명운을 바꿔놓고는 했다.

"명부가 안 오는 죽음도 있습니까? 그게 뭡니까?"

텅 빈 눈으로 도로를 보는 저승에게 후배가 물었다.

"계산할 수 없는 죽음."

희생. 움직일 수가 없었다. 저승이 발붙인 이곳이 일순 지옥이었다.

방송을 마친 은탁은 콧노래를 흥얼거리며 미팅을 가던 길이었다. 오늘따라 방송이 잘 풀렸다. 청취자 게시판 반응도 최고였다. 드물게 완벽했다. 미팅 마치고 바로 퇴근하면 평소보다 퇴근도 이를 테니 다 좋았다. 운전 중에 페도라를 쓴 채 업무 중인 저승을 우연히 거리에서 발견해 손을 흔든 은탁은 휴대전화가 울려 핸즈프리로 전화를 받았다.

기분 좋은 도깨비의 목소리가 들려왔다. 장을 보며 은탁에게 건넬 꽃을 샀다. 화창한 날에 걸맞게 예쁜 꽃들이 활짝 피어 있어 안 살 수가 없었다.

"너 어디야. 왜 안 와 이 험한 세상에! 지금 시간이 몇 시야?"

"지금 오후 네 시고요, 저 미팅 가는 중이고요. 잠깐만요. 우회전 좀 하고요."

"우회전은 오른쪽이다."

도깨비의 충고에 어이없어 픽 웃는데 오른쪽 창문으로 무언가 보였다. 언덕 위에 세워져 있던 대형 트럭이 묵직하게 움직이며 언덕길 아래, 은탁의 차 쪽으로 돌진하고 있었다. 당연히 운전자가 있을 거라고 생각했지만, 다시 보아도 운전석이 비워져 있었다. 브레이크가 풀린 트럭은 점점 빠르게 굴러 내려오고 있었다. 무서운 속도였다. 곧바로 왼쪽을 보자 유치원 버스에서 아이들이 내리고 있는 것이 보였다.

"여보세요? 은탁아, 지은탁."

저승사자가 동료와 함께 있던 이유를 그제야 깨달았다. 도깨비의 목소리가 멀었다 가까워졌다. 아이들을 내리던 선생님들이 트럭을 발견하고 비명을 지르며 아이들을 끌어안았다. 트럭의 속력이 너무 빨라 모두 피하기에는 한계가 있었다.

"차가, 유치원 버스가, 애들이… 내가… 내가 피하면 저기 애들이…."

"뭐? 잘 안 들려. 무슨 일이야!"

도깨비의 불안한 목소리가 멀게 느껴졌다.

"나 미쳤나 봐. 나 뭐하는 거야 지금…."

생각해보면 정말 완벽한 하루였다. 요즘 매일이 그랬지만, 오늘은 더 그랬다. 깨어나 보니 그의 품속이었다. 아침에는 달걀 프라이도 완벽한 모양으로 해냈고, 생방송도 만족스러웠다. 그 모든 완벽함은 자신을 이 순간에 데려다놓기 위함이었나 보다. 그러니까, 늦지 말라고.

두려움에 떨면서도 은탁은 결심한 듯 브레이크를 밟아 차를 세웠다. 그 순간 쾅, 트럭이 은탁의 차를 들이받으며 거대한 충돌이 일어났다. 유리 파편이 사방으로 튀었다. 트럭의 속도와 무게를 고스란히 받아낸 차가 엉망으로 부서졌다. 1분 1초라도 늦었으면 안 됐다. 이럴 운명이었으니까.

커다란 충돌 소리가 전화기 너머로도 선명했다. 은탁의 답을 기다리던 도깨비는 손에서 휴대전화를 떨어트렸다. 너무 낮고 깊어 소리도 나지 않는 그의 비명을 휴대전화에 부딪치며 굴러 떨어진 와인 병 깨지는 소리가 대신했다. 붉은 와인이 바닥을 적셨다.

이마에서 뜨끈한 피가 흐르고 있었다. 뒤집히고 찌그러진 차 속에서 은탁은 희미하게 마지막 눈을 떴다. 푸른 하늘이 보였다.

'굿나잇, 사랑한다.'

어젯밤 속삭이던 그의 목소리가 마지막으로 남아 은탁은 천천히 눈 감을 수 있었다.

"나두요…."

휴대전화 너머로 그에게 닿았기를. 감은 눈 사이로 눈물이 흘렀다.

그 처참한 광경을 지옥에 서서 바라본 저승의 눈에서도 눈물이 흘렀다. 명부 없는 죽음은 인간의 희생에서 비롯되었다. 인간의 희생은 신이 계산할 수 없는 영역이고, 내다볼 수조차 없는 영역이었다. 그건 그 순간 인간의 본능이고 온전히 한 인간의 선택이었다. 인간만이 할 수 있는 선택.

후배 저승사자의 손에 새로운 명부가 들려졌다. 늦은 명부가 도착한 것이다.

"지독히도 못된 신의 질문에, 지독히 슬픈 대답을 했구나, 기타누락자."

사이렌 소리가 시끄럽게 울려 퍼졌다. 사람들이 몰려들어 우왕좌왕했다. 놀라 우는 아이도 있었으나 대부분의 아이들은 무사히 인도 한쪽에서 보호받고 있었다.

은탁의 영혼이 길 한편에서 그 아이들을 바라보며 미소 지었다. 미소 짓는 얼굴에 눈물이 가득했다. 저승이 은탁에게 다가갔다.

"무인년 경신월 계해일 출생, 29세."

은탁과 결국 이렇게 대면하게 되었다. 저승은 떨어지지 않는 입을 겨우 열었다.

"지은탁, 본인 맞으시죠?"

눈물에 시야가 가려진 채 은탁이 고개를 끄덕였다.

"왜 이렇지 하면서도, 그러고 있더라구요."

"……."

"저 정말, 너무 무서웠어요, 아저씨."

슬프게 웃는 은탁을 보며 저승은 참담했다. 무서웠을 것이다. 죽음이 두렵지 않은 사람은 없었다. 어떤 끝이든 끝은 끝이라는 이유만으로도 힘겨운 일이었다. 많이 무서웠을 천사 같은 은탁을 위해 저승이 해줄 수 있는 일은 이승을 떠나는 길 너무 두렵지 않게, 외롭지 않게 해주는 것뿐이었다.

저승의 찻집에 들어선 은탁은 신기한 듯 두리번거렸다. 잘 닦인 다구들이 가지런했고, 은은한 차향이 주변에 맴돌았다. 언젠가 오게 될 줄은 알았지만, 이렇게 이를 줄은 몰랐다. 그래도 자신의 선택을 후회하지는 않았다. 자신의 끝이 누군가에게는 시작이 될 것이었다. 그 아이들에게 열아홉이, 스물아홉이 온다면 그건 자신의 선택 덕이라 말할 수 있을 테니 위로가 되었다. 누군가의 수호신이 되어주는 도깨비의 마음을 알 것도 같았다.

"아저씨 일하시는 곳이 이렇게 생겼구나. 되게 좋네요."

담담하게 은탁은 자신의 운명을, 선택을 받아들이고 있었다.

"아저씨, 궁금한 게 있는데요. 인간한테는 네 번의 생이 있다면서요. 저는 몇 번째 생이었어요? …망자한테는, 말해줄 수 있지 않아요?"

"너는, 첫 번째 생이었다."

붉은 눈으로 답해주는 저승에 은탁은 울먹였다.

"다행이다, 세 번 남았다."

다행이었다, 정말로.

문이 벌컥 열리며 도깨비가 들어섰다. 정신없이 달려온 도깨비는 이미 한참을 운 모습이었다. 그를 보며 은탁은 다시 한 번 정말 다행이라 생각했다. 천 년을 살았고, 앞으로도 또 수많은 해를 살아갈 이 쓸쓸한 도깨비에게 세 번 더 찾아올 수 있다. 세 번 더 함께할 수 있다.

은탁은 도깨비에게 다가가 그의 머리를 끌어안고 머리카락을 천천히 쓰다듬었다. 도깨비가 은탁의 품에 안겨 흐느꼈다. 이 찻집에서 은탁과 조우하게 될 줄은 꿈에도 생각지 못했다. 둘에게 남은 시간이 백 년 가까이는 될 줄 알았다. 백 년도 그의 영원불멸한 삶에는 짧게만 느껴졌다. 그런데 지금이라니. 지은탁의 마지막이 스물아홉이라니. 그에게는 은탁과 함께한 시간이 찰나와도 같았다. 영원 같은 찰나였다.

"내가 전에 한 말 기억해요? 남은 사람은 또 열심히 살아야 한다고. 가끔 울게는 되지만, 또 많이 웃고 또 씩씩하게. 그게 받은 사랑에 대한 예의라고…."

"어떻게 이렇게…. 너 나한테 어떻게 이렇게…."

"미안해요. 정말 미안해요."

은탁을 부여잡은 채 그가 아이처럼 목 놓아 울었다. 찻집 밖 세상에 비가 내리기 시작했다. 그의 울음소리에 은탁의 가슴이 찢어지는 듯 아파왔다. 은탁이 애써 그를 달랬다.

"나 봐봐요. 얼굴 좀, 보여줘요. 네?"

겨우 은탁을 놓은 도깨비가 눈물로 엉망이 된 얼굴로 은탁을 마주보았다. 은탁의 숨결 하나 놓치고 싶지 않아 도깨비는 숨을 잠시 멈추었다.

"아저씨 내 소원 세 개 중에 하나 안 들어준 거 있는데, 지금 들어주면 안 돼요? 너무 오래 마음 아파하지 말고, 또 만나러 올 거니까 나 잘 기다리고, 비 너무 많이 오게 하지 말고…. 시민들 불편하니까."

"하난데… 왜 세 개 말해. 너 없이 나 어떻게 살아."

한 음절 한 음절이 눈물이었다. 폭우처럼 눈물이 흘러내렸다.

"잠깐만 없을게요. 약속할게요. 이번엔 내가 올게요. 내가 꼭 당신 찾아갈게요. 다음 생엔 꼭 생명 가득하게 태어나서 오래오래 당신 곁에 있을게요. 그렇게 해달라고 저 위에 제가 가서 졸라볼게요."

차를 들고 다가선 저승을 향해 은탁이 눈짓했다.

"모두가 다 떠났을 때 이 사람 좀 들여다봐 주세요."

저승이 고개를 천천히 끄덕이며 차를 내밀었다.

"망각의 차예요. 이승의 기억을 잊게 해줍니다."

"차는, 안 마실게요. 나 이제 가야 할 거 같은데."

이승을 떠나는 문 앞에 선 은탁을 도깨비는 차마 보지도 못했다. 은탁이 도깨비의 얼굴을 쓰다듬었다. 죽음을 잊지 못하는 그는 또 얼마나 큰 아픔으로 자신의 죽음을 기억하게 될까. 그를 매만지는 은탁의 손길이 멈췄다.

"빨리 올게요. 막 뛰어갔다가 올 때도 막 뛰어올게요."

"꼭 와야 해. 100년이 걸려도, 200년이 걸려도 꼭. 기다릴 테니까 꼭."

꼭. 오래 기다리게 하지 않겠다고 은탁은 약속했다. 내일 다시 찾아와주길, 내일이 아니면 모레라도, 모레가 안 되면 한 달 뒤여도 괜찮았다. 빠를수록 좋았다. 그래도, 늦어도 괜찮았다. 100년이어도, 200년이어도 도깨비는 기다릴 거니까. 언젠가 만날 수만 있다고 생각하면 참을 만했다. 문을 열자 밖이 환하게 빛나고 있었다. 천국으로 가는 길이었다.

"이따가, 또 만나요."

은탁이 떠난 문 앞에서 도깨비는 그대로 무너져 내렸다. 그렇게 은탁은 누군가의 눈물 속을 영영 걸어갔다. 낮인지 밤인지 알 수 없는 시간들이 빗물에 쓸려 내려갔다. 아주 긴, 우기였다.

더없이 쓸쓸하고 찬란한 수호신, 그의 긴 기다림의 시작이었다.

찾았다, 슬픈 사랑

은탁이 떠난 지 30년 뒤.

저승사자에게 마지막 명부가 나왔다. 긴 벌의 마침표였다. 오랜 시간 머물러왔던 저택에서 짐을 정리한 뒤 저승은 마지막 명부를 열어보았다.

김선. 생각지 못한 이름에 눈물이 맺혔다. 소식 전하지 않겠다더니 이렇게 소식이 왔다. 김선의 명부를 쥔 채 저승은 거실로 나갔다. 저승의 마지막 출근길을 배웅하러 도깨비가 거실로 나와 있었다. 긴 기다림에 저승이 있어서 그나마 덜 지루했던 것도 같았다.

"잘 가고."

"잘 있고."

"어느 시간 속, 어떤 모습이든 행복하고"

"그동안 잘 살았어. 비 내리게 하지 말고."

"걱정 마. 이별은 내 오랜 업이라."

그렇게 말하면서도 도깨비는 눈시울을 붉혔다. 죗값을 다 치르고 편히 떠나는 날이니 웃으며 보내주어야 할 텐데 서운한 마음은 어쩔 수 없었다. 한때 그의 주군이었고, 이제는 그의 벗이었다. 그다음도 있기를 도깨비는 바랐다. 서로의 마음을 훤히 읽는 둘은 더는 말하지 않고 잠시 침묵했다.

"이따 찻집으로 와. 규칙을 한 번 더 어겨볼까 해. 어차피 가는 마당에."

여느 때보다 빳빳하게 잘 다린 검은 슈트 차림의 저승사자가 앉아 기다리는 찻집 문이 열리며 한 노인이 걸어 들어왔다. 써니였다. 찻집에 발을 디딘 순간, 노인은 저승사자가 알던 젊은 시절 써니의 모습이 되었다. 떨리는 눈으로 저승이 그녀를 보았다. 여전히 보는 것만으로 떨리고, 눈물 나는 이였다. 써니가 어렴풋이 웃었다.

"하나도 안 늙었네요. 여전히 잘생겼고. 잘, 지냈나요?"

"소식 안 전한다더니."

"깜박한 거죠. 내가 만난 남자가 저승사자란 걸. 이 소식이 이리로 갈 줄 알았나."

"…보고 싶었어요."

"그럴 줄 알았어요."

써니 또한 저승이 보고 싶었다. 저승도 써니도 이 생을 살아내는 동안 서로가 그리웠다. 저승은 써니의 손을 조심스레 잡고 주머니에서 옥반지를 꺼냈다. 이 생에서 다시는 보지 말자며 써니가 저승사자에게 돌려준 것이었다.

"제대로 한 번은 끼워주고 싶었어요. 그렇게 못되게 끼워서, 미안했어요."

옥반지가 써니의 가는 손가락에 꼭 맞았다. 써니가 울먹이며 웃었다. 많이 보고 싶었다고, 이번에는 써니가 고백했다.

"써니 씨가 제가 인도하는 마지막 망자입니다."

"그렇군요. 그럼 그다음에는요. 우리는 어떻게 되나요. 이렇게 해피엔딩인가요, 우리?"

"써니 씨는, 세 번째 생이군요."

스스로의 생은 볼 수 없었다. 두 번의 생은 이미 알고 있었다. 그러니 세 번째 생일 수도, 마지막 생일 수도 있었다. 두 사람의 눈이 흐릿해졌다. 다음 생에 다시 써니를 만나 그때는 진정으로 한 치의 어긋남 없는 행복한 결말을 만들고 싶었다.

찻집 창문 밖으로 도깨비가 와 있었다. 그와 써니의 눈이 마주쳤다.

"…오라비는 여전히 안중에도 없고."

반갑고 서운하고 안타까운 여러 감정들이 얽혔다. 써니는 오랜만에 만나는 오라비를 향해 웃었다.

"이렇게나마 얼굴 뵙고 갈 수 있어서 마음이 좋네요."

"내가 벗을 잘 사귄 덕이다."

"오라버니 두고 먼저 가서 죄송해요. 건강하세요, 오라버니. 언젠가 또… 만나요."

"행복해라. 우리 못난이."

아련한 눈으로 도깨비가 써니에게 작별 인사를 건넸다. 저승이 써니의 손을 잡고 자리에서 일어섰다. 둘이 함께 도깨비에게 마지막 인사를 남기고 문을 나서 함께 미소 지으며 계단을 올랐다.

도깨비는 오래 전, 써니를 통해 두 사람의 미래를 보았다. 아마 다음 생일 테지. 어떠한 슬픔도 없이 활짝 웃는 둘의 모습이 도깨비의 눈에 선했다. 때마다 절에 올라 등불을 올릴 때면 도깨비는 늘 먼 생에 누이와 주군이 다시 만나 그 생에서 행복하기를 기원해왔다. 그 바람이 이루어질 것이다. 다음 생의 두 사람은 꽉 닫힌 해피엔딩이었다.

누이도, 벗도, 신부도 떠나고, 홀로 남겨진 도깨비는 메밀밭을 거닐었다. 계절은 수없이 바뀌었다. 은탁이 남기고 간 빨간 목도리를 하기도, 은탁과 밟았던 단풍잎을 밟기도, 눈을 맞기도, 비를 내리기도 하면서 도깨비는 계속해서 시간을 걸어 나갔다. 그 끝에 두 번째 생의 은탁이 나타나기를 기다리면서. 어떤 모습으로 올지, 어디서 올지 몰라 늘 긴장되었으며 기대되었다.

고려에서 지금에 이르기까지 그러했듯이 도깨비는 수십 년에 한 번씩은 사는 곳을 옮겼다. 익숙한 삶이었다. 곁에 있는 사람도 변했다. 어리고 철없던 덕화도 자신의 할아버지가 그러했듯 노인이 되어 제 손자를 도깨비에게 소개했다. 누군가의 죽음이, 슬픔이 익숙해지지 않은 채 도깨비에게 머물렀고, 늘 쓸쓸하였으나 은탁을 기다리는 삶이었기에 은탁 없이도 계속해서 찬란했다.

덕화의 손자가 자라 노인이 되어 그의 곁에 있었다. 겉옷을 챙겨 나갈 채비를 하는 도깨비를 보며 머리가 희끗한 그가 물었다.

"어디 가십니까, 나으리."

"산책을 좀 할까 하여."

"저기 큰길 쪽은 피하십시오. 한국에서 학생들이 여행을 와 좀 시끄럽습니다."

그의 말에 고개를 끄덕이며 도깨비는 호텔을 나섰다.

프라하도, 파리도 좋았지만 퀘백 호텔은 그가 가장 머물기 좋아하는 이국땅이었다. 은탁과의 추억이 가장 많이 남아 있기 때문이었다. 탁 트인 평원의 풍경은 은탁이 있었을 때와 크게 달라지지 않았다. 묘비가 조금 더 낡았고, 조금 더 세워졌을 뿐.

자신의 낡은 묘비에 기대앉아 도깨비는 책을 펼쳐들고 한 장씩 책장을 넘겼다. 살랑이는 바람이 볼을 간지럽혔다. 책에서 시선을 떼 고개를 들어 풍경을 바라보았다. 언제 보아도 매일 조금씩 다른 구름의 모양이, 해가 지는 하늘의 색이 아름다웠다. 아름다워서, 도깨비의 생에 가장 아름다운 것들이 그리워졌다.

은탁이 선물해준 손목시계의 초침 소리가 유난히 크게 들렸다. 감각이 예민해져 있었다. 누군가의 입김이 불어낸 민들레 홀씨 하나하나가 도깨비의 시야로 점점이 날아들었다. 부드러운 표정으로 천천히 눈을 깜박이는 도깨비의 등 뒤로 그림자가 드리워졌다. 그림자 주변으로도 홀씨가 눈처럼 내렸다.

고개를 돌아보았다. 은탁이었다.

교복을 입은 은탁이 언덕 위쪽에서 한 걸음씩 내려오고 있었다. 두 번째 생의 은탁의 이름은 박소민이었고, 그는 여전히 김신이었다. 도깨비는 자리에서 일어섰다.

'천년만년 가는 슬픔이 어디 있겠어. 천년만년 가는 사랑이 어디 있고.'

'난 있다에 한 표!'

'어디에 한 표데. 슬픔이야, 사랑이야.'

'슬픈 사랑.'

하루가 천 년 같았다. 매일 반복되는 천 년을 견뎌냈더니, 은탁이 정말로 약속을 지켜주었다. 환하게 미소 지으며 도깨비를 바라보는 은탁의 눈가에 눈물이 그렁그렁했다. 그런 은탁을 보는 도깨비의 눈시울이 뜨거웠다. 다정하게 그 걸음을 지켜보았다.

바로 앞까지 다가온 은탁이 벅찬 목소리로 도깨비를 불렀다.

"아저씨."

도깨비의 눈에서 눈물이 툭 떨어졌다.

"나, 누군지 알죠."

도깨비가 고개를 천천히 끄덕였다.

"내 처음이자 마지막, 도깨비 신부."

도깨비 2

1판 1쇄 발행 2017년 2월 24일
1판 15쇄 발행 2024년 10월 21일

극본 김은숙
소설 스토리컬쳐 김수연

발행인 양원석
펴낸 곳 ㈜알에이치코리아
주소 서울시 금천구 가산디지털2로 53, 20층(가산동, 한라시그마밸리)
편집문의 02-6443-8842 도서문의 02-6443-8800
홈페이지 http://rhk.co.kr
등록 2004년 1월 15일 제2-3726호

ISBN 978-89-255-6097-7 (03810) | 978-89-255-6095-3 (세트)

※ 이 책은 ㈜알에이치코리아가 저작권자와의 계약에 따라 발행한 것이므로
본사의 서면 허락 없이는 어떠한 형태나 수단으로도 이 책의 내용을 이용하지 못합니다.

※ 잘못된 책은 구입하신 서점에서 바꾸어 드립니다.

※ 책값은 뒤표지에 있습니다.